rowohlt
rotfuchs

T. A. WEGBERG

MEINE MUTTER, SEIN EXMANN UND ICH

ROMAN

ROWOHLT TASCHENBUCH VERLAG

Originalausgabe
Veröffentlicht im Rowohlt Taschenbuch Verlag,
Reinbek bei Hamburg, März 2017

Lektorat Christiane Steen
Umschlaggestaltung any.way, Barbara Hanke / Cordula Schmidt
Umschlagillustration Ruth Botzenhardt
Satz aus der Adobe Garamond OT, InDesign,
Das Herstellungsbüro, Hamburg
Druck und Bindung CPI books GmbH, Leck, Germany
ISBN 978 3 499 21759 3

VOR FÜNF JAHREN

«Das kannst du nicht machen!», schrie ich. «Wenn du das wirklich machst, dann … dann hau ich ab!» Ich warf Liska einen Seitenblick zu, um mir ihre Unterstützung zu sichern, aber die starrte Mama nur an. Mit so einer Mischung aus Entsetzen und Faszination. Als müsste man schon die ersten Veränderungen sehen.

Natürlich sah man jetzt noch nichts. Mama war immer noch eine ganz normale Frau, auch wenn sie nie besonders großen Wert darauf gelegt hatte, weiblich zu wirken. Ich hatte sie, soweit ich wusste, noch nie in einem Kleid oder einem Rock gesehen. Sie schminkte sich auch nicht, höchstens benutzte sie manchmal ein bisschen Wimperntusche oder einen unauffälligen Lippenstift. Und sie hatte immer kurze Haare gehabt. Jetzt nicht so stoppelkurz, aber eben auch keine typische Frauenfrisur.

Hätte mir irgendwas auffallen müssen? War ich zu dämlich gewesen, um was mitzukriegen? Ach, Quatsch! Andere Frauen trugen doch auch keine Röcke, hatten kein Make-up und keine langen Haare! Zum Beispiel … zum Beispiel … Also, irgendwie fiel mir gerade keine ein, auf die das alles zutraf, aber ich war auch viel zu durcheinander, um mich konzentrieren zu können.

Mama guckte mich total traurig und verzweifelt an und hatte Tränen in den Augen. Ha! Wenn das kein Beweis dafür war, dass sie eine Frau war! Dann fiel mir ein, dass Papa damals in der Zeit vor der Scheidung auch ab und zu geheult hatte.

«Joschka, es tut mir so leid», sagte sie. «Ich weiß, dass das für euch eine wahnsinnig blöde Situation ist. Aber ich kann so einfach nicht weitermachen, sonst …» Sie sah zu meiner Schwester. «So kann ich nicht mehr leben. Das macht mich depressiv. Und dann sind wir alle drei unglücklich.»

«Wieso? Bisher war doch auch alles gut!», beharrte ich. Ich hatte immer noch die verrückte Hoffnung, dass ich sie irgendwie davon abbringen könnte.

«Ja, weil ich mich zusammengerissen habe. Und weil ich es die ganzen Jahre verdrängt habe. Ich dachte, ich muss mich eben anpassen, ich muss das durchstehen. Aber in letzter Zeit hab ich noch mal ganz gründlich darüber nachgedacht, und da ist mir klargeworden, wie viel Lebenszeit ich noch vor mir habe. Ich bin erst zweiundvierzig, und ich könnte locker doppelt so alt werden.»

«Aber du hast doch nie was gesagt!»

«Nein, natürlich nicht! Was hätte ich denn sagen sollen? Dass ich mich nie als Frau gefühlt habe? Dass ich total unglücklich mit meinem verdammten Körper bin? Ich konnte das doch gar nicht erklären. Ich wollte es ja nicht mal wahrhaben!» Mama wischte sich eine Träne von der Wange, aber in ihren Augen machten sich schon wieder neue zum Absprung bereit. «Es ist schon schlimm genug, als Frau leben zu müssen. Aber eine *alte* Frau will ich nicht sein. Auf keinen Fall.»

«Und was willst du jetzt genau machen?», fragte Liska. Da sagte sie endlich mal was, und dann war es noch nicht mal ein Protest! Ich warf ihr einen wütenden Blick zu.

«Ich muss mir jetzt erst mal einen Therapeuten suchen», erklärte Mama.

«Gute Idee», murmelte ich.

Mama ignorierte meine Bemerkung. «Und dann kann ich hoffentlich bald mit der Hormonbehandlung anfangen. Aber bis zur OP dauert es auf jeden Fall noch ziemlich lange.»

«Was machen die denn bei so einer OP?», fragte Liska ängstlich. Die Frage stellte ich mir natürlich auch. Aber ich wollte die Antwort definitiv nicht wissen.

Zum Glück sagte Mama auch bloß: «Das muss ich dann abklären, wenn es so weit ist.»

An diesem Tag wollte ich mit niemandem mehr sprechen. Ich verkroch mich in meinem Zimmer, spielte Minecraft und fühlte mich von der Welt verraten. Wen hatte ich denn jetzt noch? Papa war schon vor drei Jahren ausgezogen, der war jetzt mit Petra verheiratet, und die kriegte demnächst ein Baby. Mama wollte nicht mehr unsere Mama sein. Und zum ersten Mal hatte auch Liska mich im Stich gelassen, meine Zwillingsschwester, auf die ich mich in den zehn Jahren unseres gemeinsamen Lebens immer hatte verlassen können.

Na, das war jetzt wohl auch Vergangenheit. Liska hatte ja noch nicht mal *versucht*, Mama von ihrem irren Plan abzubringen! Stattdessen hatte sie sie nur mit großen Augen angeglotzt und dann auch noch Fragen gestellt. Als ob sie es nicht völlig durchgeknallt, sondern *interessant* fände.

Ich hatte nur eine einzige Frage, aber die konnte ich niemandem stellen: nämlich wie es jetzt weitergehen sollte. Wenn Mama das wirklich durchzog, was wurde dann aus uns? Sollten wir dann «Papa» zu ihr sagen?

Niemals!

Nicht mit mir!

Und wenn sie nun plötzlich wie ein Kerl rumlief, was sollte ich dann meinen Freunden sagen? Oder meinen Lehrern? Was Peinlicheres konnte es ja wohl kaum geben!

Wie konnte Mama mir das antun?

1

«Tja, viel Glück, oder was sagt man da so?» Papa umarmt Mama unbeholfen.

Petra schüttelt ihr ganz förmlich die Hand. «Alles Gute.»

Liska fällt Mama um den Hals und drückt sich an sie. «Du bist so mutig! Aber ich bin ganz sicher, dass alles gutgeht. Ruf mich an, sobald du kannst, ja?»

Ich bin der Einzige, dem nichts Richtiges einfällt. Ich sage bloß «Tschüs» und hebe die Hand, als Mama zum Auto geht. Sie wirkt überhaupt nicht wie jemand, dem morgen eine mehrstündige Operation bevorsteht. Eher wie ein Kind vor der Weihnachtsbescherung.

«Er wird das schon schaffen», sagt Liska.

Ich zucke jedes Mal zusammen, wenn sie «er» sagt. Dabei passt es zu meiner Mutter, leider. Sie trägt die Haare jetzt noch kürzer, im Nacken ausrasiert, hat einen Dreitagebart, und ihre Schultern sind breiter geworden. Das kommt von den Hormonen, die sie nimmt. Und sie macht irgendwas, damit man ihre Brüste nicht so sieht, jedenfalls fallen die kaum noch auf, wenn sie nicht gerade knallenge T-Shirts trägt. Ich will nicht genau wissen, was es ist. Hat sich ja sowieso bald erledigt.

Die Vorstellung, wie sie ihren Busen mit einem Messer oder einer Säge oder was weiß ich abschneiden, verdränge ich ganz schnell. Das ist einfach zu widerlich. Liska hat sich genau erklären lassen, wie das gemacht wird; ich bin aus dem Zimmer gegangen.

Liska sagt jetzt auch Frederik zu Mama. Lächerlich! Als könnte man sich einfach so einen neuen Namen aussuchen wie eine neue Jeans!

«Das ist amtlich», hat Mama gesagt und mir ihren nagelneuen Personalausweis unter die Nase gehalten.

«Das ist mir scheißegal», habe ich geantwortet.

Sie hat nichts mehr gesagt, aber ich merke, dass es sie ärgert, wenn ich weiter Mama zu ihr sage. Und noch mehr ärgert es sie, wenn ich sie im Gespräch mit Liska als Mama bezeichne.

Während sie im Auto davonfährt und mein Vater, Liska, Petra und ich wieder ins Haus gehen, habe ich ein unangenehmes Ziehen im Bauch. Wer weiß, ob die Operation gelingt. Wer weiß, ob sie aus der Narkose wieder aufwacht. Es gibt immer ein Risiko, oder? Einen Moment lang mache ich mir schreckliche Sorgen um meine Mutter, aber dann siegt mein Ärger: Sie hat es schließlich nicht anders gewollt!

Ich trage meinen Koffer rauf in unser Zimmer. Bis Mama aus dem Krankenhaus zurückkommt, wohnen Liska und ich bei Papa und Petra. Wir haben ein eigenes Zimmer, weil wir am Wochenende oder in den Ferien öfter hier sind.

Auch mit fünfzehn stehen Liska und ich uns noch nahe. Im Grunde ist Mama das Einzige, was uns spaltet. Da ist Liska nach wie vor total anderer Meinung als ich. Sie findet, jeder soll das Recht haben, in dem Körper zu leben, in dem er sich zu Hause fühlt. «Na toll», hab ich gesagt, «erklär das mal einem Querschnittsgelähmten! Oder einem Spastiker!»

«Das sind Krankheiten, das kannst du nicht vergleichen», sagte Liska.

«Ach! Aber plötzlich ein Mann sein zu wollen, das ist nicht krank, oder was?»

«Transsexuelle *wollen* nicht einem anderen Geschlecht angehören», dozierte Liska. «Sie *tun* das schon. Sie kommen schon so auf die Welt. Nur eben leider im falschen Körper. Und das ist keine Krankheit. Genauso wenig wie schwul zu sein. Es ist einfach angeboren, da kannst du nichts gegen machen.»

Würde ich aber, wenn ich könnte. «Und warum müssen die dann alle eine Therapie machen?», triumphierte ich.

«Das ist einfach nur gesetzlich vorgeschrieben, damit sie das Gutachten für die Krankenkasse kriegen. Und damit irgendwelche labilen Leute nicht denken, sie könnten auf diese Weise ihre Probleme in den Griff kriegen, obwohl sie eigentlich gar nicht transsexuell sind.»

«Ja, kommt ja immer wieder mal vor», spottete ich. «Ich wünsch mir beim Cooper-Test auch immer, ein Mädchen zu sein, dann hätte ich eine bessere Note in Sport und müsste weniger schnell rennen.»

«Du bist echt kindisch.» Das ist eins von Liskas Totschlagargumenten.

Ich stelle meinen Koffer aufs Bett und klappe ihn auf. Ganz obenauf liegt der hellblaue Kuschelhase, ohne den ich damals mit drei oder vier nicht einschlafen konnte. Wo kommt der denn her? Es hängt ein kleiner Zettel mit Mamas Handschrift an seinem Bein. «Du bist und bleibst immer mein Kind! Ich hab dich lieb!»

Volltreffer. Mitten ins Herz. Da war wohl eine Lücke in meinem Panzer, verdammt. Ich nehme Hasi hoch und drücke ihn eine Sekunde lang verstohlen an meine Brust, dann stopfe ich ihn unter die Bettdecke. Liska hat nichts gemerkt. Sie guckt sich nach mir um, als ich die Nase hochziehe, aber nur ganz kurz, weil sie damit beschäftigt ist, ihre Sommerkollektion auf Kleiderbügel zu hängen.

Wir essen früh zu Abend, denn Leon muss spätestens um acht im Bett sein. Er ist heute ziemlich anstrengend. Vielleicht passt es ihm nicht, dass seine beiden großen Geschwister zu viel Aufmerksamkeit von ihm abziehen. Jedenfalls stochert er in seinen Fischstäbchen herum und zermatscht sie zu einem ekelhaften Brei, und als Liska ihm zeigen will, wie man sie mit der Kante der Gabel ordentlich zerteilt, fängt er an zu plärren.

Nachdem er sich wieder beruhigt hat, erzählt er eine vermutlich komplett ausgedachte Geschichte über Anna-Lena aus seiner Kita, die von ihren Eltern gezwungen wird, Nasenpopel zu essen.

«Jetzt iss mal auf», sagt Petra im Bemühen, ihn irgendwie auf andere Bahnen zu lenken.

«Sonst gibt's zum Nachtisch keinen Popelpudding!», ergänzt mein Vater und grinst. Er kassiert einen vorwurfsvollen Blick von seiner Frau.

Als Leon im Bett ist, sitzen wir zusammen im Wohnzimmer, aber jeder ist mit sich selbst beschäftigt. Liska guckt *Cold Case* und erneuert dabei den Lack auf ihren Fußnägeln, Petra hat den Laptop auf den Knien und sucht nach familiengerechten Kurzreiseangeboten, mein Vater versucht, den *Spiegel* zu lesen, wird aber immer wieder von dem Geschehen auf dem Fernsehbildschirm abgelenkt, und ich daddele auf meinem Handy rum und chatte mit Boris.

familienzeit haha

bei dein vater oder?

ja

was mcht ihr

abhängen chillen

nix eigtl

komm doch vorbei, jan ist auch da

haha ja mal sehn

Werde ich garantiert nicht machen, denn von meinem Vater aus ist es viel zu weit, und der wäre auch total enttäuscht, wenn ich mich gleich am ersten Abend mit Freunden verabrede.

Weder Boris noch sonst irgendwer aus meiner Schule weiß über meine Mutter Bescheid. Ich rede nicht darüber. Kann ich einfach nicht. Seit sie angefangen hat, in Sakkos rumzulaufen und sich Haare im Gesicht wachsen zu lassen, habe ich niemanden mehr mit nach Hause gebracht.

Ich lasse sie auch nicht mehr zu Schulfeiern oder Elternabenden gehen. Das muss mein Vater erledigen.

Boris hat Mama das letzte Mal vor fünf Jahren gesehen. Na ja, so ganz stimmt das nicht: Eigentlich sind sie sich letzten Sommer begegnet, in der U-Bahn, als ich mit ihr vom Zahnarzt gekommen bin und Boris plötzlich zugestiegen ist. Zum Glück hatte ich ihn schon auf dem Bahnsteig stehen sehen. Ich bin sofort aufgestanden und hab mich ein paar Meter von Mama entfernt hingestellt, und er hat nichts gemerkt. Wir mussten alle an derselben Station aussteigen. Ich bin mit Boris gegangen, und meine Mutter ist mit einigem Abstand hinterhergelaufen.

Mein Vater und Petra sind schlafen gegangen. Die müssen morgen arbeiten, während Liska und ich noch Ferien haben. *Two and a half men* hat gerade angefangen, als endlich Liskas Handy klingelt. Ich starre weiter auf den Fernseher, aber natürlich höre ich genau zu, was sie sagt.

«Frederik! Hey, wie sieht's aus? – Ah, okay. – Oje, wirklich? – Wie viele sind denn auf dem Zimmer? – Echt? Das ist gut, oder? – Und, bist du aufgeregt? – Ja, kann ich mir vorstellen. – Nö, nichts Besonderes. Bisschen Fernsehen geguckt und so. – Die sind schon im Bett, aber Joschka ist noch hier. Willst du ihn sprechen?» Sie guckt mich mit hochgezogenen Augenbrauen an, hält aber das Telefon weiter ans Ohr gedrückt. «Ach so, ja gut. Sollen wir dich morgen Abend besuchen kommen? – Okay, dann lieber am Donnerstag. Ich denk an dich und drück dir ganz doll die Daumen! – Ja, mach ich! Hab dich lieb! – Ja, schlaf gut! Tschü-hüs!»

Sie legt das Handy beiseite und sieht mich an. «Er hat ein Einzelzimmer, cool, was? Und heute war wohl ein ganz langes Gespräch mit dem Anästhesisten, der hat ihn über die ganzen Risiken aufgeklärt. Er sagt, er hätte es sich beinahe noch anders überlegt!»

Guter Mann, dieser Anästhesist. Ich hab das die ganzen letzten Jahre nicht geschafft.

«Und ich soll dich ganz lieb grüßen. Wir fahren Donnerstag ins Krankenhaus, okay? Er meint, morgen direkt nach der Narkose wäre es noch nicht so gut.»

Eigentlich will ich überhaupt nicht ins Krankenhaus, weder morgen noch Donnerstag, noch irgendwann. Ich finde Krankenhäuser grundsätzlich grauenhaft, und wenn da die eigene Mutter liegt, der gerade an allen möglichen Körperteilen rumgemetzelt wurde, sind sie an Glanzlosigkeit echt nicht mehr zu überbieten. Vielleicht kann ich mich irgendwie davor drücken.

2

Liska schläft noch, die anderen sind schon lange weg. Ich schütte Frosties in eine Schale, gieße die letzte Milch aus dem Kühlschrank darüber und löffele gedankenverloren, während ich auf dem Handy die besten Verbindungen checke. Eine halbe Stunde später stehe ich an der Bushaltestelle Brixplatz. Die 104 steht schon da. Das hier ist die Endhaltestelle, und der Fahrer macht eine Zigarettenpause, ehe er in die nächste Runde geht.

Außer mir steigen nur zwei alte Ladys ein. Ich gehe hoch zum Oberdeck und setze mich in die vorderste Reihe, die mit dem Panoramablick. Ich throne direkt über dem Fahrer. Mein absoluter Lieblingsplatz, und am liebsten würde ich bis Stralau, Tunnelstraße sitzen bleiben, aber die Linie 104 kenne ich schon, deshalb fahre ich nur bis Messe Nord und steige dort in die 139. Die fährt bis Werderstraße, das dauert eine halbe Stunde.

Es wäre gelogen zu behaupten, dass ich mir keine Sorgen um Mama mache. Immerhin ist das eine große Operation. Da kann wahrscheinlich eine Menge schiefgehen. Ich glaube, das größte Risiko ist immer die Narkose. Wenn sie da irgendwas falsch dosieren, wacht sie vielleicht nie wieder auf.

Ein paar Haltestellen lang erlaube ich mir, diesem Gedanken nachzugehen. Was dann passieren würde. Und ob es nicht vielleicht sogar besser wäre. Mit einer toten Mutter kann man sich nicht blamieren, so viel steht fest. Man wird einfach bloß bedauert. Und nie würde jemand an meiner Schule oder einer von meinen Freunden erfahren, dass meine Mutter seit zwei Jahren Frederik heißt und sich morgens rasiert.

Aber dann stelle ich mir ein Leben ohne Mama vor. Sie ist die Einzige, die ein Käse-Ei-Baguette wirklich so belegen kann, wie ich es mag, die jederzeit weiß, wo ich mein Handy hingelegt habe, die sich die Namen meiner Lehrer (und die von Liskas Lehrern) merken kann, die meinen Stundenplan auswendig kennt und die mitten in der Nacht zur Apotheke fährt, um mir was gegen Zahnschmerzen zu kaufen.

Wir haben eine ganze Reihe von Privatwitzen, über die nur wir lachen, und ich kann mich darauf verlassen, dass sie mir mit der Hand durch die Haare fährt, wenn ich vor der Wohnzimmercouch auf dem Boden sitze – ich mag das, obwohl ich immer so tue, als würde es mich nerven.

Weil mir bei diesem Gedanken die Tränen in die Augen schießen, will ich mich irgendwie ablenken, aber dauernd drängeln sich Bilder von Operationstischen, Skalpellen, blutigen Schnitten und piepsenden Monitoren in den Vordergrund, die ich vermutlich alle aus dem Fernsehen habe, weil ich nämlich selbst noch nie im Krankenhaus war.

Ich ärgere mich, dass ich mich nicht genauer über die Operation informiert habe. Vielleicht wäre es weniger beunruhigend, wenn ich wüsste, was die da genau mit meiner Mutter anstellen. Aber ich wollte es nicht hören, und als Liska und sie mit dem Laptop auf der Couch gesessen und sich Vorher-nachher-Bilder angeschaut haben, bin ich abgehauen zu Boris.

Boris' Eltern sind auch geschieden. Sein Vater wohnt in Köln, hat irgendeinen sehr geilen Job bei einer Filmproduktionsfirma und muss oft ins Ausland reisen, deshalb sieht er ihn nur ziemlich selten.

Boris' Mutter ist strenger als meine. Er muss immer zu bestimmten Zeiten zu Hause sein, sie kontrolliert seine Schulaufgaben, und wenn er eine Arbeit versemmelt, kriegt er Hausarrest oder Computerverbot. Sogar sein Handy hat sie ihm schon mal drei Tage lang weggenommen, weil er Ethik geschwänzt hatte.

Zu mir ist sie total nett. Sie bietet mir immer was zu essen an, wenn ich bei ihnen bin, und erkundigt sich nach Liska und meinen Eltern, und wenn ich bei Boris übernachte, bezieht sie mir das Gästebett frisch – mit gebügelten Laken. Es ist überhaupt wahnsinnig sauber bei ihr. Ich hab da noch nie einen Krümel auf dem Küchentisch gesehen oder eine Staubmaus unter der Couch.

Boris beklagt sich oft über seine Mutter, weil sie ihm so wenig Freiheiten lässt und total viel Wert auf Leistung legt, aber andererseits: Er *hat* wenigstens eine Mutter. Das kann ich ihm so allerdings nicht sagen. Offiziell habe ich ja auch eine.

Hoffe ich jedenfalls.

Ich habe noch längst nicht alle Linien der Berliner Verkehrsgesellschaft erforscht, aber doch schon ziemlich viele. Es könnten sogar wesentlich mehr sein, wenn ich nicht so oft mit der 101 unterwegs wäre. Nicht die gesamte Strecke – die dauert über eine Stunde –, aber zwischen Königin-Luise-

Platz und Unter den Eichen. Da fährt sie nämlich die Altensteinstraße entlang, und in der Nummer 26 wohnt Emma Hanisch.

Emma ist in der Theater-AG und hatte letztes Schuljahr die Hauptrolle. «Maul halten!» hieß das Stück. Ich hab alle drei Aufführungen gesehen.

Sie ist in der Schülervertretung und hatte beim Schulfest einen Infostand zu Massentierhaltung. Nach den Osterferien hat sie eine Spendenaktion für ein russisches Mädchen organisiert, das irgendein teures Medikament braucht.

Ich habe noch nie mit ihr gesprochen, abgesehen von ein paar Nebensächlichkeiten, die man genauso gut zu jedem anderen hätte sagen können: «Haben wir in Bio Vertretung?», oder: «Ich glaub, Sport fällt aus.» Obwohl wir in dieselbe Klasse gehen, leben wir auf verschiedenen Planeten. Emma ist engagiert, durchsetzungsstark, beliebt und hält supergute Referate.

Außerdem ist sie hübsch. Sie hat dunkelblonde Haare bis zum Kinn, blaugraue Augen und ziemlich interessante Brüste in der Größe von Äpfeln. Und damit meine ich Supermarkt-Äpfel, nicht dieses schrumpelige Biozeugs, das sie vermutlich isst. Natürlich sind Brüste fast immer interessant, aber aus irgendeinem Grund interessieren mich ihre mehr als andere, jedenfalls denke ich sehr viel darüber nach.

Was sie über mich sagen würde, weiß ich nicht. Höchstwahrscheinlich: «Joschka? Was für ein Joschka?»

Dass ich mehrmals in der Woche mit dem Bus an ihrem Haus vorbeifahre, hat unter anderem den Zweck, das zu ändern. Denn wenn ich sie mal außerhalb der Schule treffe, rein zufällig natürlich, könnte sich ja ein Gespräch zwischen uns ergeben, und danach weiß sie, wer ich bin, und wir können auch in der Schule miteinander sprechen.

Im Moment geht das leider nicht, weil sie mich nicht wahrnimmt und ich keinen Anlass habe. Außerdem wäre es mir peinlich. Boris und die anderen würden mich fragen, wieso ich sie anquatsche. Ihre beste Freundin Michelle würde neben ihr stehen und mich verwundert ansehen. Wahrscheinlich würde ich auch stottern oder rot werden. Also: Es geht nicht. Aber im Bus wäre das etwas anderes.

3

Mama hat das Rückenteil des Bettes so hochgestellt, dass sie aufrecht sitzen kann. Auf dem Nachttisch liegen eine Schachtel Schokoküsse und ein Buch, sie blättert in einer Ausgabe von *ZeitWissen*, und ich kann nirgends Infusionsständer oder Beatmungsschläuche sehen. Die Gardine vor dem halb geöffneten Fenster bauscht sich im Luftzug.

Während meine Schwester Mama bereits umarmt, sehe ich mich in dem Krankenzimmer um. Es gibt nur das eine Bett, und die Tür zu dem geräumigen, hell gefliesten Bad steht offen. «Ich hab ein Privatzimmer bekommen», sagt meine Mutter, die meinen Blick bemerkt hat, und fasst nach meiner Hand. Ich lasse mich von ihr auf die Bettkante ziehen. «Schön, oder?»

Wie immer stellt Liska die Fragen, und ich höre einfach nur zu. Maximal zehn Tage, sagt Mama, dann kann sie nach

Hause, sofern es keine Komplikationen gibt. Bisher wäre jedenfalls alles nach Plan verlaufen. Gleich nach dem Aufwachen aus der Narkose hätte sie sich kurz übergeben, aber dann wäre sie wieder eingeschlafen, und jetzt gehe es ihr gut.

«Keine Schmerzen?», fragt Liska.

«Na ja, schon ein bisschen. Aber ich hab's mir schlimmer vorgestellt.»

Ich bin erleichtert, dass es ihr gutgeht, aber noch erleichterter bin ich, als ich das Krankenhaus wieder verlassen kann.

«Was machst du jetzt?», fragt Liska, als wir auf der sonnigen Straße stehen.

«Ich fahr runter bis Roseneck und nehm dann die M29.»

Sie lacht. «Neue Strecke?»

«Willst du mitkommen?»

Liska zögert. «Wohin denn?»

«Neukölln. Hermannplatz.»

Sie überlegt einen Moment. «Na gut. Warum nicht.»

Ich bin froh, dass meine Schwester zugestimmt hat. Vielleicht auch deshalb, weil es so ein komisches Gefühl war, die eigene Mutter in einem Krankenhausbett liegen zu sehen. Mama hat zwar so getan, als wäre alles bestens, aber ich hab mitgekriegt, dass sie ab und zu mal das Gesicht verzogen hat bei einer unbedachten Bewegung. Und sie war auch ziemlich blass.

«Meinst du, es kann jetzt auch noch Komplikationen geben?», frage ich, während wir am Roseneck auf den Bus warten.

Liska weiß sofort, was ich meine. Sie macht keinen Versuch, mich mit Floskeln zu beruhigen. «Na ja, die Nähte können sich entzünden und so. Oder nicht richtig zusammenwachsen.» Ich gebe keine Antwort, und sie fügt hinzu: «Aber das ist nicht lebensbedrohlich.»

Unterwegs reden wir von anderen Dingen. Wir lästern ein bisschen über eine wahnsinnig dicke Frau, die ungelogen zwei Sitzplätze belegt, und Liska regt sich über den Busfahrer auf, weil der einen Typen mit einem Hund nicht mitnimmt. «Mach dem ma'n Maulkorb um.»

«Hab ich nicht», sagt der Typ.

«Na, denn müssta loofen», erklärt der Fahrer ungerührt und schließt die Tür.

Als wir am Hermannplatz aus dem Bus steigen, sage ich: «Und was ist mit diesen Krankenhauskeimen?»

Petra ist gestresst. Sie musste Überstunden machen, mein Vater hat die falsche Salatsauce gekauft, und dann schmeißt Leon auch noch ein Glas Saft um. An ihrem verkniffenen Mund und den hektischen Bewegungen, mit denen sie Tisch, Stuhl, Boden und Kind abwischt, sieht man deutlich, dass sie kurz vor einem Ausbruch steht.

Jeder von uns bietet seine Hilfe an – sogar Leon –, aber sie lehnt schroff ab und behebt die Schweinerei alleine. So kann sie am besten klarstellen, wie unfähig wir sind und dass sowieso immer alles an ihr hängenbleibt.

Leon heult, Liska versucht, ihn abzulenken und zu trösten, und mein Vater sagt: «Lass doch, der Boden muss sowieso mal wieder durchgewischt werden», was Petra noch mehr in Rage bringt, weil er damit zu verstehen gibt, wie wenig bedeutsam es ist, was sie tut.

Wir bringen die Mahlzeit schweigend zu Ende, abgesehen von Leons abebbenden Schluchzern, und verlassen den Tisch, noch ehe wir den letzten Bissen runtergeschluckt haben. Mein Vater trägt die leeren Teller in die Küche und räumt sie in die Spülmaschine, während Petra Leon ins Bett bringt.

Wenn hier so eine Stimmung herrscht, ist es am besten, man löst sich in Luft auf. Ich schicke Boris eine Nachricht. Dreißig Minuten später sitze ich in der U-Bahn zum Alexanderplatz.

Im Juli ist es überall heiß in Berlin, aber hier in dieser Betonwüste ist es am allerheißesten. Die Bodenplatten strahlen die Sonnenwärme ab, und von nirgendwoher kommt auch nur der kleinste Lufthauch. Trotzdem schlendern Hunderte Menschen über den Platz, die meisten davon Touristen. Manche ziehen Rollkoffer hinter sich her, andere tragen Rucksäcke mit Berlin-Schriftzug. Den Fernsehturm nennen sie «Alex» und fühlen sich dabei wie Einheimische.

Um einen Zauberkünstler mit Zylinder, Dreadlocks und nacktem Oberkörper, der wortlos seine Tricks vorführt, hat sich ein Ring aus Zuschauern gebildet. Eine Weile stellen Boris und ich uns dazu, dann suchen wir uns einen Platz auf der Umrandung des Brunnens.

«Scheißstimmung zu Hause», sage ich.

«Echt? Dein Vater, oder was?»

«Na ja, nicht direkt … die ganze Kombination irgendwie. Die streiten sich ständig.»

Wir schweigen minutenlang. Ich fühle mich besser, weil ich darüber geredet habe. Zwei Mädchen kommen auf uns zu, höchstens dreizehn, ungeschickt und übertrieben geschminkt, mit Hot Pants und bauchfreien Tops. Sie kichern und stoßen sich gegenseitig mit dem Ellbogen an, und dann fragt die eine, ob wir was zu verkaufen hätten.

«Ihr gehört ins Bett», sagt Boris.

Die beiden brechen in hysterisches Gelächter aus, als hätte er einen rasend komischen Witz gemacht. «In deins oder in meins?», gackert die eine.

Boris runzelt die Stirn und starrt sie an, ohne auch nur einen Mundwinkel zu verziehen. So was kann er gut. Seine Augen sind hinter der Sonnenbrille verborgen, und nach ein paar Sekunden kriegen die Mädchen offenbar ein bisschen Respekt.

«Habt ihr jetzt was oder nicht?», fragt die eine. Es soll selbstbewusst rüberkommen, klingt aber nur zickig.

«Kauft euch ein Eis», sagt Boris.

Ihre angemalten Kindergesichter werden hässlich vor Wut. «Du blöder Wichser!», keift die eine, und die andere zieht sie weg. «Komm, lass mal, die sind doch total schwul!»

Ich schaue ihnen belustigt hinterher.

Boris lächelt immer noch nicht. «Nächstes Jahr um diese Zeit schieben sie alle beide einen Kinderwagen, rauchen Kette und leben von Hartz IV», sagt er. Boris ist manchmal ein bisschen altmodisch. Aber das mag ich an ihm.

4

Zehn Tage vor dem Ende der Sommerferien wird meine Mutter aus dem Krankenhaus entlassen. Tante Juliane, Liska und ich holen sie mit dem Auto ab. Sie darf nicht schwer heben, deshalb trage ich ihren Koffer.

Mama sieht blass aus und hat abgenommen. «Dieses Korsett macht mich wahnsinnig», stöhnt sie, als sie in den Wagen ihrer Schwester steigt. «Bei dieser Hitze! Das hält doch kein Schwein aus!»

«Was denn für ein Korsett?», fragt Juliane.

«Na, hier.» Sie zieht ihr T-Shirt hoch. Darunter trägt sie etwas Schwarzes aus glänzendem, festem Material, so wie ein BH, aber es bedeckt ihren gesamten Oberkörper und hat vorne einen Reißverschluss.

«Wozu ist das?», erkundigt sich Liska.

«Damit die Narben ordentlich zusammenwachsen.»

«Kannst du das nicht weglassen, wenn es so heiß ist?»

«Eben nicht! Rund um die Uhr soll ich das tragen, sogar nachts! Sechs Wochen lang!» Sie wischt sich mit dem T-Shirt den Schweiß von der Stirn, ehe sie es wieder runterzieht. Okay, ich muss zugeben, so was habe ich eine Frau noch nie tun sehen.

Meine Mutter sieht mit ihrem flachen Oberkörper jetzt auch definitiv nicht mehr aus wie eine Frau. Vielleicht wie ein schlanker, eher kleiner Mann mit etwas weicheren Zügen, aber trotzdem ziemlich eindeutig wie ein Mann. Ihre Stimme ist genau in dem Bereich, wo man sich nicht sicher ist, welchem Geschlecht man sie zuordnen soll. Aus ihrer Perspektive ist das wohl ein ziemlicher Erfolg. Aus meiner ist es die endgültige Niederlage.

Wir fahren sie direkt nach Hause und bringen ihr das Gepäck hoch in die Wohnung. Ich war zwischenzeitlich kein einziges Mal hier. Es ist heiß und stickig. Liska öffnet alle Fenster, obwohl es draußen nicht kühler ist. «Hast du Hunger? Soll ich dir was zu essen machen?»

«Nee. Nur Durst», sagt meine Mutter und holt sich eine Flasche Wasser aus dem Kühlschrank. «Und irgendwie bin ich schon wieder total geschafft. Ich glaub, ich leg mich hin.»

Ehe sie ins Schlafzimmer verschwindet, sage ich: «Ähm, warte mal kurz. Ich wollte noch sagen, dass ich … also, dass ich erst mal noch bei Papa bleibe.»

Liska habe ich meine Entscheidung schon mitgeteilt. Sie schnappt ihre Reisetasche und geht in ihr Zimmer, um sich dort wieder einzurichten. Meine Mutter guckt mich ungläubig an. «Was? Wieso das denn? Übernächste Woche geht doch die Schule wieder los!»

«Ja, ich weiß. Ich kann da ja auch von Papa aus hinfahren. Ich nehm meine Bücher gleich mit.»

«Was sagt denn Papa dazu? Und Petra?»

«Die sind einverstanden.» Genau genommen habe ich sehr deutlich gespürt, dass Petra die Idee extrem ungeil fand, aber ihr war wohl bewusst, dass sie nur wenig dagegen unternehmen kann.

«Und wie lange willst du da noch bleiben?», fragt Juliane.

«Weiß ich noch nicht. Vorläufig. Ich muss erst mal … klarkommen.»

Mama, die jetzt Frederik heißt, geht auf mich zu und umarmt mich. «Schatz», murmelt sie in meine Haare, «ist es denn wirklich so schlimm?» Sie fühlt sich total komisch an ohne Brüste. Trotzdem umarme ich sie auch, und ich merke, dass ich sie ziemlich vermisst habe. Wir stehen eine Weile so da und halten uns gegenseitig fest. Irgendwann mache ich mich los.

«Ich hol mal meine Schulsachen.»

Juliane fährt mich zurück. Sie ist drei Jahre älter als meine

Mutter, ernährt sich vegetarisch und lebt mit einem illegalen Einwanderer aus Ghana zusammen, der kaum ein verständliches Wort Deutsch spricht, aber immerzu breit grinst. In Julianes Auto riecht es nach Kokos und Patchouli. «Willst du immer noch Busfahrer werden?», fragt sie, während wir einem Neoman-Doppeldecker der Linie M19 hinterherzockeln.

Ich verdrehe die Augen. Sie stellt mir diese Frage bei jeder Begegnung, nur weil ich irgendwann als Kleinkind mal diesen Berufswunsch hatte. «Verkehrsingenieur», sage ich laut und langsam, als wäre sie schwerhörig.

«Da musst du aber studieren, oder?»

«Traust du mir das nicht zu?»

Juliane lacht. «Dir ist alles zuzutrauen!»

5

Jetzt wohne ich also bei Papa und Petra in Westend. Der Schulweg ist viel länger, zu Boris ist es fast doppelt so weit, nachmittags muss ich oft Leon vom Kindergarten abholen und auf ihn aufpassen, und mit Petra friedlich unter einem Dach zu leben ist auch nicht einfach. Sie funkt gerne dazwischen, wenn ich mit meinem Vater gemeinsam einen Film gucke oder an seinem Fahrrad herumschraube, und gibt uns irgendwelche dringenden, unaufschiebbaren Aufträge.

Natürlich zoffe ich mich auch ab und zu mit Papa. Dabei geht es um schlechte Noten, ein unaufgeräumtes Zimmer, nicht erledigte Einkäufe und so. Wenn wir uns streiten, hat das einen soliden Grund. Es dauert nie lange.

Damals, nach der Trennung, wollte ich wochenlang nicht mehr mit meinem Vater reden, aber nicht weil ich sauer auf ihn war. Ich dachte, er wäre ausgezogen, weil er uns einfach satthatte. Genauer gesagt: mich. Manchmal war ich ziemlich frech zu ihm. Er war immer derjenige von meinen Eltern gewesen, der weniger streng war und dem man deshalb leichter auf der Nase rumtanzen konnte, und jetzt hatte ich es offenbar übertrieben.

Irgendwann bin ich natürlich doch wieder zu Papa gefahren, auch wenn das Schuldgefühl nie ganz verschwand. Erst viel später hat Mama mir mal erzählt, warum sie sich getrennt hatten. Dass sie einfach total unterschiedliche Vorstellungen vom Zusammenleben hatten und dass er für sie zwar Freundschaft, aber keine Liebe mehr empfand.

Mittlerweile ist mir auch klar, woran das lag. Aber das hat Jahre gedauert.

Ich vermisse Mama, und ich vermisse Liska. Bei Mama ist es so, dass ich mir einrede: Es gibt sie ja eigentlich gar nicht mehr. Sie ist jetzt Frederik, den ich nicht kenne und der mir daher auch nicht fehlen kann. Aber ohne Liska fühle ich mich manchmal total verloren. Ich telefoniere mit Mama, mehrmals in der Woche. Wir sprechen über die geplante Klassenfahrt, über Leons Kinderarztbesuch, aber wir sprechen nicht über uns. Ich frage nichts Persönliches.

Alle Informationen erhalte ich von Liska, telefonisch oder per WhatsApp. Wir sehen uns kaum, weil wir auf verschiedene Schulen gehen. Aber sie hält mich auf dem Laufenden.

Meine Mutter fängt wieder an zu arbeiten. Sie ist Lebensmitteltechnologin in einem Prüflabor. Mit Kunden hat sie da praktisch gar keinen Kontakt, und ich bin überzeugt, dass sie nur deshalb nicht gekündigt wurde, aber Liska behauptet, das hätte nichts damit zu tun und man dürfte niemanden rausschmeißen, weil er transsexuell ist.

«Na hör mal», sage ich, «stell dir mal vor, dein Mathelehrer würde nach den Sommerferien als Frau wiederkommen!»

«Na und? Bleibt doch derselbe Unterricht. Außerdem: Mein Mathelehrer *ist* eine Frau.»

Ich schnaube nur. Todsicher ist so was für Lehrer verboten! Liska soll nicht immer so tun, als ob sie alles wüsste.

Nachmittags bin ich bei Boris. Jan und Steven sind auch da. «Hast du gesehen, was der Herr Röder heute anhatte?», sagt Steven.

«Meinst du dieses Tuntenhalstuch?», kichert Jan.

«Vielleicht ist er ja eigentlich 'ne Frau», sage ich. Es ist das erste Mal, dass ich so etwas vor meinen Freunden ausspreche, und ich drehe das Gesicht zur Seite, weil ich Angst habe, rot zu werden.

«Der Röder? 'ne Transe?» Boris zieht angewidert die Nase kraus. Die anderen kichern. Die Vorstellung scheint ihre Phantasie anzuregen. Jan pfeift wie ein Bauarbeiter, wenn eine hübsche Frau vorbeigeht. «Herr Röder, darf ich Ihnen mal unters Röckchen fassen?», und sie schmeißen sich weg vor Lachen.

Mir wird der Hals eng. Ich muss mich anstrengen, ein belustigtes Gesicht zu machen. Wenn ich es nicht schon vorher gewusst hätte, dann wäre mir spätestens jetzt klar, dass ich niemals, unter keinen Umständen, an der Schule auch nur ein Wort über meine Mutter verlieren darf.

6

Wir haben einen neuen Klassenraum, darin sind die Tische hufeisenförmig aufgestellt. Ich sitze mit dem Rücken zum Fenster, und Emma Hanisch sitzt mir fast genau gegenüber auf der anderen Seite. Es ist heiß. Sie trägt ein tief ausgeschnittenes Trägertop. Ungeduldig warte ich darauf, dass sie sich wieder vorbeugt, um zu schreiben, denn dann kann ich ganz weit in ihren Ausschnitt gucken. Ich sehe die Furche zwischen ihren Brüsten und die Ränder von ihrem BH. Er ist dunkelblau. Und wahrscheinlich ist er neu, denn während der Sommerferien hat sie mindestens eine Körbchengröße zugelegt. Hammer!

Boris rammt mir den Ellbogen in die Rippen. Erschrocken sehe ich ihn an, aber er schaut konzentriert nach vorne zur Tafel und macht nur eine kaum merkliche Kopfbewegung. Also folge ich seinem Blick.

«Joschka!», sagt Frau Kleinertz und lässt die Hände klatschend ineinanderfallen, als hätte sie mich ganz zufällig und zu ihrer Freude gerade hier getroffen. «Was sagst du denn dazu?» Sie legt erwartungsvoll den Kopf schräg. Dabei weiß sie ganz genau, dass ich nicht zugehört habe.

«Ähm, ich glaube …» Ich starre auf die Tafel. «Diktatur?», rate ich, denn «Republik» und «Monarchie» stehen schon da.

«Sehr schön, aber so weit sind wir noch nicht. Es geht nach wie vor um die Formen der Monarchie. – Ja, Luca?»

«Parlamentarische Monarchie?»

«Prima.» Frau Kleinertz schreibt es an die Tafel, und Emma beugt sich wieder über ihr Heft. Ich starre in ihren Ausschnitt.

Nach dem Unterricht gehe ich mit Boris zum Bus. Ich fahre öfter mit zu ihm, obwohl er genau in der entgegengesetzten Richtung wohnt. Er hat akzeptiert, dass wir nie zu mir fahren, ohne jemals nach den Gründen zu fragen.

Boris wohnt direkt am S-Bahnhof Lichterfelde. Unten im Haus sind lauter kleine Ladenlokale, deren Inhaber ständig wechseln. Im Moment gibt es da einen Handyladen, eine Änderungsschneiderei, einen Bäcker und eine ranzige kleine Boutique. Die Gegend ist scheiße, aber die Wohnung ist ganz okay.

Wir sitzen nebeneinander an Boris' kleinem Schreibtisch, essen Tortilla-Chips und suchen im Internet nach Material für ein Referat über Georg Büchner. Internetrecherchen sind immer eine heikle Sache. Sie bringen es mit sich, dass man abgelenkt wird und sich plötzlich wieder daran erinnert, was man ja auch noch googeln oder ansehen wollte, und schon hat Boris wieder – nur mal eben kurz – irgendein Musikvideo geöffnet, meist eins, das die Firma seines Vaters produziert hat. Wenn mein Vater Clips für Farid Bang und Alpa Gun gemacht hätte, wäre ich auch übelst stolz darauf.

Irgendwann landen wir dann immer bei Kollegah. Das ist Boris' absoluter Favorit. Seit sein Bartwuchs das zulässt, sieht er ihm tatsächlich ein bisschen ähnlich. Er hat eine Stange in seinem Türdurchgang montiert, an der er täglich Klimmzüge macht, um seinen Bizeps zu trainieren, rasiert sich Geheimratsecken und zupft seine Augenbrauen in Form. Boris kennt sämtliche Songs von Kollegah auswendig. Und er hat das Talent, einzelne Zeilen an den genau richtigen Stellen zu zitieren.

Ich bin nicht der Einzige, den er damit zum Lachen bringt, aber vermutlich sein größter Fan. Und auch wenn Boris es jedes Mal schafft, einen finsteren Gesichtsausdruck aufrechtzuerhalten, flasht es ihn total, dass ich bei seinen kleinen Showeinlagen immer so abgehe.

7

Am Sonntag kommen Petras Eltern zu Besuch. Ich finde, da muss ich nicht unbedingt dabei sein, und Petra findet das auch – sie sagt es zwar nicht mit Worten, aber ich verstehe es auch so. Nach dem Frühstück gehe ich los. Ich habe den ganzen Tag Zeit, deshalb will ich mal die Linie 197 von Mahlsdorf nach Hohenschönhausen fahren. Vielleicht schaffe ich danach noch die M17 nach Schöneweide. Ich mag zwar lieber Busse als Trambahnen, aber das würde sich anbieten, und ich kenne beide Strecken noch nicht.

Ich fahre also bis zum Zoo und klettere dann hoch auf den S-Bahnsteig. Als die S5 endlich einfährt, setzt sich ein Mann mir schräg gegenüber, der unfassbar laut telefoniert. Alle werfen ihm verstohlene Blicke zu. Ich verstehe kein Wort, ich könnte nicht mal sagen, was für eine Sprache das überhaupt sein soll – irgendwas Osteuropäisches, schätze ich. Falls er mit jemandem zu Hause telefoniert, wird das ein teurer Spaß werden.

Als ich neun war, bin ich mal mit Boris und seiner Mutter nach Petersburg geflogen. Die haben da Familie und fahren in den Ferien ab und zu hin, und damals wollte ich unbedingt mit. Es war nur für eine Woche, aber ich bekam schreckliches Heimweh. Ich hatte vorher nicht darüber nachgedacht, dass ich die Unterhaltungen von Boris' Verwandten nicht verstehen würde und nicht mal die Schilder in den Straßen lesen konnte. Alle waren rasend nett zu mir und stopften mich von morgens bis abends mit leckeren Sachen voll, aber ich wurde immer trauriger.

Damals hatte ich noch kein eigenes Handy. Also rief Boris' Mutter meine Mutter an und erklärte ihr die Lage, und die rief dann zurück. Es war der dritte Abend in St. Petersburg, es wollte einfach nicht dunkel werden, und ich dachte, ich würde es keine Minute mehr dort aushalten. Meine Mutter musste zweieinhalb Stunden auf mich einreden, mich trösten und mir schließlich sogar unser altes Babyschlaflied vorsingen, bis ich sie von der Strippe ließ.

Auch am nächsten Abend rief sie mich an. Diesmal beruhigte ich mich ein bisschen schneller, es dauerte nur etwas über eine Stunde, bis ich nicht mehr weinte und bereit war, ins Bett zu gehen.

Danach hatte ich mein Heimweh überwunden, lernte ein paar Brocken Russisch und fing an, das Abenteuer zu genießen. Beim Rückflug blickte ich fast ein bisschen wehmütig auf die riesige Stadt zurück, wie sie da unten immer kleiner wurde.

Zu Hause gab es einige Zeit lang weder Kino noch McDonald's. Meine Schuhe waren mir zu klein geworden, aber anstelle der Nike-Sneakers, die ich mir wünschte, bekam ich Turnschuhe von Victory. Natürlich maulte ich rum. Meine Mutter erklärte mir, die Telefonrechnung hätte ein ziemliches Loch in unser Budget gesprengt. Besänftigt hat mich das damals nicht, aber mir war klar, dass ich kein Gegenargument hatte. Jetzt, wo ich mich daran erinnere, fällt mir auf, dass sie es mir nie *vorgeworfen* hat – sie hat es einfach nur erwähnt.

Ich hatte wohl ganz schön Glück mit meiner Mutter. Erst in diesem Augenblick begreife ich, dass sie mein kindliches Heimweh auch einfach hätte abtun oder mir im Nachhinein Schuldgefühle wegen der hohen Kosten hätte machen können. Ein paar Minuten hänge ich diesen Gedanken nach, die ein ganz warmes Gefühl in mir erzeugen, bis der Mann mir gegenüber zu einer endlosen, trommelfellerschütternden Tirade ansetzt und mir wieder einfällt, dass Mama jetzt ein Mann ist und ich das wohl kaum als Glück bezeichnen kann.

Die Anschlüsse funktionieren hervorragend. Es ist erst kurz nach zwei, als ich am S-Bahnhof Schöneweide aus der Tram steige. Wenn ich jetzt wieder nach Hause fahre, sind Petras Eltern mit Sicherheit noch da.

Es ist nicht so, dass ich sie nicht leiden kann. Wir haben uns bloß überhaupt nichts zu sagen, obwohl ich sie seit über vier Jahren kenne. Sie sind nicht meine Großeltern, wir haben keine gemeinsame Geschichte, ich habe nie bei ihnen Weihnachten gefeiert wie damals bei Papas Eltern, und sie haben mich nie mit in den Zoo genommen wie Mamas Mutter, als sie noch lebte. Für mich sind sie Fremde.

Sie wohnen in einer kleinen Stadt im nördlichen Brandenburg. Jede Fahrt nach Berlin ist für sie ein Abenteuer. Für Leon nehmen sie das gerne auf sich, er ist ihr einziger Enkel. Ich bin für sie nur ein komischer Teenager mit langen Haaren und Löchern in der Hose, von dem Petra ihnen manchmal bedenkliche Geschichten erzählt und der eine Mutter hat, die gar keine Frau ist.

Ich setze mich auf eine Bank und schreibe Liska.

was machst du heute so

Ricarda und Peggy kommen gleich wir gehn

zum volkspark

Picknick machen☺

Wo bist du?

schöneweide

Ich warte eine Weile, aber es kommt keine Antwort. Also schreibe ich:

kann ich mitkommen?

Die Antwort kommt prompt:

Na klar! Wann bist du hier?

Ich sehe auf die Anzeigetafel: Die nächste S46 kommt in acht Minuten.

knappe stunde

ok ruf an wenn du da bist. Bis gleich

Die Aussicht, meine Schwester wiederzusehen, macht mir augenblicklich gute Laune. Dasselbe gilt übrigens auch für Ricarda. Peggy nehme ich in Kauf, wenn es denn sein muss.

Liska lotst mich telefonisch zu der Wiese, auf der sie mit ihren Freundinnen lagert. Sie haben eine Wolldecke auf dem Gras ausgebreitet und ein bunt zusammengewürfeltes Büfett darauf angerichtet: Schokoladenkekse, Oliven, Paprikachips, Möhren, Schokoküsse, Weintrauben und Sesamringe. Dazwischen alle möglichen Plastikdosen mit Selbstgemachtem. Liska zählt alles auf – «Das da ist Hummus, und das ist Tsatsiki von Peggy, und hier den Paprikaquark hab ich gemacht» –, aber ich kann es mir sowieso nicht merken. Ich lasse mich neben den dreien auf das dürre Gras fallen und angele mir einen Sesamring.

«Na, hast du wieder Streckenkontrolle gemacht?», fragt Peggy. In Gedanken nenne ich sie immer bloß Piggy und wundere mich, dass anscheinend niemand anderes auf diese Idee kommt, denn sie hat eine Himmelfahrtsnase, in die man reingucken kann, und ein Doppelkinn. Und sie trägt gerne enge Röcke und spitze Pumps, die an ihren stämmigen Beinen aussehen wie Schweinefüße.

Liska ist mit ihr befreundet, seit sie aufs Gymnasium geht. Am Anfang haben wir uns deshalb manchmal gestritten, weil ich nicht aufhören konnte, über Piggy zu lästern, und Liska sich darüber aufgeregt hat. Irgendwann hat meine Mutter mich gefragt, wie ich das fände, wenn jemand ständig über Boris herziehen würde. Seither habe ich das Lästern ziemlich zurückgefahren. Aber meine Meinung über Piggy habe ich nicht geändert.

Schon ihre Frage bringt mich auf tausend. «Weißt du schon, was du mal werden willst?», antworte ich mit einer Gegenfrage und hoffe, dass man mir meinen Ärger nicht anmerkt.

«Ja, klar», erwidert sie selbstbewusst. «Anwältin.»

«Und würdest du sagen, dass es dann sinnvoll ist, sich mal die eine oder andere Gerichtsverhandlung anzusehen?» Irgendwie höre ich mich gerade selbst an wie ein Anwalt.

«Was hat das denn damit zu tun?»

«Tja. Als Verkehrsingenieur kann es auch nicht schaden zu wissen, um was es da so geht.»

«Und deshalb fährst du sämtliche BVG-Strecken ab?», schnaubt Piggy, aber da fällt ihr Ricarda ins Wort.

«Ich finde das ganz wichtig, dass der Verkehr optimiert wird.» Und dabei grinst sie so, dass kein Zweifel aufkommt, wie sie das meint.

«Vielleicht macht Joschka bei dir sogar einen Hausbesuch», steigt Liska ein. Die Spannung, die sich zwischen mir und Piggy aufgebaut hatte, löst sich auf. Stattdessen flirte ich ein bisschen mit Ricarda, dem einzigen Mädchen, bei dem mir das überhaupt nicht schwerfällt, weil wir beide wissen, dass es nicht ganz ernst gemeint ist, und uns trotzdem mögen.

Wir sind praktisch zusammen aufgewachsen. In der Grundschule waren wir in derselben Klasse und haben fast in jeder Pause miteinander gespielt, bis es irgendwann rufschädigend wurde, sich in der Öffentlichkeit mit Mädchen abzugeben.

Ich würde nie wirklich was von Ricarda wollen. Keine Ahnung, wieso. Sie sieht eigentlich ganz gut aus. Nicht zu groß, normale Figur, dunkle Locken, rundes Gesicht, lachende braune Augen. Seit einiger Zeit trägt sie eine John-Lennon-Brille.

«Hier, probier doch mal», sagt Ricarda und hält mir einen Pappteller mit Muffins hin. «Hab ich selbst gemacht.»

Ich würde *alles* essen, was Ricarda zubereitet hat, sogar Rosenkohlauflauf an Tintenfischsahne, aber bei Muffins muss man mich wirklich nicht lange bitten.

Ich erzähle von dem schreienden Kerl in der S-Bahn, und die Mädchen hören mir mit großen Augen zu und machen mitfühlende Geräusche.

«Frederik hat neulich in der S-Bahn einen Hund gefunden», erzählt Liska daraufhin. Wie immer zucke ich ein bisschen zusammen, wenn sie diesen Namen ausspricht, als wäre das eine totale Selbstverständlichkeit.

«Wie – gefunden? War der da ganz alleine?», fragt Piggy.

«Ja. Ohne Leine. Der lief da wohl ganz aufgeregt hin und her. Und dann hat Frederik mit ihm gesprochen und ihn beruhigt und ihm den Riemen von seiner Umhängetasche ans Halsband gemacht. Und am Zoo ist er dann mit dem Hund ausgestiegen und hat den da der Bahnpolizei gegeben.»

«Und dann?»

«Gestern Abend hat der Besitzer angerufen und sich bedankt. Der war irgendwo aus der Bahn gestiegen und hat gedacht, sein Hund kommt hinterher, aber der muss wohl irgendwie nicht gecheckt haben, dass sein Herrchen gegangen ist. Und als der Mann das gemerkt hat, war die Bahn schon weitergefahren.»

«In der S-Bahn ist doch Leinenpflicht!», ruft Piggy, als würde das die gesamte Geschichte zu einem Märchen machen und sie hätte es als Einzige gemerkt. Ich verkneife mir einen Kommentar.

Dafür spricht Ricarda meine Gedanken aus: «Na und? Da hält sich doch nicht jeder dran. Jedenfalls find ich es cool von Frederik, dass er sich um den Hund gekümmert hat.»

«Ja, Frederik ist sowieso total cool!», behauptet Piggy. «Der ist so mutig, echt. Ich meine, auch mit der Geschlechtsumwandlung und so.»

«Geschlechts*anpassung*», sage ich.

Liska wirft mir einen erstaunten Blick zu.

«Was?» Peggy kneift die Augen zusammen.

«Es heißt Geschlechtsanpassung. Das körperliche Geschlecht wird ja der eigenen Identität nur angepasst.»

«Stimmt eigentlich», sagt Ricarda nachdenklich, die wahrscheinlich gar nicht mitkriegt, dass zwischen Piggy und mir ein ständiger Kampf herrscht. Und dann fügt sie hinzu: «Aber da gehört auf jeden Fall total viel Mut dazu.»

In diesem Moment beneide ich Liska um ihre Freundinnen.

8

Der Montagmorgen ist nicht unbedingt meine beste Zeit, besonders wenn es so drückend schwül ist wie heute. Seit den Sommerferien beginnt die Woche immer mit einer Doppelstunde Ethik. Der Herr Korsch spricht ausführlich über den Buddhismus und erzählt vom Achtfachen Pfad. Emma hat sich so hingesetzt, dass ich nur ein Stück von ihrem Profil sehen kann. Mir ist langweilig. Ich falle in eine Art Trancezustand.

Dann gibt es plötzlich einen dumpfen Knall. Alle Köpfe rucken herum. Sebastian ist vom Stuhl gefallen und rappelt sich gerade mühsam wieder auf. Nach der ersten Schrecksekunde bricht die gesamte Klasse in Gelächter aus, und wegen der vorherigen Langeweile fällt es viel lauter und schriller aus, als es eigentlich gerechtfertigt wäre.

Sebastian wird knallrot. Er setzt sich wieder auf den Stuhl, macht sich dabei ganz schmal, als wollte er am liebsten unsichtbar sein, legt die Unterarme parallel auf die Tischplatte, zieht die Schultern hoch und lässt den Kopf hängen. Scheiße, wie peinlich! Ich gebe ja zu, ich muss auch lachen, aber gleichzeitig tut er mir echt leid.

Er ist neu in unserer Klasse, ist blass und dünn und still, und mehr kann ich über ihn nicht sagen. Soviel ich weiß, hat er sich bisher noch nicht am Unterricht beteiligt. Er vermeidet direkten Blickkontakt und huscht immer an einem vorbei, als hätte er Angst, zu viel Platz einzunehmen. Ich überlege, wie er in Sport ist – da gibt man ja meistens mehr über sich preis als im Klassenraum –, und erst jetzt fällt mir auf, dass er gar nicht daran teilgenommen hat.

«So, Herrschaften, das reicht jetzt», ruft Herr Korsch, weil die Klasse gar nicht aus dem Lachen rauskommt. «Wir wollen mal weitermachen!»

Eindeutig wollen *wir* das nicht, sondern nur er, aber als Lehrer sitzt er da am längeren Hebel, und ein paar Minuten später quatscht er uns schon wieder geradewegs ins Nirwana. Wenigstens hat Emma aufgrund des Zwischenfalls ihre Sitzhaltung verändert, sodass das Ganze doch noch sein Gutes hatte.

9

Zuerst suche ich im Kleiderschrank. Dann gehe ich ins Bad und durchwühle den Wäschesammler, was eine ziemlich eklige Sache ist, weil ich eigentlich nicht wissen will, wie Petras getragene Slips aussehen (und auch die von Leon und meinem Vater interessieren mich nicht sonderlich). Schließlich stiefele ich runter bis in den Keller und sehe nach, ob meine Hose da auf der Leine hängt oder im Trockner vergessen wurde oder ob jemand sie irrtümlich auf die Bügelwäsche gestapelt hat.

Zufällig kommt Petra auch gerade runter, um zwei leere Mineralwasserflaschen gegen volle zu tauschen. «Wo ist denn meine Jeans?», frage ich sie.

«Welche?»

«Die von Jack & Jones.»

«Keine Ahnung. Wie sieht die denn aus?»

«Na ja, so skinny eben. Mit so Rissen am Knie.»

«Ach so, die kaputte! Die hab ich weggeschmissen.»

Zuerst denke ich, sie macht einen Witz, aber in ihrem Gesicht ist nicht mal der Anflug eines Lächelns zu sehen, als sie die leeren Flaschen klirrend in den Kasten stellt.

«Wie – weggeschmissen?» Wahrscheinlich hab ich mich einfach verhört.

«Die war doch total zerfetzt.»

Das glaub ich jetzt nicht. Petra hat meine Jeans weggeschmissen? Meine Lieblingshose, die über siebzig Euro gekostet hat und noch kein halbes Jahr alt war? «Ja, sicher – das *muss* doch so sein! Die hab ich so gekauft! Die war teuer!» Ich bin so fassungslos, dass mir fast die Luft wegbleibt.

«Kann ja sein», sagt Petra in diesem ruhigen, überlegenen Ton, den sie immer anschlägt, wenn sie sich moralisch im Recht fühlt, «aber ich möchte nicht, dass du in Fetzen rumläufst.»

«Was?» Meine Stimme macht einen kleinen Überschlag. «Was geht dich das denn an, wie ich rumlaufe?»

Mit zwei vollen Wasserflaschen in den Händen wendet Petra sich der Treppe zu. «Kann ja sein, dass es deiner *Mutter* egal ist, wie du aussiehst, aber solange du hier wohnst, wirst du dich wohl an meine Regeln halten müssen.» Mit diesen Worten lässt sie mich stehen.

Ich weiß nicht, was schlimmer ist: dass sie meine Lieblingsjeans weggeschmissen hat oder die Art und Weise, wie sie das Wort «Mutter» ausgesprochen hat – als wäre das eine reichlich beschönigende Bezeichnung und sie hätte nur aus Höflichkeit darauf verzichtet, einen anderen Begriff zu verwenden.

Wütend stürme ich hinter ihr her. «Wo ist die Jeans? Hast du sie in den Mülleimer geschmissen?» Am liebsten würde ich sie am Arm packen, damit sie stehen bleibt und mich anguckt, wenn sie mit mir spricht, aber sie stapft unbeirrt weiter.

«Nein, in einen Sammelcontainer», erklärt sie gereizt. «Zusammen mit anderen ausrangierten Klamotten von Leon, deinem Vater und mir. Du brauchst also gar nicht erst anzufangen, draußen im Müll rumzuwühlen.»

Genau das hatte ich vor, und dass sie es ausspricht, macht mich noch wütender. «Wie kommst du dazu, einfach an meine Sachen zu gehen? Du kannst doch nicht einfach was weggeben, was mir gehört! Ohne mich zu fragen!», schreie ich.

Wir sind in der Küche angelangt, wo sie die Flaschen in den Kühlschrank stellt. Danach dreht sie sich endlich zu mir um. Jetzt wird sie auch ein bisschen lauter. «Ach so, dann willst du deine Klamotten wohl ab sofort selbst waschen, was? Nur zu! Ich hab auch so genug zu tun!»

«Waschen und wegschmeißen ist ja wohl nicht dasselbe!», brülle ich zurück.

«Nein, aber wenn du die Verantwortung abgibst, dann musst du auch damit leben, dass jemand anders sie übernimmt! Und ich lege nun mal Wert darauf, dass hier keiner rumläuft wie ein Obdachloser!»

«Solche Jeans könnte sich überhaupt gar kein Obdachloser leisten!» Mein Argument klingt irgendwie lahm, aber ich bin zu wütend, um über ein besseres nachzudenken.

Petra schiebt sich an mir vorbei aus der Küche.

«Was soll ich denn jetzt anziehen?», jaule ich ihr hinterher. Auch das ist natürlich albern, denn ich habe noch andere Hosen.

«Ach, du Armer!», höhnt sie. «Ich kann dir ja einen Rock von mir leihen!» Und im Weggehen fügt sie noch hinzu: «Vielleicht liegt das ja bei euch in der Familie», aber das ist mehr ein Murmeln, und sie ist schon um die Ecke des Flurs gebogen, deshalb könnte ich mich im Zweifelsfall auch verhört haben.

Das hier *ist* kein Zweifelsfall.

Aber trotzdem würde sie es abstreiten, falls ich es meinem Vater erzähle.

Vor Wut und Hilflosigkeit schießen mir Tränen in die Augen.

10

Ich sitze mal wieder in der 101 und fahre die Altensteinstraße entlang. Wie immer sitze ich auf der rechten Seite, dort, wo auch Emmas Haus liegt, und renke mir fast die Halswirbelsäule aus, als der Bus daran vorbeifährt. Es liegt still und nichtssagend im Licht der tiefstehenden Nachmittagssonne. Kein Fenster ist offen, niemand hält sich im Garten auf.

Der Bus hält an der Haltestelle Limonenstraße, senkt sich seitlich dem Bordstein entgegen und öffnet zischend die vordere Tür.

Emma steigt ein.

Ich weiß nicht genau, ob ich blass werde, aber es fühlt sich auf jeden Fall so an – als würde mein Kreislauf absacken und das gesamte Blut aus meinem Kopf weichen. Es ist ein richtiger Schock. Sie kommt genau auf mich zu, und jetzt – jetzt sieht sie mich.

«Hallo», sagt sie, nickt mir zu und geht weiter.

Kein Lächeln, keine Überraschung, nichts. Sie hat mir zugenickt, als wäre es Routine. Ich sitze erstarrt da und weiß nicht, was ich denken soll. Eigentlich ist genau das passiert, wovon ich immer träume: dass wir uns im Bus begegnen. Aber irgendwie ist es überhaupt nicht so gelaufen, wie ich mir das vorgestellt hatte.

Ich habe mir immer ausgemalt, sie wäre überrascht, mich zu sehen, würde sich zu mir setzen – ich versuche deshalb immer, eine freie Sitzbank mit zwei Plätzen zu erwischen – und mich fragen, was ich denn hier so mache und wohin ich unterwegs bin. Ich würde mir etwas ausdenken und dann natürlich fragen, wo *sie* hinwill, und daraus würde sich ein Gespräch entwickeln, und wir würden uns danach ein bisschen besser kennen und könnten am nächsten Tag irgendwie daran anknüpfen.

Nach ein paar Minuten wage ich, mich vorsichtig nach ihr umzusehen. Sie sitzt mit gesenktem Kopf in der letzten Reihe, höchstwahrscheinlich hat sie das Handy im Schoß und schreibt eine Nachricht oder guckt sich ein Video an, auch wenn es auf den ersten Blick so aussieht, als würde sie beten. Trotz meiner Niederlage muss ich bei der Vorstellung grinsen.

Genau in diesem Moment guckt sie hoch und mir genau ins Gesicht. Hastig wende ich mich ab. Sie muss mein Lächeln gesehen haben. Ist das jetzt peinlich oder gut? Ich atme mehrmals tief durch, um meinen rasenden Puls zu normalisieren. Dabei überlege ich, was schlimmstenfalls passieren könnte, wenn ich jetzt aufstehe und zu ihr nach hinten gehe und frage: «Weißt du, was ich gerade gedacht habe?» Sie wird mich wahrscheinlich überrascht ansehen, aber die Neugier wird siegen, und deshalb wird sie sagen: «Keine Ahnung – was denn?»

Mit meiner Antwort könnte ich sie zum Lachen bringen. Das scheint mir ein ziemlich guter Plan zu sein. Ich hole noch einmal tief Luft, dann rutsche ich über die Sitzbank von meinem Fensterplatz in Richtung Gang. Gerade will ich mich an der Haltestange hochziehen, um aufzustehen, da kommt Emma mir zuvor und geht zur hinteren Tür. Der Bus hält, sie steigt aus und ist weg.

Ich habe zu lange gewartet. Aber ich hätte es gemacht, ehrlich.

11

«Was ist das?», fragt mein Vater. Er könnte sich das Schreiben auch einfach ansehen, dann bräuchte er nicht zu fragen.

«Einladung zum Elternabend», sage ich.

Daraufhin liest er es sich durch. «Nächste Woche Donnerstag? Da kann ich nicht», sagt er und schiebt mir den Zettel zurück über den Esstisch, als müsste dann ich an seiner Stelle hingehen.

«Wieso denn nicht?»

«Da ist Probe.»

Papa spielt Gitarre in einer Band. Die treten schon seit fünfzehn Jahren zusammen auf. Am Anfang haben sie Jazz gemacht, aber inzwischen spielen sie hauptsächlich Oldies, weil das auf Partys offenbar total gut ankommt. Zumindest auf den Partys, für die sie gebucht werden.

«Dann lässt du die eben mal ausfallen!» Die müssen sich doch nicht zwei Mal im Monat treffen, bloß um die Kinks nachzuspielen, oder?

«Wir haben Samstag einen Auftritt!», erwidert mein Vater empört. Er tippt auf das Einladungsschreiben, das immer noch zwischen uns auf dem Tisch liegt. «Mama kann doch da hingehen.»

Wieso stellt er sich denn jetzt blöd? Er weiß doch ganz genau, dass das nicht geht! «Papa, bitte!», dränge ich.

«Mein Gott, wie lange willst du dieses Spielchen denn noch treiben? Irgendwann *musst* du es doch mal sagen!»

Das sagt er nur, weil er keine Lust hat, für den Elternabend seine bescheuerte Bandprobe abzusagen. Wie krass egoistisch ist das denn! «Ich mach mich doch da nicht zum Idioten! Die kennen dich alle, du warst *immer* da! Wie sieht das denn aus, wenn da jetzt plötzlich irgendein anderer Kerl auftaucht und behauptet, er wäre auch mein Vater?»

Er zuckt die Achseln, als würde so was tagtäglich an Berliner Schulen vorkommen. «Na und?»

«Wie, na und? Wenn du das selber machen müsstest, wärst du bestimmt nicht so entspannt!»

«Ach komm, ich finde, du übertreibst es wirklich. Du kannst Mama doch nicht komplett aus deinem Leben streichen.»

Wollen wir jetzt eine Grundsatzdiskussion führen, nur wegen dieses dämlichen Elternabends? «Das ist doch wohl meine Sache», fauche ich.

«Na gut, dann ist es eben deine Sache, und ich hab am Donnerstag keine Zeit, so einfach ist das!» Er steht auf und stellt seinen Teller in die Spülmaschine.

Ich haue vor Wut mit der Faust auf den Tisch, dass es klirrt. «Scheiße, Mann!»

Papa dreht sich in der Küchentür um. «Joschka!», brüllt er. «Reiß dich zusammen!»

«Wieso soll ich mich denn zusammenreißen, wenn meine Eltern totale Arschlöcher sind?», schreie ich. Ich hab mich echt nicht mehr unter Kontrolle. «Ihr lasst mich hängen, alle beide! Ihr macht euch das verdammt leicht!»

«Das reicht», sagt Papa. «Geh rauf in dein Zimmer und lass dich bloß nicht mehr blicken!»

Er sagt nicht, für welchen Zeitraum das gilt. Heute? Die ganze Woche? Ein Leben lang?

Und wenn schon. Ich will ihn auch nicht mehr sehen. Wenigstens darin sind wir uns also einig.

12

Tante Juliane hat Geburtstag. Sie hat uns in ihre Wohnung eingeladen, die ist groß genug für die knapp zwanzig Gäste: Familie, Freunde, Kollegen. Meine Mutter hat mich mit dem Auto abgeholt. Wir müssen mehrmals um Julianes Wohnblock fahren, bis wir endlich einen Parkplatz finden. Ehe wir aussteigen, räuspert Mama sich und sagt: «Ähm, tust du mir einen Gefallen?»

Ich gucke sie fragend an.

«Nenn mich nicht Mama, okay? Also, nicht wenn jemand zuhört.»

Das treibt mir einen dünnen Stahldraht durch die Eingeweide, aber ich lasse mir nichts anmerken, sondern antworte ganz locker: «Okay.»

Liska und ich sind nicht die Jüngsten, es krabbeln und toben auch noch ein paar Kinder durch die Räume. Das kleinste ist zehn Monate alt, das älteste sechs Jahre. Die meisten Anwesenden kenne ich, denn Tante Juliane feiert ihren Geburtstag fast jedes Jahr, aber es sind auch ein paar neue Gesichter dabei.

Ihr Freund Jerry hat das Essen gemacht, und zwar ein typisch afrikanisches, das aus verschiedenen Soßen und exotischen Beilagen besteht und ziemlich scharf ist. Namen wie Yamswurzel und Okraschoten schwirren über den Tisch. Mir ist egal, wie das Zeug heißt, jedenfalls schmeckt es. Jerry strahlt, als ich mir einen Nachschlag geben lasse.

Ich beobachte meine Mutter aus dem Augenwinkel. Viele dieser Leute hier haben sie zuletzt gesehen, als sie noch eine

Frau war. Also, optisch. Aber keiner sagt was, und keiner fragt nach. Ich glaube nicht, dass man sie nicht wiedererkennt, denn sie hat sich eigentlich gar nicht so sehr verändert – nicht so, dass man sich nicht an sie erinnern würde.

Irgendwann bittet sie um die Schüssel mit dem Gemüse. Jemand drückt sie mir in die Hand und sagt: «Reichst du sie ihm mal weiter?», und ich bin einen Augenblick lang total verwirrt, umklammere die Schüssel und weiß nicht, was ich damit tun soll.

Nach dem Essen teilt sich die Geburtstagsgesellschaft in Grüppchen auf. Die meisten Frauen rotten sich in der Küche zusammen, wo es eigentlich nichts weiter zu tun gibt, als den Geschirrspüler einzuräumen und ihm bei der Arbeit zuzusehen. Wenn ich ihr lautes Gegacker richtig deute, das in Wellen durch die Wohnung brandet, ist das eine ziemlich unterhaltsame Beschäftigung.

Drei weitere Frauen spielen mit den Kleinkindern und sprechen dabei in einer seltsam hohen Stimmlage, als wollten sie irgendwem vormachen, dass sie selbst noch Kinder wären. Zwischendurch tauschen sie Erziehungs- und Pflegetipps aus und wechseln dabei mühelos in ihren normalen Erwachsenenton.

Die Raucher stehen auf dem Balkon. Ihre Füße scharren über den Zementboden, sie blasen weiße Wolken in die Abendluft und streifen Asche von ihren Zigaretten. Worüber sie sprechen, kann ich nicht verstehen, aber Julianes Arbeitskollege mit dem dunkelblauen Hemd ist der Wortführer und scheint sich über irgendwas zu ereifern.

Im Wohnzimmer sitzen die Männer, die heute in der Minderzahl sind. Jerry hat kleine Schnapsgläschen verteilt und

Aktpeteshie ausgeschenkt, irgendein Gebräu aus seiner Heimat mit ordentlich vielen Umdrehungen. Sie diskutieren über Korruption in der FIFA und machen Witze über Putin. Bei ihnen sitzt auch meine Mutter.

Nein, das ist nichts Neues. Weder diese Aufspaltung bei Partys noch dass Mama nicht bei den Frauen in der Küche oder bei den Kinderbespaßerinnen ist. Sie hat sich schon immer ganz selbstverständlich an den Männergesprächen beteiligt, weil das einfach ihre Themen sind.

13

«Ist dir schon mal aufgefallen, was der für Ringe unter den Augen hat?», fragt Boris. «Ich will gar nicht wissen, was der sich so einfährt.»

«Glaub ich nicht», sage ich, aber sicher bin ich mir nicht. Sebastian ein Party Animal? Dafür ist er viel zu still und zu schüchtern. Die Vorstellung, dass er nachts durch Clubs zieht, Bier aus Flaschen trinkt und auf dem Klodeckel Lines auslegt, kommt mir ziemlich absurd vor. Wie will er denn überhaupt am Türsteher vorbeikommen? Es gibt nur zwei, drei Leute in unserer Klasse, die bei schlechter Beleuchtung notfalls für achtzehn durchgehen würden. Sebastian gehört ganz sicher nicht dazu.

Andererseits: Heute ist er schon wieder im Unterricht eingeschlafen. Zwar ist er diesmal nicht vom Stuhl gefallen, aber er hat ganz offensichtlich gepennt, den Kopf auf den Armen, und er hat erst reagiert, als der Röder zum zweiten Mal laut seinen Namen gerufen hat und alle schon prusteten und kicherten.

Wovon sollte er so müde sein, wenn er nicht die ganze Nacht gefeiert hat? «Vielleicht lernt er total viel», überlege ich. «Damit er den Anschluss kriegt. Er kommt doch von einer anderen Schule. Kann doch sein, dass er viel nachholen muss.»

Boris zieht die Augenbrauen zusammen und schüttelt den Kopf. «Davon kann man nicht so fertig sein.»

«Nee, du bestimmt nicht», grinse ich und stoße ihm den Ellbogen in die Rippen.

14

Nur zwei Tage später sitze ich in der Pause auf dem Schulklo, als in der Tasche meiner runtergelassenen Hose das Handy vibriert. Ich angele es hervor und lese eine Nachricht von Liska.

> Wir gehen nachher wilmi, Kleid für Auftritt kaufen.
> kommst du mit?

Liska ist im Schulorchester. Sie spielt Klarinette. Einmal im Jahr geben sie ein großes Konzert, und das nimmt sie jedes Mal zum Anlass, sich irgendeinen teuren neuen Fummel zu kaufen.

Ich texte zurück:

wer ist wir

Frederik & ich

Nachdenklich starre ich auf das Display. Das wäre dann so wie früher: Shoppen mit Mama. Ich bin kein großer Freund von Einkaufsorgien, aber eigentlich war es trotzdem immer witzig, wenn wir zu dritt losgezogen sind. Vor allem weil wir anschließend grundsätzlich ins Block House gegangen sind, wo ich mir immer einen Steakteller bestelle. Mir läuft jetzt schon das Wasser im Mund zusammen, weil es bei Petra und meinem Vater praktisch nie Fleisch zu essen gibt.

wann denn

18h

Wieder überlege ich. Heute habe ich nichts weiter vor, und wenn der Röder uns nicht gleich mit Hausaufgaben zuballert, was er tatsächlich nur sehr selten tut, hätte ich genügend Zeit für einen Bummel durch die Wilmersdorfer Arcaden.

Blöd ist nur, dass da auch viele Leute aus meiner Schule hingehen. Die Chance, dass wir gesehen werden, ist ziemlich hoch. Und was soll ich sagen, wer dieser Typ ist, der da mit meiner Schwester und mir einkaufen geht?

Ich müsste es so einrichten, dass ich immer ein bisschen Abstand zu Mama halte, damit wir nicht miteinander in Verbindung gebracht werden.

Aber wie mache ich das, wenn wir hinterher noch was essen gehen?

Verdammt.

Ich weiß es immer noch nicht. Wirklich, ich kann mich einfach nicht entscheiden. Eigentlich hätte ich total Lust dazu. Vielleicht könnte ich Mama sogar überreden, mir eine neue Jeans zu kaufen, nachdem Petra ja für eine Lücke in meinem Kleiderschrank gesorgt hat. Mann, allein der Gedanke lässt schon wieder die Wut in mir hochkochen!

Während ich mir unschlüssig mit dem Handy aufs nackte Knie klopfe, dröhnt der Pausengong. Shit! Ich muss rauf in den zweiten Stock und sitze immer noch auf diesem verfluchten Klo! In aller Eile ziehe ich mich wieder an, stürme aus der Kabine und will mir noch ganz schnell die Hände waschen.

An einem der Waschbecken steht Sebastian. Gerade drückt er eine Pille aus einer Blisterfolie, schiebt sie sich zwischen die Lippen und beugt sich runter, um direkt aus dem Hahn zu trinken. Gleichzeitig lässt er den Blister wieder in seiner Jackentasche verschwinden. Das geht alles sehr schnell. Er richtet sich hastig auf, wirft mir einen scheuen Seitenblick zu und nuschelt irgendwas, vermutlich «Wir müssen hoch» oder so ähnlich. Ohne meine Antwort abzuwarten, eilt er davon.

Ich folge ihm nur Sekunden später. Auf der Treppe ist er ein paar Stufen vor mir. Er nimmt immer zwei auf einmal. Weil ich schneller bin als er, hole ich ihn genau an der Tür zum Klassenzimmer ein – die übrigens schon geschlossen ist. Wir kommen wirklich zu spät. Gleichzeitig. Keine Ahnung, was die jetzt alle denken. Ist mir auch egal, weil ich immer noch total geflasht von dem Anblick bin, wie er sich die Pille eingeworfen hat.

15

Zaghaft öffnet Liska die Tür der Umkleidekabine und macht einen Schritt heraus. «Ich weiß nicht – das sitzt hier oben irgendwie nicht richtig», sagt sie und zupft am Ausschnitt herum.

Wir sind jetzt im vierten Klamottenladen, und sie probiert das neunte Kleid an. Oder das zehnte? Fuck, ich hab den Überblick verloren. Meine Füße tun weh, mir ist heiß, meine Augen brennen von dem grellen Neonlicht, mein Mund ist total ausgetrocknet, und ich will endlich was essen.

Mama aka Frederik hat dagegen eine Engelsgeduld. «Du musst dich schon wohl darin fühlen. Du kannst es ja nicht den ganzen Abend zurechtzupfen. Zieh doch mal das Dunkelblaue an, das ist oben nicht so eng geschnitten.»

Und Liska verschwindet, nach einem letzten skeptischen Blick in den bodentiefen Spiegel, wieder in der Kabine. Ächzend lasse ich mich auf einen Kunstlederhocker sinken und stelle die Plastiktüte mit meiner neuen Jeans ab.

Später, viel später, als Liska sich endlich für ein kurzes, enges Kleid aus rotem Satin entschieden hat, aber trotzdem weiterhin unschlüssig ist, ob das blaue nicht vielleicht doch besser gewesen wäre, und wir im Block House sitzen und ich überlege, ob ich nach dem Steakteller nicht auch noch einen Nachtisch schaffe, fragt mich Mama: «Willst du nicht doch lieber wieder nach Hause kommen?»

Ich schiebe mir eine volle Gabel Pommes in den Mund und weiche ihrem Blick aus, und sie fügt hinzu: «Ich meine, damit du keine Angst mehr um deine Hosen haben musst», worüber wir alle drei grinsen. Aber natürlich ist die Frage trotzdem ernst gemeint.

«Ja, Mann, komm endlich nach Hause», sagt Liska. «Das ist echt scheiße, wenn man dich nur so selten sieht.»

Das rührt mich. Ich will auf keinen Fall, dass man mir das anmerkt, und angele nach meinem Glas Cola. Während ich am Strohhalm herumnuckele, lasse ich wachsam meinen Blick umherwandern. Es ist ziemlich voll hier drin, und viele Gäste sind in meinem Alter. Schon den ganzen Abend sehe ich mich ständig um, ob jemand aus meiner Schule in der Nähe ist. Das ist wie eine fixe Idee, echt. Ich hab solche Angst davor, das kann ich gar nicht beschreiben.

Weil meine Mutter und meine Schwester auf eine Antwort zu warten scheinen, sage ich schließlich: «Ich komm bald wieder. Aber ich brauch noch ein bisschen.»

«Gut, aber ich kann mich darauf verlassen, dass du wieder einziehst? Ich such nämlich eine neue Wohnung», sagt meine Mutter.

«Was?!», schreie ich. Nicht auch das noch! Wieso muss sich denn ständig alles verändern?

«Hey, ganz ruhig», sagt sie und legt mir die Hand auf den Arm. «Nicht nächste Woche. Aber demnächst.»

«Und wieso?»

«Ich möchte gerne … ein neues Umfeld. Die Nachbarn kennen mich doch da alle noch als Frau. Und der Bäcker. Und der Postbote. Die sagen auch weiterhin ‹Frau Feder› zu mir. Das ist mir unangenehm.»

«Aber … wo willst du denn hin? Weg aus Berlin?» Meine Stimme macht einen unerwarteten Hüpfer, obwohl ich eigentlich aus dem Stimmbruch raus bin.

«Quatsch, nein. Natürlich nicht. Nur in irgendeinen anderen Stadtteil. Vielleicht auch nur nach Schöneberg oder Friedenau. Es geht bloß darum, dass mich nicht jeder von früher kennt, dem ich auf der Straße begegne.»

«Aber du gehst doch auch weiter zur Arbeit. Da kennen sie dich auch alle noch von früher!»

«Die haben es aber akzeptiert, dass ich jetzt *Herr* Feder bin.»

Echt? Ich werfe Liska einen ungläubigen Blick zu. Sie hält sich raus und konzentriert sich ganz auf ihren Salat.

«Dann bleib ich wohl doch besser gleich bei Papa wohnen», sage ich – hauptsächlich aus Frackigkeit, das gebe ich zu. Denn eigentlich will ich das gar nicht. Aber ich sehe Mama an, dass ich sie verletzt habe, und für den Moment verschafft mir das eine gewisse Befriedigung.

16

Im Prinzip ist ja gar nichts passiert. Emma und ich sind im selben Bus gefahren, ich habe mich zu ihr umgedreht, und ich war drauf und dran, zu ihr zu gehen und sie anzuquatschen – das ist alles. Trotzdem fühlt es sich an, als wären wir uns nähergekommen. Wir haben etwas Gemeinsames *erlebt*, oder? Auch wenn diese Vorstellung möglicherweise ziemlich einseitig ist.

Vielleicht auch nicht. Denn manchmal schaut Emma jetzt zu mir herüber. Sie lächelt nicht oder zwinkert mir zu oder so, aber sie guckt. Und das ist auf jeden Fall schon mehr als vorher.

Einmal macht der Herr Leppert in Mathe gerade einen seiner berüchtigten Witze, als sie zu mir rübersieht. Wir lachen beide. Es ist unmöglich zu sagen, ob wir über das Wortspiel unseres Mathelehrers lachen oder ob wir einander anlachen. Jedenfalls haben wir ein paar Sekunden lang Blickkontakt und machen dabei beide ein fröhliches Gesicht, und ich hab mal bei *Galileo* gesehen, dass sich dadurch die Gefühle für eine andere Person beeinflussen lassen. Lächelnde oder lachende Menschen findet man auf Anhieb viel sympathischer als normal oder grimmig guckende.

Wenn das stimmt, bin ich bei Emma jetzt einen Schritt weitergekommen. Ich könnte sie demnächst noch mal anlächeln. Vielleicht sogar ohne äußeren Anlass. Falls ich mich traue.

17

Petra macht mal wieder Überstunden. Sie arbeitet beim Bezirksamt Mitte, und anscheinend sind da alle außer ihr unfähig, krankgeschrieben, im Urlaub oder auf Fortbildung, das heißt, wenn sie nicht die ganze Arbeit macht, dann macht sie keiner, und Berlin versinkt im Chaos. Falls mein Vater daran nicht schuld sein will – und wer könnte das schon wollen? –, muss er eben ganz pünktlich Feierabend machen und Leon von der Kita abholen, denn die schließt Schlag siebzehn Uhr ihre Pforten.

Manchmal ist das aber nicht möglich, dann bleibt diese Aufgabe an mir hängen. In gewisser Weise verstehe ich das. Ich wohne jetzt mit im Haushalt, da muss ich auch Pflichten übernehmen. Und immerhin ist Leon mein kleiner Bruder (na gut, Halbbruder), da ist das wahrscheinlich nicht zu viel verlangt.

Das Blöde ist nur, dass ich mich dann echt total abhetzen muss, denn ich hab bis halb vier Unterricht, freitags sogar bis Viertel nach vier, und brauche fast eine Stunde für den Heimweg. Und da ich nicht jeden Tag so aus dem Schulgebäude presche wie neulich, sondern möglicherweise noch ein paar Worte mit meinen Freunden wechseln will, bin ich schon mehr als einmal mit Leons Erzieherinnen aneinandergeraten.

Die sind da wirklich knallhart. Um fünf lassen die den Hammer fallen. Oder den Buntstift, die Kasperlepuppe, den Duplo-Stein, was auch immer sie an Werkzeugen benutzen, um die Kiddies in Schach zu halten. Als würden sie an einer Maschine arbeiten, die man zu einer bestimmten Zeit einfach abschaltet, damit alle gleichzeitig aus der Fabrik strömen können.

Kann ja sein, dass ich nicht viel Ahnung vom Berufsleben habe, aber ich kenne echt niemanden, der auf die Minute genau Feierabend macht. Obwohl wir an der Schule ja sogar einen Gong haben, der das Unterrichtsende verkündet, bleiben die Lehrer noch da, wenn man sie was fragen will. Oder sie machen die Pause durch, wenn wir Klausuren schreiben. Oder sie kommen außerhalb der Unterrichtszeiten zu Theateraufführungen und so.

Kita-Erzieherinnen haben da irgendwie andere Vorstellungen. Letztes Mal kam ich höchstens zehn Minuten später, da stand diese Frau Ludwig schon mit Leon an der Hand draußen auf dem Gehweg und hatte so einen verkniffenen Mund, dass sie zur Begrüßung nicht mal höflich lächeln konnte.

Wer weiß, was sie mir heute antut. Denn als ich am Heidelberger Platz von der U3 in die Ringbahn umsteigen will, wandert mal wieder die gefürchtete Laufschrift über die Anzeigetafeln: *Wegen eines technischen Defekts kommt es derzeit zu Verspätungen und Zugausfällen *** Wir bitten um Verständnis.*

Während ich auf dem immer voller werdenden Bahnsteig warte, überlege ich mir, wie es wäre, wenn ich das mit derselben Regelmäßigkeit in der Schule mache. Ich könnte ein Schild malen, auf dem steht: *Wegen pubertätsbedingter Hormonschwankungen kommt es bei den Hausaufgaben zu Verspätungen und Ausfällen *** Ich bitte um Verständnis.*

Ich finde, das wäre angemessen, denn im Gegensatz zur Deutschen Bahn bekomme ich nicht *einen* Cent für meine Arbeit.

Es dauert geschlagene sechzehn Minuten, bis die S-Bahn endlich einrollt. Sie ist bereits völlig überfüllt, und nun drängen noch weitere Menschenmassen hinein. Ich auch, mitsamt meinem Schulrucksack. Was soll ich machen? Ich werde sowieso schon zu spät kommen.

Es ist neun nach fünf, als ich um die Ecke presche. Da sind sie. Leon haut mit einem Stöckchen auf einen Busch ein, und Frau Ludwig hat das Handy am Ohr. Als sie mich kommen sieht, beendet sie das Gespräch. «Du bist schon wieder zu spät», weist sie mich zurecht, bevor ich auch nur den Mund aufmachen kann.

«Tut mir leid», keuche ich, denn ich bin den ganzen Weg

von der Haltestelle bis hierher gerannt. «Die S-Bahn ist ausgefallen.»

«Guck mal!», ruft Leon und hält mir einen noch eingewickelten Lolly hin. «Der ist für dich!»

«Hey, danke! Hast du den …»

«Dann musst du eben früher losfahren», fällt mir Frau Ludwig ins Wort.

Ich hab einfach keine Lust, ihr zu erklären, dass ich genau das getan habe und dass ich direkt nach dem Unterricht aufgebrochen bin und noch nicht mal mit Boris zusammen auf seinen Bus gewartet habe und dass ich, um heute pünktlich zu sein, praktisch die gesamte letzte Stunde hätte schwänzen müssen. «Tut mir leid», wiederhole ich stattdessen, wenn auch vielleicht leicht genervt. In meiner Hosentasche vibriert das Handy.

«Ich hab deinen Vater schon angerufen», sagt sie spitz.

Ich ziehe mein Telefon heraus und sage zum dritten Mal: «Entschuldigung», ehe ich rangehe. Sie dreht sich ohne ein weiteres Wort um und marschiert mit kurzen, schnellen Schritten zu ihrem Auto.

«Tschühüs, Frau Ludwig!», ruft Leon ihr hinterher und winkt mit seinem Stöckchen, aber sie reagiert nicht.

Am Telefon ist mein Vater, der mich zusammenscheißt und dem ich den S-Bahn-Ausfall mühsam erklären muss, während ich mit Leon an der Hand nach Hause gehe. Er macht mich rund, bis ich vor der Haustür stehe. «Ich muss jetzt Schluss machen, Leon muss dringend aufs Klo», behaupte ich und lege schnell auf.

«Stimmt gar nicht!», kräht Leon empört. «Ich war doch eben noch!»

«Ach so! Dann hab ich das falsch verstanden.»

«Ich hab doch gar nichts gesagt! Dann kannst du das doch auch nicht falsch verstehen!»

Und so nimmt die nächste Diskussion ihren Lauf.

Es wird erst ein bisschen ruhiger, als wir uns mit einer großen Schüssel Backofen-Pommes vor den Fernseher setzen und *Pat & Stan* gucken. Essen vor dem Fernseher ist zwar offiziell verboten, aber es ist ja keiner da, der es verhindern könnte.

18

«Ich brauch zu dem Kleid noch den passenden Lippenstift», sagt Liska, «lass uns mal kurz zu dm gehen.»

Sie hat mich schon wieder zum Shoppen überredet, diesmal nur wir beide. Wenn ich gewusst hätte, dass sie ungefähr vierzig Paar Schuhe anprobieren würde, hätte ich es mir wahrscheinlich anders überlegt. Und jetzt bekomme ich auch noch einen Eindruck davon, was sie unter «mal kurz» versteht. Es scheint kaum einen Artikel in diesem Drogeriemarkt zu geben, der nicht in die Hand genommen, begutachtet und kommentiert werden muss. Die Regale mit den Lippenstiften sind noch nicht mal in Sichtweite.

«Und dann hat Petra dich echt noch angemeckert?», nimmt Liska unser Gespräch wieder auf, während sie das Etikett einer Haarpflegekur studiert.

«Ja. Weil die Schüssel noch im Wohnzimmer stand und die

Couch angeblich mit Salz vollgekrümelt war.» Bei der Erinnerung daran merke ich, wie ich sauer werde.

«O Mann, Joschka, du *weißt* doch, dass sie austickt, wenn man im Wohnzimmer isst. Warum hast du nicht einfach alles weggeräumt?»

«Weil Leon unbedingt noch zum Spielplatz wollte, und ich konnte ihn ja schlecht alleine gehen lassen! Er hatte sich schon die Schuhe angezogen. Ich bin einfach nicht dazu gekommen.» Ärgerlich versetze ich dem Regal einen Fußtritt. Eine Frau mit Strickschal wirft mir einen bösen Blick zu.

«Petra ist manchmal wirklich voll zickig», gibt Liska zu.

«Kein Dankeschön, gar nichts. Nur Gemecker. Blöde Kuh.»

«Ja, und auch die Sache mit deiner Hose. Geht gar nicht.» Liskas Blick fällt auf die Schachteln mit Haarfärbemitteln. Sie greift nach einer, auf der «Blauschwarz» steht. «Damit könntest du sie so richtig ärgern», sagt sie lachend und hält mir die Packung hin.

«Hä? Soll ich ihr das in den Kaffee tun, oder was?»

Liska lacht noch lauter. «Das wäre auch 'ne Idee … Aber es reicht doch, wenn du dir einfach die Haare färbst. Wetten, die rastet völlig aus?»

Nachdenklich nehme ich ihr die Schachtel aus der Hand und studiere eingehend die Beschreibung.

19

Ich hätte nie gedacht, dass Englisch so spannend sein kann. Die ganze Zeit beobachten Boris und ich, wie Sebastians Kopf ganz langsam nach unten sinkt, dann schreckt er hoch, und anschließend sackt ihm das Kinn wieder millimeterweise auf die Brust. Schließlich neigt sich sein ganzer Oberkörper leicht zur Seite. Ich nehme an, dass er gleich wieder vom Stuhl kippt. Boris stößt mir unter dem Tisch gegen das Bein, um mich darauf aufmerksam zu machen. Als könnte ich das übersehen!

Tom hustet laut. Sebastians Kopf ruckt in die Höhe. Er sieht sich verwirrt um, strafft das Rückgrat und heftet den Blick fest auf Herrn Rogelmann, der uns seit zwanzig Minuten aus *To kill a mockingbird* vorliest. Jedenfalls versucht er das. Schon nach ein paar Sekunden verschwimmt sein Blick wieder, und seine Lider senken sich. Boris kichert leise.

Ich überlege, ob es nicht vielleicht doch stimmen könnte, was alle denken: dass Sebastian Drogen einwirft und die Nächte durchfeiert. Meiner Meinung nach sieht er nicht danach aus, aber vielleicht hab ich ja auch einfach keine Ahnung. Wie müsste denn überhaupt jemand aussehen, der so was tut?

Sebastian ist ziemlich dünn und wirklich auffallend bleich. Okay, er ist dieser blonde, helle Typ mit zarter Haut, aber selbst Kimberley hat einen dunkleren Teint als er, und die ist schon beinahe weißblond und kriegt sofort rote Flecken, wenn sie mal ein paar Minuten in der Sonne war.

Also, ich glaube, dass Sebastian nicht nur von Natur aus

so blass ist. Außerdem hat er immer dunkle Schatten um die Augen, und seine Lider sind oft gerötet. Und es ist ja kein Zufall, dass er im Unterricht immer einpennt oder zumindest kurz davor ist. Der lebt ungesund, so viel steht fest.

Seine Müdigkeit kann natürlich verschiedene Gründe haben. Vielleicht hat er ja Stress mit seinen Eltern oder muss wirklich so viel lernen, oder in seiner Familie gibt es noch einen Säugling, der nachts immer brüllt und ihn wach hält.

Andererseits hab ich ja selbst gesehen, dass er sich irgendwas einfährt. Und wenn man bedenkt, wie hastig er seine Pillen wieder in die Tasche geschoben hat, als ich plötzlich hinter ihm auftauchte, will er bestimmt nicht, dass jemand was davon mitkriegt. Also ist es wahrscheinlich was Illegales.

Er hat die Schule wohl nicht ohne Grund gewechselt, aber er ist so still und zurückhaltend, dass man einfach nichts über ihn erfährt. Ihn fragt auch keiner. Er läuft immer alleine rum, redet mit niemandem und beteiligt sich kaum am Unterricht. Kann sein, dass er an seiner vorherigen Schule aufgeflogen ist und gehen musste.

Als endlich der Gong ertönt, braucht Sebastian viel länger als die anderen, um sein Zeug zusammenzupacken. Seine Bewegungen sind langsam wie bei einem alten Mann. Als wäre es unfassbar anstrengend, die Stifte in die Federtasche zu stecken und den Spiralblock zuzuklappen. Ich trödele extra ein bisschen, um ihn zu beobachten. Falls er ein Geheimnis hat, möchte ich es gerne rausfinden.

Und dann drückt er tatsächlich wieder eine Tablette aus der Blisterpackung. Er dreht sich dabei mit dem Rücken zu mir – wir sind die beiden Letzten im Klassenraum – und versucht, es zu verbergen, aber ich kriege es trotzdem mit. Langsam schraubt er den Verschluss seiner Wasserflasche auf und spült die Pille runter. Dabei schielt er zu mir rüber, ob ich was gemerkt habe. Ich wende schnell den Blick ab.

Im selben Moment taucht Boris wieder in der Tür auf, der mit den anderen schon längst rausgestürmt war. «Mann, was ist denn? Kommst du jetzt mal?», drängt er.

Ich schnappe meinen Rucksack und lasse Sebastian als Letzten in der Klasse zurück.

20

Ich weiß, wie wichtig Liska diese alljährlichen Aufführungen ihres Schulorchesters sind. Sie redet ja schon Wochen vorher von nichts anderem mehr. Und dabei geht es zwar zum großen Teil, aber nicht nur um das Kleid, das sie tragen will.

Ein bisschen geht es auch um dieses Aufeinandertreffen von zwei Welten: Schule und Familie. Da gibt es ja im Allgemeinen nicht so viele Berührungspunkte. Aber beim Konzert ist das anders, da tritt sie wegen der Aufführung einerseits als Vertreterin ihrer Schule auf und andererseits eben auch als Tochter und Schwester, und sie wünscht sich immer, dass alles ganz besonders perfekt läuft und sie in beide Richtungen den besten Eindruck hinterlässt.

Sie hat schwer mit Lampenfieber zu kämpfen. Insofern ist es ganz gut, dass sie sich mit einem neuen Kleid und ungewohnt hohen Absätzen ablenkt, denn dann denkt sie nicht so viel darüber nach, dass sie ihre Einsätze verpassen könnte.

Ich kann mir genau vorstellen, wie sie jetzt durch die Wohnung flattert, irgendwas mit ihren Haaren anstellt, das nicht so klappt, wie sie sich das gedacht hat, wie sie nicht weiß, welche Jacke sie über das rote Kleid ziehen soll, und wie sie den extra neu gekauften Lippenstift nicht finden kann, obwohl er genau da liegt, wo sie ihn vorsorglich schon vor einer Woche deponiert hat.

Es ist das erste Mal, dass ich nicht bei ihr bin. Das löst in mir eine Mischung aus Heimweh und schlechtem Gewissen aus. Ich stehe rund sieben Kilometer weiter nordwestlich vor dem Kleiderschrank und überlege, was ich anziehen soll. Ich weiß, Liska wünscht sich, dass wir uns ein bisschen schick machen, um das Besondere dieses Abends zu würdigen. Die normalen Alltagsjeans und Shirt scheiden also aus.

Ich ziehe eine schwarze Hose an und ein blasslila Hemd. Das sieht schon halbwegs elegant aus, aber jetzt weiß ich nicht weiter. Ein Sakko hab ich nicht. Irgendwie wirke ich unfertig. Ich grüble nach, was ich verändern könnte, und dann kommt mir die Erleuchtung: eine Krawatte!

Eigene Krawatten besitze ich nicht, aber mein Vater hat umso mehr davon. Er macht sich auch gerade fertig. Ich gehe ihn fragen, ob er mir einen Schlips leihen kann.

Überrascht guckt er mich an. «Äh, ja … sicher. Such dir einen aus.» Er zieht die Schublade auf, in der seine Krawattenkollektion liegt, jede einzelne ordentlich aufgerollt in einem kleinen Kästchen. Der Anblick überfordert mich komplett. Das sind mindestens dreißig! Woher soll ich denn wissen, was für heute passt?

«Nee … mach du mal», bitte ich.

Er grinst, ohne mich dabei anzusehen, und beugt sich über

die Schublade. «Hmm, mal sehen …» Ziemlich zielstrebig holt er eine Krawatte mit violettem Muster heraus. Sie schillert in verschiedenen Farbschattierungen, je nachdem, wie das Licht darauf fällt. Eigentlich sieht sie schön aus, aber …

«Ist die nicht irgendwie schwul?»

«Keine Ahnung. Ich hab sie nie nach ihrer sexuellen Orientierung gefragt», entgegnet mein Vater, während er sich selbst einen blaugrau gestreiften Schlips umbindet.

Prüfend halte ich mir das Ding vor die Brust. Sieht okay aus.

Dann fällt mir ein, dass ich gar nicht weiß, wie man diesen komischen Knoten da reinmacht. Ich schiele zu meinem Vater rüber in der Hoffnung, es ihm abschauen zu können, aber das geht so rasend schnell, dass ich mir die einzelnen Schritte unmöglich merken kann. Unschlüssig stehe ich vor dem Spiegel seines Schlafzimmerschranks.

Mein Vater stellt sich hinter mich. «Das breite Ende länger, das schmale kürzer.» Er greift über meine Schultern und zieht die Krawatte zurecht. «Dann das breite über das schmale legen und von hinten nach vorne durchziehen. So. Und jetzt schiebst du es hier durch diese Schlinge – und dann hochziehen.»

So einfach ist das? Erstaunt sehe ich mein Spiegelbild mit Hemd und Krawatte vor mir stehen. Ich sehe fremd aus. Aber nicht übel, echt nicht übel.

Mein Vater zieht den Knoten wieder auf. «Jetzt du.»

Ich versuche es, scheitere, versuche es noch mal. Den Knoten kriege ich hin, aber unter dem breiten Ende guckt jetzt noch ein langer Teil des schmalen Endes hervor.

«Noch mal», fordert mein Vater.

Beim fünften Anlauf klappt es. Beide Enden sind fast gleich lang, das vordere verdeckt das hintere, und ich bin stolz darauf, dass ich es alleine geschafft habe.

Wir sind ein paar Minuten zu früh an Liskas Schule. Im Gegensatz zu meiner ist das ein hässlicher moderner Betonklotz, aber dafür kann sie zu Fuß hingehen.

Liska und ich werden oft gefragt, warum wir auf verschiedene Schulen gehen. Ich meine, als Zwillinge? Da muss man doch alles gemeinsam machen, oder?

Tatsächlich ist der Grund dafür völlig banal. Als meine Eltern noch miteinander verheiratet waren, haben wir in Steglitz gewohnt. Dort sind Liska und ich zur Grundschule gegangen – zur selben, sogar in dieselbe Klasse.

In dem Sommer vor unserem Wechsel auf die weiterführende Schule ist meine Mutter dann in ihre jetzige Wohnung nach Wilmersdorf gezogen. Wir konnten uns also im Prinzip aussuchen, ob wir uns für den alten oder für den neuen Bezirk entscheiden wollten.

Ich wollte in Steglitz bleiben. Ein bisschen aus Sentimentalität, ein bisschen aus Protest und in erster Linie wegen Boris, mit dem ich ja schon ewig befreundet war. Dafür war ich bereit, einen längeren Schulweg in Kauf zu nehmen.

Liska hat das pragmatisch gesehen. Sie wollte morgens lieber eine halbe Stunde länger frühstücken können, und ihre beste Freundin aus der Grundschule hatte sowieso keine Gymnasialempfehlung bekommen, also konnte sie auch gleich ganz woanders neu anfangen.

Am Anfang war es komisch, dass wir plötzlich in zwei so unterschiedlichen Welten lebten. Vorher hatten wir uns mehr oder weniger ohne Worte verständigen können, jetzt mussten wir uns gegenseitig alles Mögliche erklären. Wir hatten andere Freundeskreise, andere Lehrer, sogar andere Schulfächer.

Aber es hatte auch Vorteile, nicht mehr «die Zwillinge» zu sein, sondern die Chance zu bekommen, als Person wahrgenommen zu werden. Es war ein bisschen anstrengender, keine Verantwortung mehr halbieren zu können, aber ich glaube, ich weiß dadurch besser, was ich eigentlich selbst will und bin.

Liska fühlt sich wohl an ihrer Schule. Ich glaube, sie würde sich an jeder Schule wohlfühlen. Sie ist jemand, der aus jeder Situation das Beste macht. Aber vielleicht hat sie ja auch Glück gehabt: In ihrer Klasse gibt es kein Mobbing und keine Ausgrenzung, und mit den meisten Lehrern kommt sie super zurecht.

Und da kommen sie auch schon: Liska und Mama. Nein – eine schöne junge Frau und Frederik. Liska trägt das rote Kleid, dessen Kauf mich so viel Nerven gekostet hat, und die neuen hohen Schuhe (dito). Sie hat den farblich passenden Lippenstift aufgetragen und irgendwas Aufwendiges mit ihren Haaren gemacht, und das alles in Kombination lässt sie verblüffend erwachsen aussehen. Selbst ihr Gang ist ein anderer: aufrecht, entschlossen, elegant.

Neben ihr geht eindeutig ein Mann, und zwar ein ziemlich lässiger und cooler. Er trägt Edeljeans, ein weißes Hemd (ohne Krawatte) und ein dunkelblaues Sakko, grüßt lächelnd nach links und nach rechts, winkt einer vorbeihuschenden Klassenkameradin von Liska zu und strahlt noch mehr, als er mich sieht.

Als wir uns umarmen, ist er für einen kurzen Moment wieder Mama.

Ich achte sehr genau darauf, wie die Leute reagieren. Die Schüler, die Lehrer und die anderen Eltern. Ich beobachte, ob jemand tuschelt oder grinst oder die Augen verdreht. Zwei Mädchen beugen sich zueinander, als wir an ihnen vorbeigehen, und ich drehe mich noch mal nach ihnen um, um ihnen einen durchdringenden Blick zuzuwerfen. Sie starren uns hinterher. Die eine wird rot, beide kichern. Am liebsten würde ich zurückgehen und ihnen die Köpfe gegeneinanderschlagen.

Wegen dieses Vorfalls dauert es eine Weile, bis ich mich bei dem Konzert entspannen und auf die Musik einlassen kann. Ich bin ja nicht unbedingt so für Klassik, aber manches höre ich trotzdem gerne, und auch diesmal hat es eine beruhigende Wirkung auf mich.

Als Liska zu ihrem Klarinettensolo ansetzt, habe ich die blöden Bitches endgültig vergessen. Sie spielt das Adagio aus einem Mozart-Konzert. In den Stuhlreihen der Aula ist es vollkommen still, alle gucken fasziniert nach vorne auf die Bühne, niemand quatscht oder spielt mit seinem Handy rum. Ich bin stolz auf meine Schwester, das fühlt sich an wie ein Ballon, der in meinem Inneren aufgeblasen wird.

Meine Eltern haben sich nicht wegen Petra getrennt. Es war nicht so, als hätte mein Vater sich Hals über Kopf in eine andere Frau verliebt und meine Mutter deswegen verlassen. Genau genommen kannte er sie zu diesem Zeitpunkt noch gar nicht. Ihre Trennung hatte andere Gründe, über die immer nur auf sehr allgemeine Weise gesprochen wurde: «Wir haben eben gemerkt, dass wir nicht mehr zueinander passen», oder: «Wir hatten einfach unterschiedliche Sichtweisen.»

Heute habe ich eine etwas bessere Vorstellung davon, was genau zwischen ihnen schiefgelaufen ist, besonders wenn ich sie so wie jetzt beim Italiener gemeinsam erlebe. Sie sind noch immer zwei Menschen, die einander ohne Worte verstehen, die einen speziellen Humor teilen und die sehr häufig mit demselben Gesichtsausdruck in dieselbe Richtung gucken, aber eben kein Liebespaar. Eher zwei beste Kumpels. Und ich nehme an, mein Vater wollte nicht so gern mit einem Kumpel verheiratet sein.

Er hat nie viel über Mamas Entschluss zur Transition geredet. Er hat es hingenommen, wohl weil ihm klar war, dass er nicht das Recht hatte, sie davon abzuhalten, und wahrscheinlich auch nicht die Möglichkeit. Da ich ihn seit meiner Geburt kenne, weiß ich trotzdem, dass es ihm schwergefallen ist, diese Veränderung zu akzeptieren. Ihm rutscht öfter noch ein «sie» raus, und den Dreitagebart findet er furchtbar, hat er gesagt.

Trotzdem bemüht er sich. Frederik ist immerhin Teil seiner Vergangenheit und die Mutter seiner Kinder, aber es gibt nur wenige Berührungspunkte in seinem täglichen Leben. Sie telefonieren ab und zu und sehen sich selten. Damit kommt er ganz gut klar.

Für mich ist das hier etwas zwischen Schmerz und Geborgenheit. Mit meiner Schwester und meinen beiden Eltern an einem Tisch zu sitzen, ihre Stimmen zu hören, zu sehen, wie sie gemeinsam lachen – das ist alles so vertraut wie ein Lieblingspullover. Allerdings einer, der schon lange zu klein geworden ist und den man nie wieder wird anziehen können. Und das macht es auf der anderen Seite so schmerzlich und traurig, dass ich nicht weiß, ob ich lachen oder weinen soll. Am liebsten beides, wenn das irgendwie geht.

Liska ist noch ganz aufgedreht. Ihre Anspannung wegen des Konzerts lässt allmählich nach und geht in eine überschäumende Erleichterung über, dass sie alles ohne Pannen überstanden und sogar einen besonders großen Applaus bekommen hat. Mein Vater zieht sie ein bisschen wegen der hohen Absätze auf und meint, sie sehe damit aus wie ein Jungstorch, meine Mutter beschwichtigt sie und versichert ihr, dass sie läuft wie ein Model, ich erzähle den beiden die lange und schmerzensreiche Geschichte des Kaufs dieser Schuhe.

Nur Petra sagt kaum etwas. Dafür guckt sie immer wieder auf die Uhr.

Sie beugt sich zu meinem Vater herüber und flüstert ihm etwas ins Ohr.

«Heute ist doch Samstag», erwidert er. Anders als sie ist er offenbar nicht der Meinung, dass dies ein Gespräch ist, das unter Ausschluss der Öffentlichkeit geführt werden muss.

Petra macht ein unzufriedenes Gesicht, widerspricht aber nicht.

Nach zwanzig Minuten wiederholt sich der Vorgang. Diesmal lenkt mein Vater ein: «Ja, wir gehen gleich.» Er setzt die intensive Diskussion mit Liska über Mozarts Musik und ihre Wirkung auf Neugeborene fort, an der sich auch meine Mutter lebhaft beteiligt, und als die Kellnerin an den Tisch kommt und fragt, ob wir noch etwas trinken möchten, bestellt er, ohne nachzudenken, ein weiteres Bier.

Ich sehe, wie Petras Mund zu einer schmalen, geraden Linie wird. Sie schüttelt auf den fragenden Blick der Kellnerin hin den Kopf. In diesem Moment tut sie mir fast leid, denn natürlich ist das nicht okay, dass mein Vater so einfach ignoriert, dass sie gehen will. Aber offenbar kennt sie ihn nicht so gut wie wir, sonst wüsste sie: Wenn er sich in einer Gesellschaft mal so richtig wohlfühlt, ist es praktisch unmöglich, ihn davon loszureißen. Andererseits: Vielleicht weiß sie es auch genau, und es passt ihr einfach nicht, dass er sich mit *uns* wohlfühlt.

Als die Getränke gebracht werden, flüstert sie ihm wieder etwas zu. Sie sieht dabei ziemlich verkniffen aus. So langsam finde ich diese Heimlichtuerei nervig. Meine Eltern haben uns beigebracht, dass Flüstern in Gesellschaft anderer unhöflich ist.

«Ach ja», sagt mein Vater ehrlich betroffen. «Stimmt. Das hab ich ganz vergessen. Okay, nach dem Bier fahren wir los, ja?» Er legt ihr die Hand auf den Oberschenkel. «Tut mir leid.» Sein Blick wandert zu ihrem leeren Glas. «Willst du dir nicht noch was bestellen?» Für meinen Vater ist es immer wichtig, dass alle genügend zu essen und zu trinken haben, er hält das für eine Grundvoraussetzung der menschlichen Existenz.

«Nein», sagt Petra knapp.

Kurz darauf verschwindet meine Mutter zur Toilette. Als sie zurückkommt, fragt Petra, diesmal laut genug, dass es wohl auch noch an den Nachbartischen zu hören ist: «Gehst du eigentlich auf die Herren- oder auf die Damentoilette?»

Einen Moment lang herrscht entsetztes Schweigen. Für jemanden, der den ganzen Abend kaum drei Worte an die Allgemeinheit gerichtet hat, ist diese Frage wirklich grenzwertig. Liska guckt peinlich berührt auf ihre rot lackierten Fingernägel, mein Vater sieht besorgt meine Mutter an, und die ist sichtlich um Fassung bemüht.

Mir klopft das Herz bis zum Hals, aber ich kann mich einfach nicht zurückhalten. «Was soll Frederik denn bitte schön auf der *Damentoilette*?», sage ich. «Er ist doch nicht pervers.»

21

Am Sonntagmorgen klopft mein Vater gegen die Badezimmertür. «Joschka! Komm frühstücken!»

«Ja, gleich!», rufe ich, während ich das feuchte Handtuch zurück auf den Haken hänge. Ich steige in eine frische Unterhose, ziehe mir Socken an, streife mir ein T-Shirt über den Kopf und zwänge mich in die Jeans. Ehe ich rausgehe, grinse ich meinem Spiegelbild noch mal zufrieden zu.

Sie sitzen alle drei schon am Tisch. «Mama? Weißt du, warum ich am liebsten Choco Krispies zum Frühstück mag?», fragt Leon.

«Nein, warum denn?»

«Weil die wie Kakao schmecken, nur knusprig. Und weißt du, warum ...» Leon verstummt und starrt mich an.

Petra bestreicht ihre Brötchenhälfte fertig mit Butter, ehe sie den Kopf hebt, um zu sehen, wieso Leon nicht weiterspricht. Sie folgt seinem Blick und zuckt zusammen. «Was ist *das* denn?»

Jetzt schaut auch mein Vater hoch. Er fängt an zu lachen. Sofort fällt Leon mit ein.

Nur Petra lacht nicht. «Wie siehst *du* denn aus?»

Ich gebe keine Antwort. Wahrscheinlich wird sie es mir sowieso gleich sagen.

«Das ist ja ... Also wirklich ... Bist du jetzt total verrückt geworden?»

«Joschka hat schwarze Haare! Joschka hat schwarze Haare!», singt Leon vergnügt. Und er fügt gleich die zweite Strophe an: «Joschka ist verrü-hückt! Joschka ist verrü-hückt!»

«Bleibt das so, oder kann man das auswaschen?», erkundigt sich mein Vater. Er scheint nicht sonderlich besorgt. Ich glaube, er fragt nur, weil Petra so entsetzt ist – damit er sich nicht vorwerfen lassen muss, sich aus allem rauszuhalten.

«Wieso, gefällt's dir nicht?»

«Na ja …» Während mein Vater noch überlegt, was er darauf erwidern kann, ohne allzu viel Ärger zu bekommen, äußert Petra ihre Meinung ganz ungefragt.

«Das ist doch grauenhaft! Was hast du dir denn dabei gedacht? Du siehst ja aus wie ein … wie ein Satanist!»

Ich weiß natürlich, dass Petra sich schon lange über meine Frisur aufregt. Genau genommen ist es gar keine. Ich habe mir die Haare seit über einem Jahr nicht mehr schneiden lassen, und sie reichen mir mittlerweile bis zum Kinn. Das ist ganz praktisch, ich kann sie als Vorhang benutzen, wenn ich nicht gesehen werden will, und ich habe schon etliche blühende Pickel dahinter versteckt. Wenn ich freie Sicht brauche, schiebe ich sie hinters Ohr oder stopfe sie unter meine Beanie.

«Was ist ein Santanist?», erkundigt sich Leon interessiert.

Ich bin gespannt, wie Petra ihm das erklären will. Leider geht sie nicht auf seine Frage ein, weil sie noch nicht mit mir fertig ist. «So kannst du doch nicht rumlaufen!», faucht sie. «Willst du so etwa zur Schule gehen?»

«Natürlich, warum denn nicht?» Ich gebe ihr deutlich zu verstehen, dass sie die einzige Spießerin in der ganzen Stadt ist. «Das ist doch jetzt wirklich nichts Besonderes.»

«Hm, es ist schon ein bisschen …», sagt mein Vater hilflos. Ich bin mir sicher, dass er es eigentlich völlig belanglos findet. Ihn haben auch die Löcher in meiner Hose nicht gestört. Wenn Leon sich von oben bis unten mit Eis bekleckert, merkt er das nicht mal. Er achtet einfach nicht auf solche Dinge. Aber er muss Petra gegenüber ein bisschen Solidarität zeigen, sonst gibt es hier Krieg.

«Mama, ist ein Santanist ein Verrückter?», bohrt Leon nach.

Da Petra offenbar nicht weiß, was sie darauf antworten soll, schaltet mein Vater sich ein. «Das kann man vielleicht so sagen», erklärt er, «aber Joschka ist natürlich kein Satanist. Mama hat nur einen Schrecken gekriegt, weil er plötzlich schwarze Haare hat.»

«Sind alle mit schwarzen Haaren verrückt? Auch Sarah? Und Murat? Und Selima?»

«Nein, natürlich nicht», erwidert Petra ärgerlich.

Ich tue so, als wäre ich total auf das Aufschneiden meiner Schrippe konzentriert, aber am liebsten würde ich mich vor Vergnügen auf dem Boden wälzen.

«Warum hast du denn dann gesagt, Joschka ist verrückt geworden? War das gar nicht wegen den Haaren?»

«Wegen *der* Haare», sage ich, wir haben nämlich erst letzte Woche einen Test über Genitivkonstruktionen geschrieben.

«Nein», versucht Petra den Schaden zu begrenzen.

«Joschka sagt aber doch!», beharrt Leon.

«Nein, Joschka hat dich nur verbessert», schaltet sich mein Vater ein.

«Wieso? Was ist denn schlecht an mir?» Leon schiebt herausfordernd das Kinn vor.

An diesem Punkt kann ich das Lachen nicht länger unterdrücken. Zum Glück geht es in der allgemeinen Diskussion unter, und mein Gesicht verberge ich erfolgreich hinter meinen langen Haaren. Blauschwarz ist praktisch blickdicht.

Ich müsste eigentlich für die Matheklausur üben, aber das Wetter ist so schön, und ich will schon seit Ewigkeiten die M21 fahren, deshalb breche ich nach dem Frühstück erst mal auf zur Ringbahn und fahre die eine Station bis Jungfernheide, um dort in die Buslinie umzusteigen. Wie immer gehe ich hoch zu meinem Stammplatz direkt über dem Fahrer. Hinter mir sitzen zwei Frauen so um die sechzig, ansonsten ist das Oberdeck praktisch leer.

«Die Heidemarie hab ich letzte Woche getroffen. Die hat ja jetzt endlich eine neue Wohnung gekriegt.»

«Na, Gott sei Dank. Das hat ja lang genug gedauert.»

Die Strecke nach Rosenthal ist wirklich nicht besonders schön. Die meiste Zeit fahren wir durch triste graue Straßen mit heruntergekommenen Autowerkstätten, Dönerbuden und Handyshops. Aber es ist die einzige Buslinie in Berlin – und wahrscheinlich auch die einzige in ganz Deutschland, da sind sich die Experten in den Internetforen nicht ganz einig –, die eine Haltestelle mitten auf der Autobahn hat.

«Ja, sie ist auch ganz froh. Aber die hat ja so Ärger mit ihrem Enkel, mit dem ältesten.»

«Ja? Wieso denn?»

«Weißt du das denn nicht? Der will doch kein Junge mehr sein.»

Dass Linienbusse über die Autobahn fahren, ist ja schon nicht gerade alltäglich. Dass Busse auf der Autobahn Menschen ein- und aussteigen lassen, finde ich allerdings wirklich krass.

Für den Bus ist natürlich eine Haltebucht angelegt, er muss also nicht mitten auf der Fahrbahn stehen bleiben. Zur Haltestelle Hinckeldeybrücke führt ein schmaler Fußgängerweg mit Treppen und einem Tunnel unter der Autobahn hindurch. Der Witz ist: Rundherum ist eigentlich *nichts*. Nur Autobahnschleifen und auf der einen Seite das große Waldgebiet Jungfernheide, auf der anderen Seite eine riesige Kleingartenkolonie.

«Wie – der will kein Junge mehr sein?»

«Nee! Er sagt, er wär ein Mädchen. Anscheinend zieht der jetzt wirklich nur noch Röcke und Kleider an.»

«Wie – auch in der Schule?»

Notfalls könnte man von hier aus auch zu Fuß zum Flughafen Tegel gelangen, aber ich kann mir nicht vorstellen, dass Geschäftsleute im Boss-Anzug oder Familien mit Reisegepäck auf einer Autobahn aus dem Bus steigen, um anschließend noch gut einen Kilometer am Rand einer Schnellstraße entlang zu ihrem Flieger zu marschieren.

Also, die Haltestelle Hinckeldeybrücke ist ein absolutes Kuriosum, und gleich an meinem ersten Arbeitstag als Verkehrsingenieur bei der BVG werde ich eine Statistik über ihre Nutzungshäufigkeit erstellen lassen, um zu prüfen, ob sie gegebenenfalls entfallen kann. Obwohl das auch wieder schade wäre, denn es kann ja nicht schaden, so ein paar wunderliche Highlights im Liniennetz zu haben.

«Ja, überall. Die Heidemarie war ganz verzweifelt. Die armen Eltern! Ihr Sohn hatte doch den Bandscheibenvorfall, der ist ja immer noch krankgeschrieben, und jetzt das!»

«Ja, sagen denn die Lehrer da nichts? Der kann doch nicht einfach ...»

Heute steigt jedenfalls niemand an der Hinckeldeybrücke ein oder aus, aber es ist ja auch Sonntag, und der Bus ist nach wie vor nur dünn besetzt.

«Das ist ja das Dolle. Die Lehrerin hat wohl gesagt, die Kinder müssen sich das aussuchen können.»

«Die können sich aussuchen, ob sie Männlein oder Weiblein sein wollen?»

«Hat die gesagt.»

Die Strecke entlang der faden, runtergerockten Ollenhauer Straße gehört nicht gerade zu den Highlights der Berliner Busstrecken. Vor den Imbissbuden sitzen grauhaarige, dickbäuchige Männer mit Polohemden, aus deren geöffneten Kragen Brusthaarpelze wuchern. Manche tragen auffälligen Goldschmuck, fast alle schwarze Kunstlederblousons.

«Na hör mal, wo kommen wir denn da hin? Stell dir mal vor, ich will jetzt einfach ein Mann sein!»

«Ich versteh das ja auch nicht. Ich hab der Heidemarie gesagt, die soll mal mit dem Jungen zum Arzt gehen. Das ist doch nicht normal.»

Am Bahnhof Wittenau macht der Bus eine scharfe Rechtskurve und fährt dann durchs Märkische Viertel, einen von Berlins Problembezirken. Vor einem Automatencasino teilen sich zwei Mädchen eine Zigarette. Mit leerem Blick starren sie einer Frau mit Kinderwagen hinterher.

«Zum Arzt? Ich würd dem Bengel 'ne Tracht Prügel verpassen, *das* braucht der! Die werden doch heute alle von vorn bis hinten verwöhnt. Da ist das doch kein Wunder, wenn die sich nicht mehr benehmen können!»

«Ja, und dann dauernd mit ihren Handys. Die *müssen* ja krank werden.»

So, jetzt reicht's. Ich hab mich echt bemüht, das Gequatsche zu ignorieren, und es geht mich ja auch nichts an, aber das ist nicht mehr auszuhalten. Ich fahre mir mit der

Hand ein paarmal durch die schwarzen Haare, damit sie mir möglichst *satanisch* ins Gesicht hängen, und drehe mich dann zu den beiden Frauen um.

«Sorry, Jungs, hat einer von euch beiden vielleicht 'ne Kippe für mich?»

Sie starren mich sprachlos an. Einer von beiden steht dabei tatsächlich der Mund ein Stück offen. «Im Bus darf man nicht rauchen», belehrt mich die andere schließlich, aber ihre Empörung bleibt weit hinter einer ängstlichen Zögerlichkeit zurück.

«Ach so, echt? Was für 'ne verfickte Scheiße», sage ich und drehe mich wieder nach vorne.

Ich höre, wie die eine – jetzt überraschend leise – zur anderen sagt: «Komm, wir setzen uns lieber nach unten.» Sie poltern ungeschickt die schwankende Treppe hinunter.

Jetzt haben sie wenigstens einen Grund, sich die Mäuler zu zerreißen.

Und ich hab meine Ruhe.

Ja, ja, ich weiß, eigentlich sollte ich Mathe üben. Aber ich wollte nicht mit derselben Linie wieder zurückfahren, deshalb habe ich ab Wilhelmsruher Damm die 120 genommen, die ein paar interessante Schlenker macht und zur Seydlitzstraße fährt, und gerade als ich am Hauptbahnhof war, rief Boris an und fragte, ob ich vorbeikommen wollte, und jetzt hängen er, ich und Steven in seinem Zimmer ab.

Die beiden haben mindestens eine Stunde lang Witze über meine Haare gerissen und konnten nicht genug davon hören, wie Petra sich aufgeregt hat und welche Sprüche Leon rausgehauen hat. Wir sind mittlerweile total albern und lachen über jeden Scheiß.

«Du siehst aus wie so ’n Metalfreak», sagt Steven. «Jetzt brauchst du nur noch ein paar Tattoos und eine ausgefranste Jeansweste.»

Ich rucke rhythmisch mit dem Kopf, während mir die Haare ins Gesicht hängen, und recke die rechte Hand mit ausgestrecktem Zeige- und kleinem Finger in die Höhe. Das gibt ihnen den Rest. Sie quietschen vor Lachen, Boris krümmt sich japsend auf seinem Bett, und Steven klatscht sich auf die Oberschenkel.

Irgendwann haben sie sich wieder halbwegs beruhigt, und Steven sagt: «Was ist eigentlich mit Sebastian los? Der dröhnt sich zu, oder?»

«Ja», sage ich. «Er nimmt Pillen.»

«Echt? Woher weißt du das?»

«Hab ich schon zwei Mal gesehen.»

«Wie, der nimmt das Zeug in der *Schule*?» Steven reißt entsetzt die Augen auf.

Ich nicke.

«Yeah, back in dem Game, Platinumringe, ’ne Menge Cocaine», zitiert Boris seinen Lieblingsrapper und sorgt damit wie üblich für einen massiven Lachanfall. Dann fügt er hinzu: «Dann muss er ja schon richtig abhängig sein. Ich meine, er braucht das nicht nur zum Feiern, sondern immer.»

«Also, wir wissen ja gar nicht, was der nimmt. Könnte ja auch Aspirin gewesen sein», gebe ich zu bedenken.

Aber davon wollen Steven und Boris nichts hören. «Quatsch! Guck dir den doch mal an, wie bleich der ist! Und warum pennt er im Unterricht dauernd ein?»

«Vielleicht sind das Downers, und er nimmt zu viel davon», mutmaßt Boris.

«Oder er hat irgendeine Krankheit. ADS oder so», schlage ich vor.

Die beiden beginnen zu lachen. «ADS? Hab ich aber noch nie gehört, dass man dann im Unterricht einschläft!»

«Na ja, weil er die Tabletten zu hoch dosiert hat», beharre ich, aber eigentlich haben sie recht. Ich habe schon einige Jungs mit ADS in meiner Klasse erlebt. Irgendwas an denen ist ständig am Zucken oder am Zappeln. Man kann sich nicht vorstellen, dass die überhaupt jemals müde werden. «Wir könnten ihn ja einfach mal fragen», rege ich an.

«Nein. Das geht nicht.» Boris sieht mich ernst an. «Keiner von uns hat bisher auch nur ein Wort mit ihm gesprochen. Und dann willst du hingehen und ihn fragen, was für Tabletten er nimmt?»

Ich zucke mit den Schultern. Dagegen lässt sich nicht viel einwenden. Boris ist immer so vernünftig, finde ich. Manchmal nervt es ein bisschen, aber wahrscheinlich ist das der Grund, warum wir schon so lange befreundet sind. Er hat mich schon hunderttausendmal auf den Boden zurückgeholt.

«Wir können ihn doch heimlich beobachten. Oder wir versuchen, ihm die Tabletten aus der Tasche zu klauen.»

Ähm, ja. Und Steven ist das genaue Gegenteil.

Wenn ich Boris besuche, ziehe ich mir immer schon vor der Wohnungstür die Schuhe aus. Seine Mutter hat da extra ein kleines Regal aufgestellt, in das auch Gästeschuhe reinpassen. Drinnen in der Diele hängt ein überdimensionaler Filzpantoffel an der Wand, in dem mehrere Paare normaler Filzpantoffeln für Besucher stecken, aber ich habe sie noch nie benutzt. Es ist immer warm bei Boris zu Hause, also laufe ich auf Strümpfen rum.

So ist sie, die Mama von Boris. Freundlich, aber mit eisernen Prinzipien. Bei ihr haben Ordnung, Disziplin und Fleiß einen hohen Stellenwert. Manchmal nervt es – besonders Boris natürlich –, und trotzdem hat sie irgendwie recht. Ich bin ja so oft bei Boris, dass sie mich praktisch mit erzogen hat.

Von ihr habe ich gelernt, dass man sich langfristig viel Arbeit erspart, wenn man alles, was man benutzt hat, sofort wieder wegräumt: Geschirr in die Spülmaschine, Cola zurück in den Kühlschrank, Fernbedienung auf den Couchtisch. In diesem Haushalt hat alles seinen Platz.

Die Wohnung ist zwar nur klein, aber sie geht über zwei Etagen. Unten sind Wohnzimmer und Küche, oben zwei Zimmer und das Bad. Eine offene Wendeltreppe aus poliertem hellem Holz verbindet die beiden Stockwerke.

Als Boris' Mutter uns zum Abendessen ruft, sind wir immer noch ein bisschen überdreht und vor allem hungrig. Wir poltern die Treppe runter.

Besonders ich.

Auf der dritten Stufe von unten rutsche ich aus, greife vergeblich nach dem Handlauf, verliere dadurch erst recht das Gleichgewicht und plumpse schmerzhaft auf den Boden. Ich hab mir den rechten Fuß verdreht. Es tut weh wie Sau.

Boris und Steven helfen mir lachend hoch, aber als sie merken, wie ich vor Schmerzen das Gesicht verziehe und mir auf die Lippen beiße, um nicht aufzujaulen, werden sie still. Boris stützt mich, während ich auf dem linken Bein zum Küchentisch hüpfe, und lädt mich auf dem Stuhl ab.

«Oje, Joschka!», ruft seine Mutter besorgt. «Komm, leg dein Bein hier drauf.» Sie rückt mir einen zweiten Stuhl zurecht, und ich hebe stöhnend den Fuß an. Er tut so weh, dass ich gar nicht weiß, wie ich ihn lagern soll. Boris' Mutter holt ein Sofakissen aus dem Wohnzimmer und schiebt es darunter. «Der ist wahrscheinlich verstaucht. Zieh mal die Socke aus.»

Ich gehorche. Schon jetzt scheint das Gelenk ein bisschen angeschwollen zu sein. Wenn ich es anschaue, tut es noch mehr weh. Mir schießen Tränen in die Augen, die ich wegzublinzeln versuche.

Fachmännisch feuchtet Boris' Mutter ein sauberes, makellos gebügeltes Geschirrtuch an und wickelt es zur Kühlung um meinen Knöchel. Das hilft ein bisschen, aber trotzdem wütet der Schmerz fast unerträglich.

«Hoffentlich ist nichts gebrochen», sagt Boris unbehaglich. Seine Mutter fordert mich auf, die Zehen zu bewegen. Das geht, auch wenn es zusätzliche Schmerzen auslöst.

«Nur verstaucht», erklärt sie. «Das tut sogar noch mehr weh, aber es muss nicht operiert werden. Du musst den Knöchel kühlen und hochlagern.»

«Und wie lange?»

Zu meinem Entsetzen erwidert sie: «Ein, zwei Wochen, denke ich.»

Das Essen lenkt mich vorübergehend von meinen Schmerzen ab. Es gibt Jägerschnitzel mit frischen Pilzen und richtige Pommes aus der Fritteuse. Ich lasse mir von allem einen Nachschlag geben, auch vom Gurkensalat, und hinterher verdrücke ich noch eine große Portion Rote Grütze mit Vanillesauce.

Steven übernachtet heute hier, das bedeutet, dass ich auf jeden Fall nach Hause fahren muss, denn für mehr Leute ist kein Platz. Erst jetzt wird mir klar, dass die S-Bahn keine Option ist. Ich kann den verstauchten Fuß nicht belasten, und außerdem ist er inzwischen so dick angeschwollen, dass ich meinen Turnschuh nicht mehr darüberziehen könnte.

Also rufe ich meinen Vater an. Er geht nicht ran, das Handy ist ausgeschaltet. Das ist bei ihm keine Seltenheit, besonders am Wochenende. Seufzend wähle ich Petras Nummer und berichte ihr, was passiert ist.

«Tja, das ist blöd», sagt sie, «wir sind bei meinen Eltern.»

«Was?» Sie sind nach Perleberg gefahren? Das ist ungefähr zwei Stunden von Berlin entfernt! «Wann kommt ihr denn wieder?»

«Das kann noch dauern. Wir helfen meinem Vater, die Garage zu entrümpeln. Vor neun werden wir hier wohl nicht losfahren», entgegnet sie gelassen. Ich habe den Verdacht, dass sie ihren Triumph heimlich genießt. Das ist nun meine verdiente Strafe für unerlaubtes Haarefärben.

Ich kann natürlich nicht bis in die Nacht bei Boris bleiben. Außerdem muss ich noch Mathe üben.

«Ruf doch deine Mutter an», schlägt Steven vor.

Sofort bricht mir der Schweiß aus. Wenn ich Mama hole, müsste sie hochkommen, um mir durchs Treppenhaus zu helfen. Dann würden sie sie alle sehen: Boris, seine Mutter und Steven. Die totale Katastrophe! «Nee, das … Die hat kein Auto», improvisiere ich.

«Hä? Seit wann denn das? Du hast doch letzte Woche noch erzählt …», beginnt Boris.

«Ich meine, das Auto ist kaputt», schiebe ich hastig hinterher. «Ist in der Werkstatt. Zylinderkopfdichtung.» Es ist das Erstbeste, was mir einfällt. Ich hab den Begriff neulich in einer Fernsehserie aufgeschnappt.

«Lohnt sich das denn noch? Der Wagen ist doch schon älter», sagt Steven, dessen Vater bei Pitstop arbeitet.

«Äh, keine Ahnung», stottere ich, «vielleicht war es auch was anderes.»

Wir schweigen alle ratlos. Boris' Mutter würde mich natürlich fahren, aber sie hat wirklich kein Auto.

«Dann muss ich dir wohl ein Taxi rufen», sagt sie schließlich.

Im Kopf überschlage ich meinen Barbestand. Ich habe noch knapp dreißig Euro im Portemonnaie. Die werden vermutlich für die Fahrt ausreichen, aber eigentlich wollte ich Donnerstag mit Boris ins Kino, und außerdem hat Leon demnächst Geburtstag, und ich muss ihm noch ein Geschenk besorgen. Ach ja, und ich schulde Liska einen Zehner. Spätestens Donnerstag wird sie ihn unwiderruflich einfordern, da bin ich nach der Schule mit ihr verabredet. Verdammt!

Das ist einer dieser Momente, in denen ich wahnsinnig wütend auf Mama bin. Sie ist schuld, dass ich sie jetzt nicht einfach anrufen kann, um mich abholen zu lassen! Sie ist schuld, dass ich gleich mein komplettes Taschengeld für den Rest dieses Monats einem Taxifahrer in den Rachen werfen muss! Warum konnte sie nicht einfach ganz normal bleiben wie andere Mütter auch?

In meinem Fuß pocht der Schmerz.

22

Bis Mittwoch kann ich zu Hause bleiben. Der Knöchel ist dick angeschwollen, und die Schmerzen sind nur erträglich, wenn ich das Bein hochlagere. Das ist insofern ganz gut, als ich die Mathearbeit nicht mitschreiben muss. Aber um ehrlich zu sein, wird mir die Zeit ziemlich lang. Drei Tage lang mehr oder weniger bewegungslos rumzusitzen ist schon eine Herausforderung.

Ab Donnerstag will ich unbedingt wieder zur Schule. Mein Vater erklärt sich bereit, auf dem Weg zur Arbeit einen kleinen Umweg zu machen und mich hinzufahren, allerdings schon um Viertel nach sieben. Da ich auch beim Duschen und Anziehen viel länger brauche als sonst, muss ich tödlich früh aufstehen. Aber das nehme ich in Kauf, ehe ich an Langeweile zugrunde gehe.

Petra hat beim Entrümpeln der elterlichen Garage auch ein Paar Krücken gefunden, das ihre Mutter vor Jahren mal nach ihrer Hüft-OP benutzt hatte, und nach meinem Notfall-Anruf hat sie es mitgebracht. So kann ich mich wenigstens einigermaßen vorwärtsbewegen. Und während des Unterrichts darf ich einen freien Stuhl benutzen, um mein Bein hochlagern zu können.

In der ersten Stunde haben wir Deutsch, und Frau Schramm-Bassermann erzählt uns was von einem landesweiten Schulwettbewerb zum Thema «Toleranz». Emma ist natürlich direkt hellwach. So was ist genau ihr Ding. «Wir könnten doch eine Inforeihe über LGBT machen», schlägt sie vor.

«Über was?», fragt Niklas.

«LGBT», wiederholt sie, langsam, zum Mitschreiben. «Lesbian, Gay, Bisexual und Transgender.»

Für eine Sekunde herrscht Stille, dann reden alle durcheinander. «Über Lesben und Schwule?» – «Und was sollen wir da machen?» – «Müssen wir da alle in Rosa kommen?» – «Was heißt das denn genau?» – «Da hab ich keinen Bock drauf.» Tom und Luca tun so, als würden sie einander verliebte Kusshändchen zuwerfen, Svenja und Charlene beugen sich kichernd über ein unter der Bank verborgenes Handy, Jan kritzelt gelangweilt auf einem Blatt Papier herum, und Lea kreischt total hysterisch: «Mann, du Arsch!», und schiebt mit dem Unterarm Mesuds Hefter vom Tisch. Der Geräuschpegel ist kurz vor der Schmerzgrenze.

Ist mir nur recht. So habe ich ein bisschen Zeit, den Schock zu verarbeiten. Ich kenne dieses Kürzel nicht, das Emma da genannt hat, aber «Transgender» hab ich verstanden. Und das genügt, dass mir der Schweiß ausbricht. Wenn ich an so einem Projekt teilnehme, sieht mir garantiert jeder sofort an, dass ich persönlich von dem Thema betroffen bin. Noch ehe überhaupt irgendeine Entscheidung gefallen ist, grüble ich schon darüber nach, wie ich mich rausziehen kann.

Irgendwann gelingt es Frau Schramm-Bassermann, wieder ein bisschen Ruhe in die Klasse zu bringen. «Ich finde Emmas Vorschlag sehr gut», erklärt sie.

Das hatte ich befürchtet.

«Er passt perfekt zu einem Wettbewerb in Sachen Toleranz, und vielleicht wäre es für euch alle mal eine Gelegenheit, eure eigene Toleranz etwas weiterzuentwickeln.» Bei diesen Worten sieht sie Tom und Luca an. Wieder wird es laut, aber sie hebt die Hand und schafft es, sich durchzusetzen. «Moment, Moment! Wir können später noch ausführlich darüber diskutieren, aber zuerst erkläre ich euch mal, wie so ein Projekt überhaupt abläuft und was ihr dazu beitragen könnt.»

23

«Das kann man aber auch ganz anders sehen», findet Liska und stellt den Colabecher zurück auf den Tisch. «Du hast doch viel mehr Ahnung von Transgender als alle anderen! Das ist doch super, wenn du denen mal zeigen kannst, wo es langgeht!»

«Als ob», sage ich düster und angele mir die letzten Pommes aus der Schachtel.

Liskas Handy vibriert. Sie guckt auf den Bildschirm, liest und tippt dann mit beiden Daumen eine Nachricht. In dieser Zeit lasse ich meinen Blick wandern.

Ob irgendjemand hier in diesem McDonald's lieber dem anderen Geschlecht angehören würde? Vielleicht die drei Mädchen, die gerade ihre Bestellung aufgeben? Bestimmt nicht. Vollblutweiber, alle drei: lange Haare, manikürte Nägel, Lippenstift, enge Shirts.

Oder die beiden Jungs, der eine mit Hoodie, der andere mit umgehängtem Kopfhörer, die sich mit ihren Tabletts gerade an einen freien Tisch setzen? Dem einen hängt die Hose so tief, dass ich seine Arschritze sehen kann, als er sich vorbeugt. Der andere hat riesige Füße, mindestens Größe siebenundvierzig. Als er vorhin an unserem Tisch vorbeigegangen ist, hätte er beinahe meine Krücken umgetreten, die ich neben mir an die Wand gelehnt habe.

Liska behauptet ja immer, es gäbe total viele Transmenschen, gerade auch in unserem Alter. Ich frage mich bloß, wieso ich dann keine kenne.

Also, fast keine. Der Sohn von einer Freundin von Tante Juliane lebt wohl seit mehreren Jahren als Frau. Ich hab ihn ein oder zwei Mal gesehen. Also, sie. Dass die mal ein Mann war, hätte ich echt nie gedacht.

Und Ricardas Cousine ist auch als Junge zur Welt gekommen. Die hat sich schon mit siebzehn operieren lassen, soviel ich weiß. Ich kenne sie nicht persönlich, aber Ricarda hat gesagt, sie wäre eine der weiblichsten Frauen, die sie kennt.

Ich sehe mir Liska an, die bereits die zweite oder dritte Nachricht schreibt – mit wem schreibt die da eigentlich die ganze Zeit? –, und versuche mir vorzustellen, wie sie als Mann aussähe. Mir fehlt dafür die Phantasie. Liska ist eben ein typisches Mädchen. Sie ist höchstens eins sechzig, hat runde Hüften und schmale Schultern und ein kleines Stupsnäschen, und ich weiß ja nicht, wie viel davon übrig bleibt, wenn man diese Hormone nimmt, und ob man da auch operativ was machen könnte, aber es ist mir einfach nicht möglich, mir Liska als Jungen vorzustellen.

Und ich? Könnte ich als Mädchen durchgehen? Allein schon der Gedanke fühlt sich an wie Rückwärtsfahren im Bus: Mir wird schlecht davon.

Vor ein paar Wochen wollte mich eine Klofrau im Kino mal auf die Damentoilette rüberwinken. Ich war so verwirrt, dass ich stehen geblieben bin, und dann hat sie ihren Irrtum aber auch schon bemerkt und sich entschuldigt. «Na, mit so lange Haare, da weeß ick immer jar nich …»

In dem Moment hab ich echt überlegt, ob ich doch mal wieder zum Friseur gehen soll.

«Also, ich finde, du könntest da richtig was draus machen aus deinem Insiderwissen», setzt Liska jetzt die Unterhaltung fort. «Du kannst doch Frederik alles fragen! Stell dir mal vor, wie du da Eindruck schinden könntest!»

Ich *will* mir das gar nicht vorstellen, aber einen Moment lang poppt ungefragt ein Bild in meiner Phantasie auf – ein Bild von Emma, die mir bewundernd zuhört, während ich mein Transgender-Fachwissen ausbreite. Eins steht fest: Danach würde sie im Bus nicht mehr einfach an mir vorbeigehen.

«Pf, na ja, mal gucken», sage ich möglichst vage. Aber Liska ist sowieso schon wieder mit ihrem Handy zugange. Sie blickt nur noch einmal kurz hoch, um zu sagen: «Ach so, gib mir mal die zehn Euro zurück, ja?»

24

Nach anderthalb mühsamen Wochen, in denen meine Mutter, mein Vater und Petra sich mit einem komplizierten Fahrdienstplan abgewechselt haben, um mich von A nach B zu transportieren, und mir mindestens ein Dutzend Mal die Krücken umgefallen sind, kann ich endlich wieder alleine zur Schule fahren. Allerdings humpele ich noch ziemlich stark und nehme zur Sicherheit eine einzelne Krücke mit, um den rechten Fuß zu entlasten.

Trotzdem fühlt es sich an wie die totale Freiheit, als ich am Dienstagmorgen – vorsichtshalber zwanzig Minuten früher als sonst – zur Bushaltestelle hoppele. Yeah! Busfahren! Jetzt erst merke ich, wie sehr es mir gefehlt hat.

Zwei Leute stehen bereits da: eine rauchende Frau mit pinken Fingernägeln und – Sebastian. Oder? Ist er das wirklich? Beim Näherkommen überzeuge ich mich davon, dass ich richtig gesehen habe. Es ist unverkennbar sein blonder Schopf, seine durchscheinend blasse Haut und sein hellblauer Dakine-Rucksack.

Ich habe noch nie ein Wort mit Sebastian gewechselt, aber jetzt komme ich wohl nicht daran vorbei. «Was machst du denn hier?» Fuck, was für eine saublöde Frage.

«Auf den Bus warten – und du?», erwidert er mit hochgezogenen Augenbrauen. Ich kann nicht genau erkennen, ob das Ironie ist oder ob er es ernst meint.

«Ähm, ich such nach Pilzen», sage ich. Dann fangen wir beide an zu lachen. Mir fällt auf, dass ich ihn noch nie habe lachen sehen. Es macht ihn gleich viel sympathischer.

«Magic Mushrooms?», fragt er.

Gleich mitten rein ins Thema Drogen, denke ich. Alles klar. Damit kennt er sich wohl aus. «Genau – hast du welche dabei?»

Er klopft seine Jackentaschen ab und lässt dann mit bedauernder Miene die Hände sinken. «Mist. Vergessen.»

Dass Sebastian Humor hat, überrascht mich fast noch mehr, als ihn hier zu treffen. Der Bus kommt, und im hinteren Teil sind noch ein paar unbesetzte Plätze. Er geht voran und hält mir einen frei. Ich lasse mich schwerfällig darauf nieder und versuche, die Krücke so zu parken, dass keiner darüber stolpern kann. «Wohnst du hier in der Nähe?», frage ich ihn.

«Kirschenallee.»

«Ohne Scheiß jetzt? Das ist ja direkt bei mir um die Ecke! Ich wohne Eichenallee!»

Unglaublich, dass wir uns noch nie begegnet sind, immerhin fahren wir schon seit fast einem Monat tagtäglich dieselbe Strecke, aber wir finden heraus, dass Sebastian immer etwas früher aufbricht, während ich das Haus ja heute nur wegen meiner Gehbehinderung vorzeitig verlassen habe und ansonsten erst auf den letzten Drücker losgehe.

«Das wär mir zu eng», sagt Sebastian, «was ist, wenn da mal die S-Bahn ausfällt oder der Bus Verspätung hat?»

«Dann bist du am Arsch», gebe ich zu.

Am S-Bahnhof Westend bestätigt sich, dass es eine gute Idee von mir war, früher loszugehen. Während ich auf einem Bein die Treppe hinunterhopse, fährt uns die Bahn vor der Nase davon. Sebastian hätte losrennen und sie noch erwischen können, aber er ist an meiner Seite geblieben. Nett von ihm.

Wir warten sechs Minuten, bis die nächste Bahn kommt, steigen in Schöneberg um in die S1 und dann in Lichterfelde West wieder in den Bus. Das kurze Stück könnte man eigentlich auch laufen, aber ich komme ja zurzeit nur schleppend voran.

Erst im Klassenraum trennen sich unsere Wege. Jeder setzt sich auf seinen Platz, Sebastian wird wieder zu jenem fast unsichtbaren Einrichtungsgegenstand, der er immer war, und ich werde von Boris und Jan in Empfang genommen, die mir irgendein bescheuertes, aber witziges Handyvideo zeigen, in dem ein vermummter Taliban-Kämpfer seinen Sprengstoffgürtel nicht zukriegt, weil er zu viel gegessen hat.

Während der Unterricht seinen Lauf nimmt, wird mir bewusst, dass Sebastian und ich heute Morgen auf dem ganzen langen Schulweg ohne Unterbrechung gequatscht und viel gelacht haben. Es war kein mühsam in Gang gehaltener Smalltalk, sondern einfach ein entspannter Austausch. Die Themen gingen uns nicht aus, und ich hatte das Gefühl, wir hätten uns noch ewig weiter unterhalten können.

Es wäre logisch, daran anzuknüpfen und beispielsweise zu fragen, ob wir auch wieder gemeinsam nach Hause fahren wollen. So würde das zumindest im Film laufen. Und zack, wären wir Freunde.

Die Realität ist viel komplizierter. Da quatscht man nicht einfach jemanden an, den man gerade erst etwas näher kennengelernt hat, vor allem dann nicht, wenn der in der Klasse kein besonders gutes Standing hat und man sich seine eigene Position in der Hackordnung nicht versauen will.

Außerdem bin ich während der Schulzeit immer mit Boris, Jan und Steven zusammen oder wenigstens mit einem davon. Das sind so feste Regeln. Es gibt eben Gruppen, und es gibt Außenseiter. Um die Wahrheit zu sagen: Ich *erzähle* meinen Freunden nicht mal, dass ich heute mit Sebastian hergekommen bin. Nicht weil ich es bewusst verheimlichen will, sondern weil … tja, keine Ahnung. Es fühlt sich eben noch nicht spruchreif an.

Trotzdem behalte ich Sebastian unauffällig im Auge, besonders nach der letzten Unterrichtsstunde. Während ich die Treppe hinunterhumpele, sehe ich ihn auf dem Klo verschwinden. Ich gehe ganz langsam raus und zur Bushaltestelle. Der Bus kommt fast augenblicklich. Ich lasse ihn wegfahren, bleibe an der Haltestelle stehen und behalte das Schultor im Auge.

Dann kommt Sebastian raus, aber statt die Straße zu überqueren, biegt er sofort nach links ab, ohne auch nur einen Blick in Richtung Bushaltestelle zu werfen.

Er geht zu Fuß zum S-Bahnhof. So, wie ich es normalerweise auch mache.

Mist.

25

«Das Licht kommt zurück, und die Welt ist wie neu: voll Farben, voll Hoffnung, voll Leben!» Ich lasse Leon das Bild mit den Wildgänsen noch eine Weile betrachten, dann klappe ich das Buch zu. «Und jetzt schlaf gut.» Ich decke ihn zu. Dabei rutscht mein blauer Kuschelhase aus den Falten seiner Decke. Leon greift danach und drückt ihn sich an die Brust.

«Hey, Moment mal – wo hast du den denn her?»

«Von Mama», sagt mein kleiner Bruder, ohne den Daumen aus dem Mund zu nehmen.

«Das ist aber meiner.»

«Hat Mama mir geschenkt.»

«Was? Das kann sie gar nicht, weil es ja meiner ist. Komm, ich geb dir einen anderen.» Ich schnappe mir eins der schätzungsweise zwanzig Kuscheltiere, die in dem Regal über seinem Bett auf ihren Einsatz warten, und reiche es Leon, der Hasi daraufhin nur umso fester umklammert und sich brüsk von mir wegdreht.

«Leon, das ist *mein* Kuscheltier. Das hab *ich* von *meiner* Mama bekommen, als ich ungefähr so alt war wie du. Das gehört dir nicht. Guck mal, du hast ganz viele Tiere ... willst du lieber den Löwen?» Ich halte ihm ein anderes Stofftier hin. «Oder den Esel?»

«Nein!», bockt Leon. «Meiner!»

Vielleicht ist es gemein von mir. Vielleicht bin ich ein miserabler Bruder, ein Egoist, vielleicht kann ich nicht die Bohne mit Kindern umgehen und bin total unreif – aber ich kann Leon nicht einfach mein einziges Kuscheltier überlassen. Das verursacht mir beinahe körperliche Schmerzen, so wie eine entzündete Zahnwurzel. Mit Hasi verbinde ich einfach zu viel, was mich an früher erinnert, als alles noch gut und ich glücklich war – jedenfalls denke ich *heute*, dass alles gut und ich glücklich war –, und niemand außer mir sollte Hasi mit ins Bett nehmen dürfen. Schon gar nicht, wenn er über eine ganze Kollektion von Alternativen verfügt.

«Komm, gib her», fordere ich. Mein Ton ist nicht mehr ganz so freundlich. «Der gehört dir nicht. Such dir einen von den anderen aus.»

«Nein!», schreit Leon, wofür er sogar den Daumen aus dem Mund nimmt. «Das ist meiner!» Und er beginnt laut zu heulen, obwohl ich noch nicht mal die Trumpfkarte meiner körperlichen Überlegenheit gezogen habe.

Wie erwartet dauert es keine fünf Sekunden, da steht Petra im Zimmer. Das ist es, was ich so daran hasse, mich um Leon zu kümmern: Sobald er auch nur einen Pieps macht, materialisiert sie sich aus dem Nichts, und natürlich bin ich immer der Gearschte. Ich bin ja schließlich der Große, ich habe vernünftig zu sein, und wenn ihr Goldjunge plärrt, kann es nur an mir und einem meiner zahllosen Fehler liegen.

Sie setzt sich zu Leon auf die Bettkante, und er wirft sich ihr schluchzend an die Brust, gibt aber keine Erklärungen ab. Genau genommen tut er so, als wäre er so entsetzlich unglücklich, dass er gar nicht mehr sprechen kann. Meinen Hasen lässt er dabei allerdings keine Sekunde lang los.

«Was ist denn hier los?», will Petra wissen. Schon ihr vorwurfsvoller Blick macht deutlich, dass ich überhaupt keine Chance habe. Ich versuche es trotzdem. Mir bleibt ja auch nicht viel anderes übrig.

«Leon hat meinen Hasen.» Das klingt schon mal bescheuert. Als wäre ich selbst nicht älter als vier. Aber wie soll ich es sonst sagen? «Den hab ich als Kind von Mama bekommen.»

Sie streicht Leon tröstend über den bebenden Rücken und sagt «Sch, sch» in seine Haare, dann wendet sie sich wieder mir zu. «Ja, und?»

Wie, ja, und? «Es ist meiner», wiederhole ich.

«Seltsam», sagt Petra. «Ich hab dich noch nie damit spielen sehen.»

Sie hat aber nicht ernstlich erwartet, dass Fünfzehnjährige in aller Öffentlichkeit mit Stofftieren spielen, oder? Vielleicht hätte ich ihn beim gemeinsamen Abendessen über den Esstisch hüpfen lassen und dabei mit verstellter Stimme piepsen sollen: «Ich bin's, Kinder, euer Hasi!»

«Ich hab ihn übrigens im Badezimmer gefunden», fährt sie fort, «auf dem Boden, hinter der Wäschetruhe. Ich hab ihn in die Waschmaschine gesteckt und Leon gegeben, weil er der Einzige hier im Haus ist, der Kuscheltiere besitzt.»

Ihr Sarkasmus macht mich wütend, aber in erster Linie bin ich verwirrt. Wieso sollte Hasi im Badezimmer auf dem Boden gelegen haben? Dann fällt es mir ein. «Ich hab die Bettwäsche abgezogen und in die Wäsche getan. Da ist er wohl aus Versehen mit reingerutscht.»

«Und jetzt willst du ihn also wiederhaben? Oder geht es dir nur darum, dass dein Bruder ihn *nicht* haben soll?»

«Guck dir doch mal an, wie viele Stofftiere Leon hat!», sage ich und deute auf das überfüllte Regal. «Ich habe nur dieses eine, und zwar seit über zehn Jahren. Und ja, ich hätte es gern wieder.» Wenn man bedenkt, in was für einem ätzenden Ton sie mit mir redet und wie sie mir alle möglichen Gemeinheiten unterstellt, bleibe ich geradezu vorbildlich ruhig, finde ich.

Ganz die liebevolle Mutti, beugt sie sich zu Leon hinab und erklärt ihm den Sachverhalt, als wäre er zu blöd, um es längst begriffen zu haben. Oder nein: als wäre sie die Einzige, die es ihm überhaupt begreiflich machen kann, weil niemand sonst so supertoll mit Kindern umgehen kann.

Leon hört schweigend zu, das Gesicht immer noch an ihrer Brust vergraben, und als sie abschließend fragt: «Willst du Joschka den Hasen nicht wiedergeben, und wir suchen dir dafür ein anderes Tier aus?», schüttelt er wie nicht anders zu erwarten den Kopf und stößt ein vernehmliches «Nein!» aus, ein zorniges, trotziges Jaulen, bei dem seine Stimme in der Mitte nach oben wandert und zum Ende hin wieder abfällt.

Petra wirft mir einen Blick zu und zuckt die Schultern. Ja, klar. Sie hat sich ja so bemüht, sie hat sich echt ins Zeug gelegt, aber leider … Was soll sie machen? Verlange ich jetzt womöglich noch, dass sie dem Kind das Häschen gewaltsam aus der fest geschlossenen Faust reißt?

Ich werfe das Bilderbuch mit deutlich mehr Schwung als erforderlich in Leons Spielzeugkiste und stürme ohne ein weiteres Wort aus dem Kinderzimmer. Hasi hole ich mir später wieder, das ist mal klar.

26

In der Cafeteria steht Emma direkt vor mir. Es ist proppevoll, und wir rücken nur zentimeterweise zur Kasse vor. Von mir aus könnte es den ganzen Tag dauern. Ich bin so dicht hinter ihr, dass ich die kleinen Härchen auf ihrem Nacken sehen und ihren frischen Duft in die Nase kriege. Kein Parfüm, glaube ich, eher der Weichspüler in den Fasern ihres blauen Pullis. Ich atme ihn ganz tief ein.

Wenn wir zusammen wären, könnte ich mich in diesem Duft verlieren. Sie würde sich lang im Gras ausstrecken und die Augen schließen. Ich würde die Arme um sie legen, sodass sie sich sicher und geborgen fühlt, den Kopf auf ihren Bauch betten und meine Nase in den Falten ihres Pullis vergraben. Sie würde mit den gespreizten Fingern der rechten Hand durch meine Haare streichen. Ich kann das Zwitschern der Vögel hören und spüre die Wärme der Sonne auf der Haut.

Michelle, die unmittelbar vor Emma in der Schlange steht, nimmt sich einen Becher Milchreis. «Hast du den schon mal probiert?», fragt sie Emma. «Der ist megalecker.»

Emmas Hand zuckt bereits zum Regal, doch auf halbem Weg zieht sie sie wieder zurück. «Ach, nee. Lieber nicht.»

Michelle wirft ihr einen überraschten Blick zu, dann nickt sie und kichert ein bisschen.

Ich hab keine Ahnung, was das bedeutet. Muss Emma sparen? Oder will sie abnehmen? Beides kommt mir abwegig vor. Sie wohnt in einem ziemlich großen Haus, trägt Markenklamotten und hat ein teures Fahrrad – da sprengen achtzig Cent für einen Milchreis bestimmt nicht das Monatsbudget. Und wenn man mich fragt, so hat sie nicht ein Gramm zu viel an ihrem Körper. Allerdings gilt das auch für Charlene, und die macht ständig irgendeine Diät, also ist Abnehmen wohl die wahrscheinlichere Variante.

Mein Puls schießt in die Höhe, als mir die Idee kommt. Mit zittrigen Händen nehme ich gleich zwei Becher Milchreis aus dem Regal. An der Kasse krame ich längere Zeit nach Kleingeld, sodass Michelle und Emma bereits an einem Tisch sitzen, während ich noch mit meinem Tablett durch die Cafeteria laufe und so tue, als suchte ich einen freien Platz. Direkt neben Emma bleibe ich mit hämmerndem Herzen stehen. «Ach, Mist», sage ich. «Jetzt hab ich aus Versehen zwei genommen. Magst du einen?» Ohne eine Antwort abzuwarten, stelle ich das Milchreisschälchen auf Emmas Tablett.

«Hey, was …?» Sie starrt es verblüfft an. Michelle dagegen hat sofort verstanden und wirft mir lachend einen anerkennenden Blick zu. Zufrieden grinsend gehe ich rüber zu Boris und atme erst mal tief durch, um mich zu beruhigen. Falls Emma es wirklich nicht begriffen haben sollte, wird Michelle es ihr schon erklären.

27

«Wie lange willst du eigentlich noch bei deinem Vater wohnen bleiben?», erkundigt sich Boris.

Mann, jetzt fängt der auch noch damit an! Ich zucke die Achseln. «Keine Ahnung.»

«Ich mein ja nur, weil du da ständig Zoff hast.»

Vielleicht hätte ich ihm das mit Leon und meinem Häschen nicht erzählen sollen. Aus seiner Sicht ist die Frage ja völlig berechtigt.

Ich schiebe die Hände in die Jackentasche, um sie zu wärmen. Eigentlich ist es schon zu kalt, um noch draußen abzuhängen, aber uns ist nichts Besseres eingefallen, als uns an der Bushaltestelle rumzudrücken, bis es für uns beide Zeit ist, in verschiedene Richtungen nach Hause zu fahren.

«Um was ging's denn eigentlich bei dem Streit mit deiner Mutter? Ich meine, ist das nicht inzwischen längst Geschichte?», erkundigt sich Boris.

Ich hüpfe ein bisschen auf und ab, tue so, als wollte ich mich aufwärmen. Dabei kaschiere ich nur meine Verlegenheit. Er soll mir nicht ins Gesicht sehen können. «Jaaaa, mal gucken», sage ich vage, als hätte ich seine Frage nicht gehört. «Ich geh schon irgendwann wieder zurück.»

«Mit deiner Mutter hattest du jedenfalls nicht so oft Stress.»

Ich wünschte, ich könnte es ihm erzählen. Alles, von Anfang an. Vielleicht würde es mir guttun, mal mit jemandem darüber zu reden.

Aber ich kann nicht.

Ich wüsste nicht mal, wie ich anfangen soll.

Irgendwie ist es jetzt noch schwieriger, weil ich ihn fünf Jahre lang angelogen habe. Oder ihm zumindest etwas verschwiegen habe. Wie soll ich denn jetzt noch die Kurve kriegen? Selbst wenn er Verständnis für die *Situation* hätte – für meine Heimlichtuerei hätte er mit Sicherheit keins. Und dann hätte ich nicht nur meine Mutter, sondern auch noch meinen besten Freund verloren.

Ich muss ganz schnell das Thema wechseln. Ihn ablenken. Mein Gehirn quietscht regelrecht vor Anstrengung, während ich versuche, eine neue Richtung für unsere Unterhaltung zu finden, und es scheint vollkommen leer zu sein, als hätte ich aus Versehen die Festplatte formatiert.

Wie rettende Engel kommen in diesem Moment Emma und Michelle aus dem Schulgebäude. Sie sind intensiv ins Gespräch vertieft und lachen. Emma steuert auf ihr Fahrrad zu, das sie an einem der Metallbügel angekettet hat. Seit den Sommerferien fährt sie meistens mit dem Rad.

Ich drehe den Kopf für einen Sekundenbruchteil in Boris' Richtung und registriere erleichtert, dass auch er völlig in die Beobachtung der beiden Mädchen vertieft ist. Also kann ich in Ruhe weiter zusehen, wie sie gemeinsam in Richtung S-Bahnhof davongehen. Emma schiebt das Rad, auf das beide ihre Schultaschen gepackt haben, und auch wenn sie sich leider mit jedem Schritt von uns entfernt, ist der Anblick ihres Hinterns herrlich.

28

Ich kann meinen Fuß wieder fast normal belasten, trotzdem stehe ich weiterhin jeden Morgen früher auf. Aber erst am letzten Montag vor den Herbstferien habe ich Glück: Sebastian läuft ein Stück vor mir, als ich in die Kirschenallee einbiege, um zum Bus zu gehen.

Er könnte mich hören, aber ich rufe nicht. So gut kennen wir uns auch wieder nicht. Ich lasse ihn einfach zur Haltestelle gehen und treffe eine halbe Minute nach ihm ein. «Hey.»

«Hey. Keine Krücke mehr?»

«Nee, geht wieder. Nur für Sport hab ich mir noch ein Attest geholt.»

Er grinst verständnisvoll.

«Bist du eigentlich vom Sportunterricht befreit?», frage ich. Das Thema bietet sich ja regelrecht an. «Hab dich da noch nie gesehen.»

Seine Augen zucken zur Seite, als würde er einen Fluchtweg suchen. Volltreffer! Er reckt den Hals, um zu sehen, ob der Bus nicht kommt und ihn von einer Antwort entbindet. Tja, Pech gehabt. Kein Bus in Sicht.

«Ähm, ja», sagt er schließlich, nicht ohne sich zuvor geräuspert zu haben.

Ich sehe ihn erwartungsvoll an, um zu zeigen, dass ich gerne eine nähere Erklärung hätte. Er guckt mich nicht an.

«Und warum?», muss ich also fragen.

«Aus gesundheitlichen Gründen.»

Der Junge ist ein harter Brocken. Ich aber auch. «Was mit den Gelenken oder so?»

«Nee.»

Puh. Ich fürchte fast, er ist härter als ich. Und jetzt kommt der Bus tatsächlich, womit meine wunderbare Chance, endlich mehr über ihn zu erfahren, sich in einer Dieselwolke auflöst.

Ich beschließe, seine Einsilbigkeit nicht als Unhöflichkeit auszulegen. Diesmal bin ich vor ihm im Bus, suche einen freien Zweierplatz und rutsche ans Fenster, als er herankommt. Er setzt sich neben mich. «Hast du Mathe gemacht?», fragt er.

«Das mit dem Wurzelziehen? Ja.»

«Ich hab dieses Heron-Verfahren irgendwie nicht kapiert. Du?»

«Ja. Eigentlich ganz einfach.» Und bis Innsbrucker Platz reden wir nur über Mathematik. Sebastian hat den Dreh raus mit dem Ablenken; ich könnte was lernen von ihm.

«Ich finde, wir sollten jedes Thema separat behandeln», findet Emma, lehnt sich auf ihrem Stuhl zurück und kippelt ein bisschen damit nach hinten. «Die sind ja alle wichtig.»

«Wir könnten Gruppen bilden, und jede davon nimmt sich ein Thema vor», schlägt Kimberley vor.

Emma schüttelt den Kopf und lässt den Stuhl wieder nach vorne fallen. «Nein, dann beschäftigt sich jeder nur mit seinem eigenen. Ich würde eher sagen, dass wir das zeitlich aufteilen. Die Projektpräsentation ist ja erst im Januar. Jedes Thema wird eine Woche lang vorbereitet, aber von allen gemeinsam.»

Wie immer findet ihr Gedanke den Beifall von Frau Schramm-Bassermann. «Sehr schöne Idee, Emma. Womit wollen wir anfangen?»

«Am besten einfach der Reihe nach», meint Svenja, das Kinn in die Hand gestützt. «Lesbisch, schwul, bisexuell, transsexuell.»

«Und intersexuell», fügt Michelle hinzu und rückt ihre Brille zurecht. «Das gehört auch noch dazu.»

«Was ist denn das schon wieder?», stöhnt Niklas und verdreht die Augen. Emma wirft ihm einen vernichtenden Blick zu, überlässt die Antwort aber ihrer Freundin, die beflissen erklärt: «Das sind Menschen, denen bei der Geburt kein eindeutiges Geschlecht zugewiesen werden kann.»

«Missgeburten», murmelt Mesud, allerdings so leise, dass die meisten es nicht verstehen.

«Gut, das machen wir dann am Schluss, damit ihr euch darüber noch ein bisschen besser informieren könnt», sagt Frau Schramm-Bassermann energisch. «Wir haben also fünf Wochen Zeit, um jedes dieser Themen ausführlich zu bearbeiten, und wir beginnen nach den Herbstferien mit der lesbischen Liebe.»

«Wer, wir und die?», sagt Charlene leise zu Svenja, die daraufhin kichert.

«Ich möchte, dass ihr euch alle schon in den Ferien mit den einzelnen Themenbereichen beschäftigt, jeder für sich», fährt Frau Schramm-Bassermann fort, die die Bemerkung überhört hat. «Wenn wir loslegen, möchte ich nicht, dass irgendjemand noch grundlegende Fragen stellen muss. Ihr habt alle zwei Wochen Zeit, um das zu recherchieren, was ihr nicht wisst.»

Allgemeines Protestgemurmel wird laut, weil Aufgaben über die Ferien angeblich nicht erlaubt sind.

Ich habe kein Wort gesagt und werde das auch weiterhin nicht tun, solange ich es vermeiden kann. Ganz raushalten kann ich mich nicht, sonst versaue ich mir meine Note für die mündliche Beteiligung, aber eins ist klar: Bei diesem Projekt mache ich nur den Statisten.

Als ich zum S-Bahnhof Lichterfelde West marschiere, trödelt Sebastian vor mir her. Er geht auffallend langsam. Ich lächle in mich hinein und schließe zu ihm auf. Scheinbar überrascht wendet er mir den Kopf zu, als ich plötzlich neben ihm gehe.

«Na, fährst du auch mit der S-Bahn zurück?»

«Du auch?», fragt er zurück.

Ich erzähle, dass ich Leon abholen muss, und über diesen Umweg kommen wir auf Eltern und verschiedene Familienkonstellationen zu sprechen.

«Du bist voll gut in Mathe, was?», fragt Sebastian plötzlich.

«Geht so», erwidere ich. Der Klassenbeste bin ich nicht, aber ich bewege mich so bei einer Zwei, mit kleineren Ausreißern nach unten und selten auch mal nach oben.

«Ich finde schon. Du hast das total gut erklärt heute Morgen. Bei dir hab ich's verstanden, beim Leppert nicht.»

«Okay», sage ich verwundert und lasse es beinahe wie eine Frage klingen. «Vielleicht sollte ich doch lieber Mathelehrer werden.»

«Statt was?»

Ich freue mich, dass er fragt. Ich rede gerne über meinen Berufswunsch, aber nur wenige Leute fragen danach. «Verkehrsingenieur. Und dann bei der BVG arbeiten. Das heißt, ich mache dann die Netzplanung, Fahrpläne, Anschlussoptimierung und so weiter.» Ich zögere einen Moment. Soll ich es ihm erzählen, oder ist das zu schräg? Aber irgendwie passt es doch gerade gut, und ich habe das Gefühl, er würde mich verstehen. «Ich möchte gerne mit jeder einzelnen BVG-Linie mindestens ein Mal gefahren sein. Komplett. Von der ersten bis zur letzten Haltestelle. Damit ich mir schon mal einen Überblick verschaffen kann.»

«Krass», sagt er und sieht mich mit großen Augen an. «Wie viele sind das denn?»

«Zehn U-Bahnen, zweiundzwanzig Trams, hunderteinundfünfzig Busse und sechs Fähren. Ohne die Nachtlinien.»

Sebastians Augen werden noch größer. «Das weißt du auswendig?»

Es ist ein großartiges Gefühl, für mein Wissen bewundert zu werden. Bisher hat das wirklich keine Sau interessiert. Ich lächle stolz.

«Dann *musst* du ja wohl gut in Mathe sein.» Sebastian lässt den Kopf hängen und zerquetscht mit der Spitze seines Turnschuhs eine Zigarettenkippe. Die hier nicht liegen dürfte, weil auf den Bahnhöfen Rauchverbot herrscht. «Und ich hab irgendwie total den Anschluss verpasst.»

«Durch den Schulwechsel?»

Er nickt, während er die Kippe so malträtiert, dass die Tabakreste herauskrümeln. «Meine Eltern wollen, dass ich zur Nachhilfe gehe. Aber ich weiß nicht …» Er guckt hoch zur Anzeigetafel, auf der immer noch eine Vier zu sehen ist, obwohl wir jetzt bestimmt schon fünf Minuten hier stehen. «Würdest *du* nicht …?», fragt er und wendet sich wieder mir zu. «Ich meine, du wohnst doch in der Nähe und so.»

«Nachhilfe?» Ich bin ehrlich überrascht. Dieser Gedanke ist mir noch nie gekommen. Eigentlich bin ich in keinem Fach so gut, dass ich mir vorstellen könnte, mein Wissen an andere weiterzugeben – außer vielleicht an Grundschüler.

Aber Sebastian ist mir sympathisch, und außerdem will ich unbedingt hinter sein Geheimnis kommen. Wenn wir uns treffen, um gemeinsam Mathe zu pauken, hätte ich bestimmt gute Chancen, mein Ziel zu erreichen.

«Vielleicht in den Herbstferien oder so», schlägt er vor und wirft mir einen schüchternen Blick zu.

Ich sehe, dass es ihn Überwindung kostet. Deshalb will ich ihn nicht länger zappeln lassen, das wäre unfair. «Könnten wir schon machen», sage ich nachdenklich.

«Meine Eltern würden natürlich auch dafür bezahlen», fügt er rasch hinzu, als wolle er mich überreden.

29

Da ich weder Hausaufgaben machen noch Leon vom Kindergarten abholen muss, kann ich endlich mal wieder mit zu Boris fahren. Ich war die ganze Woche noch nicht bei ihm. Es wäre also gar nicht notwendig, dass er mich mit dem Versprechen seiner Mutter ködert, uns Muffins zu backen.

Meine Mutter hat nie gerne gekocht oder gebacken, deshalb bin ich ziemlich leicht manipulierbar, wenn jemand mich mit leckerem Essen lockt. Sogar Petra hat mir auf diese Weise schon einige Zugeständnisse abgerungen. Aber ihre Nudelaufläufe sind *gar nichts* gegen die Kuchen von Boris' Mutter.

Erst als ich mir bereits vier Muffins eingefahren habe und gerade nach dem fünften greife, wird mir klar, dass ich in eine Falle geraten bin. Zuvor hat nämlich folgendes Gespräch stattgefunden:

«Weißt du noch, die Party, die wir mal in diesem Gemeindesaal in Steglitz gemacht haben?», sagt Boris' Mutter.

Ich nicke mit vollem Mund und schlucke hastig herunter. «Wo Arkadij und Elisaweta waren? Und Kostja? Na klar.» Boris' Petersburger Verwandtschaft hat ordentlich Stimmung gemacht, und das lediglich mit Hilfe von vier Flaschen Wodka. Sein Onkel Arkadij ist am Ende betrunken auf dem Klo eingeschlafen, und ich musste von außen durch das winzige Fensterchen klettern und die Tür entriegeln, damit er da rausgeschafft werden konnte.

Diese Party war eine Familienfeier gewesen, an der aber nicht nur Boris', sondern auch meine Verwandten und darüber hinaus viele Freunde teilgenommen hatten. Tante Juliane hatte mit Jerry erst langsamen Walzer und dann einen ghanaischen Stammestanz vorgeführt, Liska hatte Boris mit Edding einen dicken schwarzen Strich auf die Wange gemalt, den er den ganzen Abend nicht bemerkte, und ich hatte mir Meerrettichschaum auf den Apfelkuchen geschaufelt, weil ich dachte, es wäre Sahne.

Ein ziemlich cooles Fest war das. «Wie lange ist das jetzt her? Sieben Jahre?»

«Sechs», sagt Boris' Mutter.

«Weißt du noch, Oleg?» Boris lässt die angewinkelten Arme auf und ab wackeln und gibt damit eine ziemlich gute Parodie seines Cousins, der andauernd den Ententanz machen wollte. Wir lachen.

«Ach, ich möchte gern noch mal so ein Fest machen», sagt Boris' Mutter schließlich verträumt. «Ich werde doch im

Februar vierzig. Da kommt die Familie aus Petersburg. Glaubst du, deine Mutter könnte den Saal noch mal bekommen?»

Schnapp!, macht die Falle.

Mir wird eiskalt.

«Ich fände es schön, wenn wir wieder zusammen feiern. So wie damals. Das war so lustig, und alle haben so gut zueinander gepasst!»

Völlig richtig. Ich erinnere mich, dass Boris' Mutter zu fortgeschrittener Stunde auch ziemlich gut in Wodka getränkt war und daraufhin wehmütig wurde. Sie ist ja immer total kontrolliert und taff, aber der Alkohol muss irgendetwas in ihr freigesetzt haben, was sie sonst nie rauslässt. Jedenfalls fing sie an zu heulen. Und ausgerechnet meine Mutter war es, die sie umarmte und tröstete.

Spätestens seit dieser Party waren die beiden dann richtige Freundinnen. Und ich war es, der diese Freundschaft ruiniert hat. Weil ich nicht wollte, dass andere meine immer männlicher werdende Mutter sehen. Dass sie Frederik sehen. Ich habe damals jede weitere Begegnung verhindert, und wenn ich will, kann ich echt fies sein. (Ich wollte.)

Meine Mutter hatte sowieso schon ein sauschlechtes Gewissen Liska und mir gegenüber, das wusste ich ganz genau. Ich kannte ihre Schwachstelle. Sie hat Rücksicht auf meine Befindlichkeiten genommen und sich zurückgehalten. Und ich habe meinen Teil dazu getan, dass Boris oder seine Mutter ihr nicht mehr über den Weg liefen. So wahnsinnig schwer war das gar nicht.

Bis jetzt, möglicherweise.

«Ja klar, super Idee!», heuchele ich. «Ich frag sie morgen gleich mal.»

Nach dem fünften Muffin ist mir schlecht. Ich weiß nicht genau, ob es an der Panik vor der Enthüllung meiner Lebenslüge liegt oder daran, dass ich mich überfressen habe. Ist aber auch egal. Jedenfalls gehe ich mit Boris rauf in sein Zimmer, wobei ich sorgfältig auf jede einzelne Stufe der hölzernen Wendeltreppe achtgebe.

Wir sind alle beide voll und faul. Er räkelt sich in seinem Sessel, ich mich auf seinem wie immer tadellos gemachten und mit einer Tagesdecke verhüllten Bett. Boris koppelt sein Handy mit dem Bluetooth-Lautsprecher und lässt seine Playlist abspielen. Deichkind. Alligatoah. Materia. Wir reden nicht viel, und wenn, dann nicht in ganzen Sätzen. Ganze Sätze werden ziemlich überbewertet, finde ich.

Irgendwann geht Boris pinkeln, und um die Zeit bis zu seiner Rückkehr totzuschlagen, checke ich die Nachrichten auf meinem Smartphone.

Liska hat mir ein Video geschickt, das ich neugierig öffne. Es ist ein bisschen wackelig wie alle Handyvideos, und es zeigt eine Schwimmhalle. Die typische laute und extrem stark widerhallende Geräuschkulisse. Offensichtlich wurde es vom Beckenrand aus gedreht.

Die Kamera zoomt auf einen Schwimmer, der kraftvoll in ihre Richtung krault. Dann zoomt sie wieder raus in die Totale, und ich erkenne, dass es so eine Art Wettkampf zu sein scheint, denn auch in den anderen Bahnen arbeiten sich Schwimmer konzentriert voran. Alle tragen Sportbadekappen und Schwimmbrillen. Ihre Arme wirbeln wie Propeller.

Sie erreichen den Beckenrand, an dem der oder die Filmende steht, im Abstand von wenigen Sekunden. Wieder zoomt die Kamera auf einen davon. Er schiebt die Chlorbrille auf die Stirn hoch, lächelt und reckt die geballte Faust hoch.

Ich kneife die Augen ein bisschen zusammen und beuge mich tiefer über den Bildschirm. Das Gesicht kommt mir bekannt vor …

Das ist Mama. Oder?

Ich tippe auf die Pause-Taste und sehe noch genauer hin.

Ja, das ist sie.

hä woher hst du das

Sind beim Training Frederik ist dritter geworden!

Mama hat gesagt, sie würde gern wieder Sport machen, sobald sie das aus ärztlicher Sicht darf. Sie hatte auch ein paar mögliche Sportarten aufgezählt – Fußball, Surfen und Schwimmen, glaube ich, aber ich hab das gar nicht richtig ernst genommen. Es ist schon ein paar Wochen her. Damals durfte sie noch nicht, wegen der OP.

Ich sehe mir das Video noch mal an. Alle möglichen Emotionen feuern gleichzeitig auf mich ab: Stolz, Scham, Respekt und immer wieder Wut. Ich bin wütend auf Mama, weil sie nicht einfach Mama bleiben konnte. Ich bin wütend auf Liska, die das nicht nur widerspruchslos hinnimmt, sondern sogar noch unterstützt. Ich bin wütend auf mich selbst, weil ich nicht ebenso gelassen wie sie damit umgehen kann. Und ich bin wütend auf die beiden, weil sie mich ausschließen und ich erst im Nachhinein und durch ein verwackeltes Handyvideo erfahre, dass Mama, na gut: Frederik jetzt Aktivsportler ist und sogar erfolgreich dabei.

Meine Mutter hat Schwimmengehen gehasst. Als wir noch kleiner waren, haben wir immer versucht, sie zu überreden. Wir wären gerne mal an einem Sonntagnachmittag mit ihr ins Freibad gegangen wie unsere Freunde auch. Aber sie hat sich geweigert. Es gab nicht viel, was sie uns abgeschlagen hat – Schwimmengehen schon. Im Freibad wäre es ihr zu überfüllt, war ihre einzige Begründung.

Aber wir gingen doch auch auf Flohmärkte, in Freizeitparks, zu Ritterfesten oder Fußballspielen! Da war es noch viel voller, und es schien sie nicht zu stören.

Seltsamerweise schwamm sie voller Begeisterung in einsamen Badeseen oder in der Ostsee. Nachdem meine Eltern sich getrennt hatten, nahm sie uns am Wochenende oft mit an verschwiegene brandenburgische Seen mit geheimnisvollen Namen wie Kalksee oder Wutzsee, wo wir kleine schattige Buchten fast für uns alleine hatten. Und dann sprang sie ins Wasser und tobte stundenlang darin herum, und ich weiß, dass ich sogar als Kind – wo man sich über so was nur wenig Gedanken macht – oft den Eindruck hatte, sie wäre glücklich.

Ich hab diesen Widerspruch damals nicht verstanden. Auch heute kann ich mir ihre Beweggründe nur mühsam zusammenreimen. Vermutlich hatte es was mit ihrem Körper zu tun, in dem sie sich so unwohl fühlte. In einem Badeanzug kann man nicht viel verstecken – da ist man den Blicken der anderen ausgeliefert, und keiner muss zweimal hinsehen, um zu entscheiden, ob da ein Mann oder eine Frau vorbeigeht. Vielleicht war das der Grund, warum sie nicht in öffentliche Schwimmbäder wollte. Wegen der vielen Blicke und dem Frust, sich nicht mal mehr selbst etwas vormachen zu können. Aber Wasser ist wohl trotzdem ihr Element.

Und indem sie sich jetzt ausgerechnet für das Schwimmen als Sportart entschieden hat, zeigt sie ihrer Vergangenheit den Stinkefinger. Das ist schon irgendwie cool.

Nur dass ich eben auch ein Teil dieser Vergangenheit bin.

Boris ist zurückgekommen, ohne dass ich es bemerkt hätte. Eben sehe ich mir das Video zum dritten Mal an, da lässt er sich plötzlich neben mich aufs Bett fallen. Die Matratze schwankt wie ein Schiff auf hoher See, und ich schrecke zusammen.

«Was hast'n da?», fragt Boris und wirft einen Blick auf den Bildschirm. Ich bin so erschrocken, dass es mir nicht schnell genug gelingt, die Stopp-Taste zu drücken.

«Wer ist *das* denn?»

Ich ziehe das Telefon von ihm weg. «Nichts.»

«Zeig doch mal her!» Er schnappt danach. «Was guckst du dir denn da an? Sind das Schwimmer? *Zehner Oberarme, Hauptsache, die Schwimmflügel passen …*»

Diesmal finde ich sein Kollegah-Zitat echt nicht witzig. Ich antworte nicht und drehe meinen gesamten Oberkörper von ihm weg, um ihm den Blick zu versperren. Er versteht das als Aufforderung zu einem kleinen Kämpfchen und rückt mir lachend auf die Pelle. «Stehst du auf Männer in Badehosen? Mir kannst du's doch ruhig sagen!»

Ich halte das Handy am ausgestreckten Arm von ihm weg, außerhalb seiner Reichweite, während ich immer noch verzweifelt versuche, mit dem Daumen die Stopp-Taste zu betätigen und Boris mit dem anderen Arm von mir wegzudrücken.

Natürlich muss das schiefgehen. Das Handy fällt mir runter und landet auf dem Teppich zu unseren Füßen, Bildschirm nach oben. Boris schnappt es sich blitzschnell und lässt sich auch durch meine Wutschreie und meinen brutalen Angriff auf seinen Arm nicht daran hindern, sich die letzten Sekunden des Videos anzusehen – die, in denen Mama die Chlorbrille hochschiebt und vor Freude die Faust in die Luft stößt.

«Gib das her, verdammt! Mann! Gib mein Handy her, du Arsch!», brülle ich wie ein durchgeknalltes Rumpelstilzchen.

«Hey, chill mal dein Leben.» Boris lacht immer noch. Der Bildschirm zeigt jetzt das eingefrorene erste Standbild des Videos mit einem großen Pfeilsymbol darin. Er hält mir das Smartphone hin, und ich schnappe so aggressiv danach, als könnte ich damit das Gesehene aus seinem Gehirn löschen. «Blöder Arsch», murmele ich, während ich es in meine Hosentasche stopfe.

«Mann, komm mal runter!», ruft Boris. «Spinnst du? Wer war das denn überhaupt in dem Video? Kennst du den, oder was?»

Er hat meine Mutter also nicht erkannt?

Echt nicht?

«Nee, kenn ich nicht», sage ich patzig und versuche, mir meine Erleichterung nicht anmerken zu lassen. «Das hat Liska mir eben geschickt. Keine Ahnung, wer das ist.»

«Und wieso schickt die dir so was?»

«Weiß ich doch nicht. Vielleicht aus Versehen. Oder sie ist in einen von denen verknallt, keine Ahnung.» Ich bin ein bisschen stolz auf diese spontan herbeigezauberte Erklärung. Liska schickt mir tatsächlich manchmal Bilder von Typen, in die sie verknallt ist.

«Meinst du? Zeig doch noch mal her.»

«Scheiße, nein! Kauf dir ein eigenes Leben, Mann!»

Boris erstarrt für einen Sekundenbruchteil, dann steht er abrupt auf. «Ich geh mal was zu trinken holen.» Ohne mich zu fragen, ob ich auch etwas will, verlässt er das Zimmer.

Er ist sauer. Genau genommen ist es noch schlimmer: Ich hab ihn verletzt. Und es tut mir bereits leid.

30

Als Liska und ich Samstagabend bei Ricarda ankommen, vibrieren die Bässe schon durch die ganze Straße. Gut ein Dutzend Fahrräder sind an den Gartenzaun ihres Elternhauses gekettet, und hinter den erleuchteten Fenstern wuselt es hin und her.

Liska hat Ricarda ein Fotobuch gebastelt, in dem die Stationen ihrer Freundschaft festgehalten sind. Unter jedes Bild hat sie etwas geschrieben. Ein Großteil sind Insiderwitze, die nur die beiden selbst verstehen und lustig finden können. Zum Beispiel dieses Foto von zwei Jungs in Jeans und T-Shirts, von hinten und schräg von unten auf einer Rolltreppe aufgenommen, unter dem steht: «Nie wieder Einhörner ;)». Keine Ahnung, was das bedeutet, aber Ricarda wird es schon kapieren.

Mein Geburtstagsgeschenk ist weniger phantasievoll, aber es kommt trotzdem von Herzen: eine Zehnerkarte für den Botanischen Garten. Ricarda interessiert sich nämlich total für Pflanzen und überlegt gerade, ob sie nach dem Abi Biologie studieren soll, eventuell auch Pharmazie.

Obwohl wir keineswegs zu spät kommen, ist die Wohnung bereits voll. Die meisten Gäste kenne ich nicht. Liska wird von einer Mädchengruppe aufgesaugt und ist plötzlich nicht mehr an meiner Seite. Ich sehe Piggy mit einem bebrillten Nerd auf dem Sofa sitzen, habe aber keinen Drang, mit ihr ins Gespräch zu kommen. Um mich zu orientieren und nicht ganz so verloren zu wirken, beschließe ich, mir erst mal was zu trinken zu besorgen.

In der Küche drängt es sich noch mehr. Ich quetsche mich zum Kühlschrank durch und finde einige Flaschen Bier. Keine davon ist kalt. Ich nehme trotzdem eine heraus, lasse sie mir von einem Typen mit dem Feuerzeug öffnen und habe nun wenigstens etwas, an dem ich mich festhalten kann.

Am besten mache ich mich auf die Suche nach Ricarda, um ein bisschen mit ihr zu quatschen. Das gibt meiner Anwesenheit hier so eine Art Ziel. Natürlich habe ich keine Ahnung, wo sie zu finden sein könnte, also lasse ich mich durch die Räume treiben, und wenn es zu voll wird, um weiterzugehen, bleibe ich einfach stehen, höre den Gesprächen zu, werfe gelegentlich auch einen Satz ein und suche dann wieder nach der Gastgeberin.

Die Flasche Bier ist leer, ehe ich Ricarda entdeckt habe. Ich ändere meine Pläne und kämpfe mich wieder zurück zur Küche, um sie gegen eine Cola auszutauschen. Bis das endlich erledigt ist, zeigt die Uhr auf meinem Handy schon 23:14 an.

Liska und ich dürfen bis Mitternacht bleiben und sollen dann gemeinsam zu Papa fahren, wo auch meine Schwester dieses Wochenende bleibt. Noch während ich gefrustet darüber nachdenke, wie wenig Zeit uns noch bleibt, spricht mich diese Frau mit der langen dunklen Mähne an, die mir heute Abend schon mehrmals aufgefallen ist.

Sie ist ein bisschen älter als der Durchschnitt, vielleicht achtzehn oder neunzehn, und trägt ein blaues Samtkleid im Indien-Look, das mit Pailletten und kleinen Spiegeln übersät ist. Obenrum ist es eng geschnitten und umschließt sehr beeindruckende Brüste, obwohl sie die nicht aktiv in Szene setzt. Unterhalb der Taille ist es weit und zipfelig. Mir gefallen ihre strahlenden Augen und ihr breiter Mund. Ich hätte mich niemals getraut, ein Gespräch mit ihr anzufangen, aber als ich kurz neben ihr stehen bleibe, weil der Durchgang ins Wohnzimmer von drei Jungs mit Basecaps blockiert ist, sagt sie: «Hast du Ricky irgendwo gesehn?»

Wow, sie meint eindeutig mich. Kann ich auf diese Frage irgendetwas umwerfend Witziges oder Geistreiches antworten, das dafür sorgt, dass sie sich augenblicklich in mich verliebt? Ich darf nicht so lange darüber nachdenken, sonst hält sie mich für schwerhörig, schwachsinnig oder unhöflich. «Die such ich auch schon die ganze Zeit», erwidere ich also. Und weil diese Antwort meinen eigenen Ansprüchen nicht genügt, begleite ich sie durch ein hoffentlich sehr charmantes, strahlendes Lächeln.

«Vielleicht ist sie draußen bei den Rauchern», spekuliert die Hippiefrau. «Solln wir mal nachschauen?»

«Gute Idee!» Ich hätte auch jede andere Idee gut gefunden, solange sie bedeutet, dass ich noch ein bisschen länger in ihrer Nähe bleiben und sogar mit ihr reden darf. Sie geht voraus, und ich folge ihrem Duft nach Orange und Jasmin.

Als wir auf eine weitere Wegblockade stoßen und einen Moment warten müssen, bis sich das knutschende Pärchen noch enger aneinanderdrückt, um uns vorbeizulassen, dreht sie sich mit einem tollen Lächeln zu mir um. Ihr Mund reicht von einem Ohr bis zum anderen. Ich lächele unwillkürlich zurück. Sie ist groß, möglicherweise sogar ein, zwei Zentimeter größer als ich. Als wir weitergehen, werfe ich einen Blick auf ihre Füße in der Hoffnung, dass sie High Heels trägt, aber ihre Schuhe sind flach.

In der nächtlichen Herbstkälte hinter dem Haus stehen fünf oder sechs frierende Gestalten mit hochgezogenen Schultern und Zigaretten zwischen den steifen Fingern. Ricarda ist nicht dabei.

Die Frau mit dem Zipfelrock bleibt stehen und greift in ihren fransenverzierten Umhängebeutel, um ein Päckchen Tabak hervorzuholen. «Na, dann können wir ja erst mal eine rauchen.» Sie hält mir den Tabak hin. «Willst du auch eine?»

Inzwischen kreist genügend Testosteron durch meine Nervenbahnen, sodass ich schneller reagiere. «Wenn du mir eine drehst?»

Sie lacht und macht sich an die Arbeit. Fasziniert sehe ich zu, wie sie mit der Zungenspitze an der Gummierung des Blättchens entlangfährt. Ich nehme die dünne, aber fest gerollte Zigarette entgegen und halte sie in der Hand, bis auch ihre eigene fertig ist. Sie gibt uns beiden Feuer und lässt dann die Utensilien wieder in ihrer Handtasche verschwinden.

Nein, ich rauche nicht. Ich hab es ein paarmal ausprobiert und fand es blöd. Immer hatte ich noch am nächsten Morgen diesen Aschenbechergeschmack im Mund. Aber darum geht es ja hier nicht. Ich denke vielmehr an die Zungenspitze der Hippiefrau, während ich die Zigarette im Mund habe, und der Gedanke ist ganz schön sexy.

«Bist du in Rickys Klasse?», fragt sie.

«Ich nicht, aber meine Schwester. Ich kenn Ricarda schon seit Jahren.»

«Ach ja? Komisch, dass wir uns dann noch nie über den Weg gelaufen sind. Oder haben wir uns schon mal gesehn?»

«Daran könnte ich mich auf jeden Fall erinnern.» Der war gut, oder? Ich bin stolz auf mich.

Sie lächelt mit gesenktem Blick. Fast ein bisschen schüchtern. Das macht mich noch mehr an als ihre vorherige Unbekümmertheit.

«Und du? Gehst du auf dieselbe Schule?», frage ich.

«Nee. Ich wohn gar nicht in Berlin. Ich komm aus der Nähe von München. Ricky ist meine Cousine.»

«Ach so! Warte mal, irgendwas hat sie doch schon mal von dir erzählt …» Ich denke angestrengt nach. Was war das gleich wieder? Die Cousine aus München …

Und dann fällt es mir wieder ein.

Das ist die Transsexuelle, die sich mit siebzehn hat operieren lassen.

Ich kann spüren, wie sich das Blut in meinem Körper verlagert. Vorhin waren vier von fünf Litern unterhalb der Taille. Jetzt sausen sie hoch in den Kopf. Keine Ahnung, was ich sagen soll – alles würde sich gleich hilflos anhören.

«Dann bist du sicher der Bruder von Liska, oder?», erkundigt sich Ricardas Cousine. Und als ich wortlos nicke, fügt sie hinzu: «Ricky hat mir auch schon von euch erzählt.» Sie grinst wie jemand, dem ein echter Lacherfolg gelungen ist. «Und von eurem Vater.»

Im ersten Moment denke ich nur an Flucht. Ich überlege, ob ich «Muss mal kurz aufs Klo» murmeln und wieder reingehen soll, um Liska zu schnappen und die Party augenblicklich mit ihr zu verlassen. Es ist doch sowieso fast Mitternacht.

Aber ich zögere ein paar Sekunden zu lange. Plötzlich öffnet sich die gläserne Tür, die Musik wird vorübergehend noch lauter, und zwei weitere Personen treten raus auf die Terrasse, um zu rauchen. Zwei Jungs, ebenfalls älter als ich. Der eine bittet Ricardas Cousine um Feuer. Er legt seine Hand auf ihre, während sie die Flamme an seine Zigarette hält. Moment mal, was soll das denn jetzt?

«Danke», sagt er, nimmt einen tiefen Zug und bläst den Rauch seitlich aus dem Mund, ohne sie aus den Augen zu lassen. «Dein Kleid ist geil.» Er lässt den Blick genießerisch über ihren Körper wandern, einmal von oben nach unten und wieder zurück. Auf Höhe ihrer Brüste bleibt er hängen. «Steht dir echt gut», fügt er hinzu.

Es gibt mehrere Aspekte, die mich daran stören. Einer davon ist, dass er tut, als wäre ich gar nicht vorhanden.

«Bist du jetzt extra für die Party aus München gekommen?», frage ich und tue damit meinerseits, als wäre *er* nicht vorhanden.

Die … die Frau im Hippiekleid wendet sich sofort wieder mir zu. «Hauptsächlich schon, ja. Aber ich bleib noch bis Dienstag.»

«Echt?», sagt der unerwünschte Mitraucher. «Brauchst du noch jemanden, der dir die Highlights von Berlin zeigt? Ich kann dich gern ein bisschen im Auto rumfahren.»

Ricardas Cousine wirft ihm einen kurzen Blick zu und lächelt höflich, aber unkonzentriert. Sie verschränkt die Arme vor der Brust, die er immer noch anstarrt, und schüttelt sich fast unmerklich. *Fast* unmerklich. Ich merke es nämlich trotzdem, ziehe sofort meine Sweatjacke aus und hänge sie ihr über die Schultern. «Besser?»

Erst jetzt scheint der aufdringliche Typ neben ihr zu registrieren, dass sie nicht alleine hier steht. Er glotzt mich ungläubig an. Ich glaube, er will etwas sagen, denn er öffnet bereits den Mund, aber Ricardas Cousine macht eine geschickte kleine Drehung, während sie die Jacke fester um sich zieht, sodass sie ihm den Rücken zuwendet und mich von ihm abschirmt. «Bist du süß! Danke!»

Und so finde ich mich also in einem lebhaften Flirt mit jemandem wieder, vor dem ich eigentlich eben noch davonlaufen wollte.

Es ist schließlich meine Schwester, die mich zum Gehen drängt. Dabei haben Mathea und ich einen so gemütlichen Platz auf der Sofalandschaft gefunden, und ich habe uns gerade erst neue Getränke besorgt.

«Ich trink nur noch schnell aus», versichere ich Liska.

«Komm, setzt dich doch zu uns!», bietet Mathea ihr an.

Liska zögert. «Es ist aber schon zwanzig nach zwölf!»

«Die U-Bahn fährt doch die ganze Nacht.» Ich hab noch so viel mit Mathea zu reden, das geht jetzt einfach nicht, dass wir uns wieder trennen!

«Na gut. Zehn Minuten. Aber dann gehen wir! Ohne Diskussion!» Liska wirft mir einen autoritären Blick zu, den sie eins zu eins von unserer Mutter übernommen hat, und verschwindet wieder in der Menge.

Mathea lächelt ihr hinterher. Das ist echt der Hammer, wie ihr Mund dabei noch breiter wird und wie ihre Augen leuchten. Kein Mann könnte jemals so ein hübsches Gesicht haben, das halte ich rein biologisch für absolut ausgeschlossen. Ob ihre Brüste echt sind? Und ob sie untenrum auch operiert ist? Falls ja, wie sieht das wohl aus bei ihr? Und ist das richtig, also, funktionstüchtig?

Und bin ich pervers, dass ich mich das frage?

Ich schreibe Mathea meine Handynummer auf den Unterarm. Es fühlt sich seltsam an, so intim irgendwie, und gleichzeitig befürchte ich, ihr weh zu tun, wenn ich den Kugelschreiber zu fest auf die zarte Haut drücke. Ihre eigene Nummer weiß sie nicht auswendig und hat auch ihr Handy nicht dabei.

«Rufst du mich an?»

«Kann schon sein», sagt sie und lächelt geheimnisvoll.

«Oder schreib mir über WhatsApp.»

Sie nickt.

«Du kannst mir auch eine SMS schicken.»

Zum Abschied umarmen wir uns wie langjährige Freunde. Ich drücke Mathea ein bisschen länger an mich, als nötig wäre. Widerwillig lösen wir uns voneinander. Plötzlich beugt sie sich noch mal vor und küsst mich ganz zart und ganz kurz auf den Mund.

Erstarrt sehe ich ihr hinterher, während sie zurück ins Haus geht. Mit diesem schwingenden, hüpfenden, unheimlich weiblichen Gang.

«Joschka! Jetzt komm endlich!», ruft Liska, die schon mehrere Meter vorausgegangen ist.

Ich stolpere ihr hinterher, obwohl ich das gar nicht will.

«Wir kriegen bestimmt voll Ärger», prophezeit sie. «Es ist schon Viertel vor eins!» Das energische Pochen ihrer Absätze hallt in der stillen Straße wider, begleitet vom widerstrebenden Schlurfen meiner Sneakers.

In der U-Bahn sitzen wir uns gegenüber. Die fahle Innenbeleuchtung lässt alle Fahrgäste übernächtigt, krank oder müde aussehen. Die meisten sind aber trotzdem gut drauf. Jeder Dritte hat eine Flasche mit Alkohol in der Hand, es wird gelacht und weiter hinten sogar gesungen. Am Boden verläuft eine lange, klebrige Spur, wo vor Stunden eine Bierflasche verschüttet worden sein muss.

«Mach mal so», sagt Liska und wedelt mit beiden Händen über ihrem Kopf, als würde sie Fliegen verscheuchen.

Ich sehe sie verständnislos an. «Hä?»

«Damit die rosa Herzchen weggehen.»

«Ach, Quatsch!», zische ich und gucke betreten weg.

Sie lacht nur.

31

Am Sonntag wache ich mit leichten Kopfschmerzen auf. Nur langsam schaffe ich es, mich zu orientieren. Ich bin in meinem Zimmer bei Papa, Liska ist auch hier, gestern waren wir auf Ricardas Party, und ich habe Mathea kennengelernt.

Mathea.

Ich reiße die Augen auf.

Wo ist mein Handy? Vielleicht hat sie mir schon geschrieben! Hektisch taste ich auf dem Nachttisch, auf dem Boden und im Bett herum.

Genau in diesem Moment klingelt es.

Mathea?

Ich folge dem Tonsignal, finde das leuchtende und vibrierende Handy unter dem Bett und schiebe ohne weitere Verzögerung den grünen Punkt nach rechts.

«Morgen, mein Schatz. Könnt ihr heute um halb fünf bei mir sein?», fragt Frederik.

«Ja, schon ...», sage ich zögernd und werfe einen Blick zu Liska rüber, die bäuchlings im Schlafanzug auf ihrer Bettdecke liegt und in irgendeinem Magazin blättert. «Wieso?»

«Wir haben um halb sechs eine Wohnungsbesichtigung.»

Mir schnürt sich der Magen zusammen. An die Umzugspläne habe ich gar nicht mehr gedacht. Genau genommen habe ich sie verdrängt, weil ich mich nicht mit diesem Thema beschäftigen wollte. Jetzt holen sie mich ein.

Einerseits will ich nichts davon hören, andererseits möchte ich natürlich auch nicht vor vollendete Tatsachen gestellt werden. Falls ich doch irgendwann wieder bei Frederik wohne, sollte ich zumindest ein Mitspracherecht bezüglich meines Zimmers haben.

Ja, richtig: Frederik.

Ich habe mich entschlossen, Mama in Zukunft so zu nennen. Ich werde sogar versuchen, «er» statt «sie» zu sagen, auch wenn ich nicht weiß, ob ich das immer schaffe.

Eigentlich war diese Entscheidung überfällig, das weiß ich. Ich wollte bloß nicht so schnell einknicken und vor allem deutlich machen, dass ich die ganze Frau-Mann-Sache scheiße finde und nicht widerspruchslos akzeptiere. Was inzwischen alle Beteiligten kapiert haben dürften.

Dass ich mal so langsam mit dem Protest aufhören und Frederik sagen sollte, war mir schon vor ein paar Wochen bewusst, aber falls wir jetzt bald wieder unter einem Dach wohnen, ist es mir definitiv zu mühsam, die ganze Zeit Widerstand gegen etwas zu leisten, das ich ohnehin nicht mehr ändern kann. Außerdem hat Mathea mir gestern Abend etwas erzählt, das mich sehr ins Grübeln gebracht hat.

Ihre Eltern haben sich sehr schwer damit getan, dass sie sich als Junge so unglücklich fühlte. Sie war nämlich der Erstgeborene, nach ihr kamen zwei Mädchen, und in dem kleinen bayrischen Ort, aus dem sie kommt, hat das was zu sagen. Ihre Eltern haben einen landwirtschaftlichen Betrieb, den ihr Ältester übernehmen sollte, und ihr Vater bestand darauf, dass der kleine Matthias alles lernte, was dazugehört. Mathea musste Maschinen reparieren, die Biogasanlage warten, Schlachtvieh auf Lastwagen verladen und einen Trecker fahren.

Alles, was sie gern tun wollte, musste sie heimlich tun: Röcke tragen, mit Barbies spielen, Pferdebücher lesen, für Popstars schwärmen. «Wenn mein Vater mich bloß in einem rosa T-Shirt erwischt hätte, wär der ausgerastet», hat Mathea gesagt. Alle zwei Wochen schnitt die Mutter ihr die Haare – mit einer Rasiermaschine. «Neun Millimeter. Ich sah aus wie ein Knacki.»

Ich hab versucht, mir das vorzustellen, aber es ging nicht.

Als Mathea dreizehn war, veranstaltete ihre Schule ein Fußballturnier. Sie musste mitmachen – alle Jungs aus ihrer Klasse mussten das. «Die andern fanden das aber auch alle voll geil.» Dabei hat sie mutlos die Schultern gehoben. «Ich war so eine Niete im Fußball. Ich fand das Spiel so dämlich, und ich hatte ständig Angst, dass ich den Ball ins Gesicht krieg oder mir einer seine blöden Stollenschuhe ans Bein knallt.»

Ihr Sportlehrer ist fast verzweifelt, und als sie wieder mal zur Seite sprang, statt zu köpfen, hat er sie angebrüllt: «Verdammt, Walshofer, du spielst wie ein Mädchen!» Daraufhin ist sie in den Umkleideraum gestürmt und hat geweint. Vor Glück. «Mann, hab ich mich vielleicht gefreut.»

Das ist eine der traurigsten Geschichten, die ich je gehört habe. Ich frage mich, wie viele solcher Geschichten Frederik erlebt hat. Vielleicht kann ich mir die irgendwann mal anhören, ohne dabei die ganze Zeit das Gefühl zu haben, dass ich um irgendetwas betrogen werde. Aber ich möchte jedenfalls nicht selbst in so einer Geschichte vorkommen, das hab ich mir fest vorgenommen.

Wir stehen alle drei pünktlich vor dem Haus in der Homburger Straße, wo wir mit dem Makler verabredet sind. Die Gegend ist grün und ruhig, wenn man mal vom stetigen Verkehrsrauschen absieht, das von der Stadtautobahn herüberdringt. Das Haus selbst ist schlicht und schon ziemlich alt, ein Mehrfamilienblock mit vier Eingängen und ein bisschen Rasen davor.

Der Makler kommt mit einem glänzenden schwarzen Porsche Cayenne vorgefahren, den er ungeniert in der Einfahrt zum Anwohnerparkplatz abstellt. Unter dem Arm trägt er eine Dokumentenmappe und im Gesicht ein falsches Lächeln. «Herr Feder?»

Trotz meines frisch gefassten Vorsatzes zucke ich zusammen. Er schüttelt Frederik die Hand, begrüßt mit etwas weniger Überschwang auch Liska und mich und zieht dann ein Schlüsselbund aus der Hosentasche. Ein blau-gelber Plastikminion baumelt daran, vermutlich noch vom Vormieter. «Dann wollen wir mal! Die Wohnung ist ganz frisch saniert worden, neue Sanitäreinrichtungen, Holzoptik-Laminat, Wandfarbe und so weiter. Da brauchen Sie nichts mehr zu machen, da können Sie direkt einziehen. Komplett gefliester Westbalkon mit Teilüberdachung, separate Abstellkammer, sehr schön geschnittene Räume. Und dazu noch ein großes Kellerabteil für Sie alleine und ein gemeinschaftlicher Fahrradabstellraum ...» So geht das immer weiter, während wir ins Haus gehen und die Treppe in die zweite Etage hochsteigen.

Das Treppenhaus ist sauber, aber mehr als schlicht. Die Wände sind von zahlreichen Umzügen verschrammt, der Plastikhandlauf des Treppengeländers abgewetzt.

Innen riecht es nach Lack und Klebstoff. Ich sehe mir alle Räume an, während der Makler unablässig auf Frederik einredet. Neben der Küche – die mir ziemlich klein vorkommt – und dem Bad gibt es noch ein geräumiges Wohnzimmer mit der Tür zum Balkon sowie drei weitere Zimmer. Eins davon ist höchstens zwölf Quadratmeter groß. Das soll wohl das Kinderzimmer sein. Die anderen beiden sind allerdings auch nicht viel größer.

Am Ende meines Rundgangs gehe ich raus auf den Balkon. Ich werfe den hundertsten Blick auf mein Handy: Noch immer keine Nachricht von Mathea. Kurz darauf steht Liska neben mir. «Und, was sagst du?»

Ich zucke mit den Schultern. «Weiß nicht. Haut mich jetzt nicht gerade um.»

«Mich auch nicht», gibt sie zu.

Unsere jetzige Wohnung ist in einem sehr viel schöneren und neueren Haus, hat größere Räume und ein Bad mit Fenster. Warum sollten wir da überhaupt weggehen?

32

Am Montag gehe ich kurz vor zwei die Kirschenallee entlang und prüfe die Hausnummern. Etwas ungläubig bleibe ich vor der Siebzehn stehen und hole mein Handy heraus, um die Adresse, die Sebastian mir gegeben hat, noch mal abzugleichen. Offenbar bin ich hier richtig.

Das ist eine ziemlich schicke Villa, alle Achtung. Ich denke etwas beschämt an die popelige Wohnung in der Homburger Straße, die wir uns vorgestern angesehen haben. Dagegen ist das hier der reinste Palast.

Mir ist ein bisschen unbehaglich zumute, als ich den Finger auf den Messingknopf lege. Darunter steht «Spandana» neben einem Yin-und-Yang-Symbol. Das ist aber nicht Sebastians Nachname. Vielleicht bin ich doch falsch? Oder Sebastian hat mich verarscht? Ich hätte nicht gedacht, dass er einer von diesen reichen Bengeln ist.

Drinnen erklingt ein wohltönender Gong. Dann öffnet sich die Tür, und vor mir steht eine kleine, zierliche Frau mit perfekt frisiertem blondem Pagenkopf. Sie trägt ein eng anliegendes weißes T-Shirt, eine weite weiße Hose, die nur bis zu den Waden reicht, hat ein buntes Seidentuch um die Schultern gelegt und ist barfuß. «Willkommen!», sagt sie freundlich lächelnd, während sie die Tür noch weiter öffnet und zur Seite tritt.

Ich starre sie ein bisschen zu lange verblüfft an, dann antworte ich: «Ähm, ich wollte … zu Sebastian?»

«Ja, bitte. Komm rein.»

Ich betrete das Haus und bleibe unschlüssig stehen. Es duftet stark nach exotischen Blüten. Vor einem großen Spiegel mit verziertem dunklem Holzrahmen brennen mehrere Kerzen, und daneben gibt es eine Garderobe, an der Jacken und Mäntel hängen. Die beruhigende Atmosphäre steht im Widerspruch zu den sehr schnellen, wummernden Beats, die von irgendwoher zu hören sind.

«Sebastians Zimmer ist oben. Magst du vielleicht deine Jacke aufhängen?»

Das ist eindeutig keine Frage, auch wenn sie sich geschickt als solche tarnt, sondern eine Aufforderung, der ich sofort nachkomme. Ich versuche, mich zu beeilen, weil die Frau neben mir steht und auf mich wartet, aber vor Nervosität kriege ich den Reißverschluss meiner Jacke erst beim dritten Versuch auf. Ich hänge sie etwas schief auf einen der dicken Messingkleiderbügel.

Die Frau nickt zufrieden. «Ich bring dich nach oben.»

Gemeinsam steigen wir eine breite, mit weinrotem Teppich belegte Treppe empor. Je höher wir kommen, desto lauter dröhnen die Bässe. Im oberen Stockwerk gibt es mindestens fünf Türen. An eine davon – die, hinter der die Quelle des Lärms zu liegen scheint – klopft die Frau mit den Fingerknöcheln. Sie wartet eine Weile erfolglos auf eine Reaktion und klopft dann wesentlich lauter. «Sebastian?»

Ein leises Poltern ist zu hören, die Musik wird etwas leiser, dann geht die Tür auf. Ich bin erleichtert, ein bekanntes Gesicht zu sehen.

«Hey», sagt Sebastian.

«Hey», erwidere ich.

«Ich muss leider runter», sagt die Frau, als hätten wir uns eigentlich zu dritt verabredet, «ich habe gleich eine Sitzung. Sebastian, bietest du unserem Gast etwas zu trinken an? Und natürlich auch etwas zu essen, wenn ihr möchtet.»

«Ja, klar. Mach ich.»

Noch einmal lächelt sie mir aufmunternd zu, dann verschwindet sie die Treppe runter.

Sebastians Zimmer ist schätzungsweise doppelt so groß wie meins und für ein Teenagerzimmer ziemlich wenig bunt: der Teppich ist grau, die Möbel weiß, schwarz oder verchromt, und es gibt nur wenige Hinweise auf Persönliches.

Die gesamte Kopfseite des Raumes wird von einem Schreibtisch eingenommen – nein, das ist kein Schreibtisch, sondern eine regelrechte Kommandozentrale, eine mindestens dreieinhalb Meter lange weiße Platte auf silbern glänzenden Beinen, darauf mehrere Monitore, zwei Laptops, ein Tablet und zwei separate Tastaturen, außerdem aufgeschlagene Hefte, Bücher, Stifte, Aktenordner, Ablageboxen, Collegeblocks und Zettelkästen. Zwei Bürostühle mit Rollen stehen davor, es würden aber locker noch zwei weitere hinpassen.

«Wow», sage ich. «Sieht ja aus wie ein Arbeitsplatz bei der NASA.»

«Ich koordiniere die erste bemannte Expedition zum Jupiter», erwidert Sebastian trocken.

An der gegenüberliegenden Wand seines Zimmers steht

unter einer Schräge sein Bett, auf dem ein paar Klamotten verstreut sind. Daneben ein großer Kleiderschrank mit verspiegelten Türen. Unter dem Fenster steht ein hellgraues Sofa, das mindestens drei Personen Platz bietet, gegenüber zwei passende Sessel und in der Mitte ein Couchtisch mit dunkel getönter Glasplatte.

Die Stereoanlage sieht teuer aus. Ich hab nicht viel Ahnung von Highend-Technologie, aber die ist jedenfalls nicht bei Aldi gekauft. Ebenso wenig wie die beiden mannshohen Boxen in den Zimmerecken, aus denen nach wie vor ultraschneller Techno hämmert. Ich merke, wie mein Fuß unweigerlich mitwippt.

«Cola?», fragt Sebastian.

Ich drehe mich zu ihm um. Alter Falter, der hat einen eigenen Kühlschrank in seinem Zimmer! So ein Retro-Teil in Silber, dessen Tür er offen hält, während er mich erwartungsvoll ansieht. «Oder lieber Monster?»

«Monster», sage ich, ohne lange nachzudenken.

Sebastian drückt mir eine frostkalte Dose in die Hand und öffnet sich ebenfalls eine. «Meine Mutter hasst das Zeug», grinst er. «Aber es hilft.»

Ich grinse ebenfalls – *alle* Eltern hassen Energydrinks! – und komme mir ein bisschen dämlich vor, als ich erst mit einiger Verzögerung frage: «Wogegen?»

«Gegen Müdigkeit?» Sebastian lässt seine Antwort wie einen Vorschlag klingen, so als könnte ich mir auch eine andere Option aussuchen.

Ich schütte mir einen kräftigen Schluck in den Hals. «Arbeitet deine Mutter von zu Hause aus?», frage ich dann. «Ich meine, weil sie was von einer Sitzung gesagt hat.»

«Ja. Die Praxis ist im Keller. Na ja, eigentlich ist es ein Souterrain, es gibt Fenster da unten.»

«Praxis?» Ich bin verwirrt. «Ist sie Ärztin?»

Sebastian lacht. «Wenn du so willst ... Sie macht Rückführungen, Channeln, Reiki und so was.»

Ich habe keine Ahnung, wovon er redet. Hört sich so an, als hätte es was mit Finanztransaktionen zu tun. Ich stelle mir vor, dass sie da unten in ihrem Souterrain ein riesiges, modernes Büro mit Hunderten von Bildschirmen hat, über die Aktienkurse in Echtzeit flimmern, und dabei mit Briefkastenfirmen in Panama telefoniert.

«Und dein Vater?» Ich bin neugierig, na und?

«Der ist Trade-Finance-Spezialist bei Hofer & Vehring.»

Ich bin ungefähr genauso schlau wie vorher, aber offenbar macht der auch was mit Geld. Das überrascht mich nicht. Das Haus und alles, was ich bisher von seinem Inneren gesehen habe, atmet gediegenen Luxus.

Eine halbe Stunde später haben wir uns halbherzig zwei Matheaufgaben angesehen, sind aber beide nicht recht bei der Sache. Sebastian ist unkonzentriert und fragt Sachen, die ich ihm vor wenigen Minuten erklärt habe, und ich muss immerzu daran denken, dass ich sein Geheimnis herausfinden will, und frage mich, wie ich das anstellen soll. Außerdem macht mich die Musik allmählich nervös. Ich meine, ich hab nichts gegen guten Techno, aber – beim Mathelernen?

Andererseits ist das hier sein Zimmer, er kann natürlich tun und lassen, was er will. Trotzdem versuche ich es. «Sag mal, stört dich die Musik nicht, wenn du dich konzentrieren willst?»

«Doch.»

Er macht keine Anstalten, sie auszuschalten.

Ich räuspere mich. «Ähm, willst du dann nicht …»

«Das hält mich wach», sagt Sebastian.

«Oh.» Ich schweige einen Moment verblüfft, während er rechnet, seinen Fehler erkennt, die Zahl durchstreicht und es neu versucht. «Bin ich so einschläfernd?», versuche ich es schließlich mit einem lahmen Witz.

Sebastian sieht von seinem Collegeblock auf, direkt in meine Augen, fast erschrocken. «Nein, Quatsch!» Er schaut wieder runter auf seinen Block, schreibt aber nicht weiter. «Ich muss nur … aufpassen, dass ich nicht einschlafe.»

«Ähm, warst du gestern feiern, oder was?»

Sebastian reagiert nicht. Er sitzt über den Tisch gebeugt und hypnotisiert das karierte Papier. Seine Schultern wirken verkrampft, seine rechte Hand umklammert den Kugelschreiber ein bisschen zu fest.

«Krankheitsbedingt», murmelt er schließlich.

Ich bin mir nicht sicher, ob ich ihn richtig verstanden habe, dafür ist die Musik zu laut. «Was?»

«Krankheitsbedingt!», sagt er lauter und sieht mich nun auch an. Er wirkt unglücklich. «Hör mal, kannst du das … für dich behalten?»

«Ja klar – aber was denn überhaupt?» *Jetzt!* Jetzt wird er es mir erzählen. Ich strenge mich an, mir meine Spannung nicht anmerken zu lassen.

«Ich will echt nicht, dass das in der ganzen Schule rumgetratscht wird.»

«Von mir erfährt keiner was!», verspreche ich. Es wäre natürlich leichter, wenn ich wüsste, um was es überhaupt geht.

«An der letzten Schule bin ich deswegen gegangen», fährt Sebastian fort. «Du weißt ja, wie das ist. Wenn sich so was einmal rumgesprochen hat, dann hacken alle darauf rum. Du bist einfach nur noch der Arsch.»

Gott sei Dank weiß ich *nicht*, wie das ist, aber ich kann es mir nur allzu gut vorstellen. Besser, als er ahnt. Was immer es auch ist, Sebastians Geheimnis ist möglicherweise ebenso groß wie meins – und ebenso schwer zu erzählen.

«Deshalb wollte ich das hier eigentlich keinem sagen», fügt er bekümmert hinzu.

Verdammt, wir verlieren ihn!, schreit eine Stimme in mir, als stünde ich in einem OP-Raum und würde gerade einen Eingriff am offenen Herzen vornehmen. Na ja, es ist nicht so viel anders, was wir hier machen, oder? Offenes Herz. Offenherzig. Sein Herz ausschütten.

«Klappe halten kann ich noch besser als Mathe», versichere ich ihm.

Sebastian lächelt schwach und nimmt einen großen Schluck aus seiner Monster-Dose. «Hast mich ja eh schon zwei Mal erwischt.»

Diesmal weiß ich sofort, was er meint. «Die Tabletten?»

Er nickt und senkt wieder den Blick.

«Bist du tablettensüchtig?»

Sein Kopf ruckt hoch, und er reißt die Augen auf. «Bist du verrückt? Natürlich nicht!»

«Okay, sorry», sage ich und präsentiere ihm beide Handflächen.

«Scheiße, Mann, sag so was bloß niemals in Gegenwart meiner Mutter. Die tickt sowieso schon fast aus, dass ich die nehme.»

Jetzt versteh ich gar nichts mehr. Er ist also nicht abhängig, nimmt aber trotzdem gegen den Willen seiner Mutter Medikamente? Von was für einer Krankheit reden wir denn hier eigentlich?

33

Auch wenn mir das jetzt keiner glaubt: Es hilft nichts, das Handy alle zehn Minuten auf den Eingang neuer Nachrichten zu checken. Das beschleunigt die Sache kein bisschen. Und da spreche ich leider aus Erfahrung.

Es wird nämlich Samstag, bis ich endlich ein Lebenszeichen von Mathea erhalte:

> Bin jetzt wieder in München. War wirklich cool, dich kennenzulernen!

Was heißt das nun? Was heißt das für mich? Für uns? Was meint Mathea mit «cool»? Fand sie mich ganz nett oder interessant oder toll oder womöglich blöd? Und was könnte ich darauf antworten? Soll ich überhaupt antworten? Sie stellt mir ja keine Frage. Ihre Nachricht enthält keinerlei Aufforderung, den Kontakt fortzusetzen. Sie könnte aus reiner Höflichkeit geschrieben worden sein, nur um mich nicht allzu sehr zu verletzen.

Erst nachdem ich sämtliche Optionen gründlich erwogen habe, stelle ich mir die Frage, was *ich* eigentlich will. Wenn ich an unseren Flirt zurückdenke, kommt sofort wieder dieses Kribbeln in mir hoch. Ich bin ungeheuer stolz darauf, Mathea gegen den aufdringlichen Typen auf der Terrasse verteidigt und sie – zumindest einen Abend lang – für mich gewonnen zu haben. Und natürlich ist sie wirklich sehr, sehr hübsch.

Sie hat auch einiges bei mir in Gang gesetzt – nicht in puncto Verliebtheit, sondern was meine Einstellung zum Thema Trans angeht. Ich fand sie spontan toll und habe erst viel später begriffen, dass sie als Junge geboren worden ist, und das hat mich ziemlich beeindruckt. Eigentlich hat es mich gar nicht sehr gestört. Für mich war sie die ganze Zeit eine Frau. Sie sah so aus, sie roch so, sie fühlte sich so an. Anders als bei Frederik habe ich im Zusammenhang mit Mathea nicht ein einziges Mal «er» gedacht.

Aber trotzdem löst sie bei mir nicht dasselbe aus wie Emma. Mathea ist schön, sexy und interessant, aber Emma ist perfekt. Mathea würde ich schon gern wiedersehen, schon allein um zu sehen, ob ich auch dann wieder eine Wirkung auf sie ausüben könnte, aber mit Emma möchte ich ständig zusammen sein, jede Minute meines Lebens, selbst wenn sie mich gar nicht beachtet.

Ich glaube, das ist ein Unterschied.

Fand ich auch. Bist du bald wieder in Berlin?

Bestimmt. Melde mich dann auf jeden Fall.

wow ja das wär wirklich super!

Liska kommt, während ich gerade frühstücke. Sie hat einen eigenen Schlüssel. Ich höre sie im Flur herumklappern und meinen Namen rufen.

«Küche!», rufe ich mit vollem Mund zurück.

Sie kommt rein und stellt eine raschelnde dünne Plastiktüte auf den Tisch, aus der es intensiv duftet. «Ach, du isst schon?», sagt sie enttäuscht. «Ich hab uns was vom Asia-Imbiss mitgebracht.» Sie betrachtet die Schale mit Milch und Cornflakes, über die ich mich gerade hermache, und verengt die Augen. «Sag bloß, du *frühstückst* jetzt erst! Es ist halb eins!»

«Echt? Ich bin eben erst aufgestanden.»

Liska seufzt mit genau derselben Mimik, die auch meine Mutter bei derartigen Anlässen aufsetzt.

«Kein Problem, ich ess das trotzdem», sage ich und deute auf die Tüte.

Ihre Miene hellt sich auf. «Wirklich? Na gut.»

Während ich mein Frühstück verdrücke, stellt sie Teller, Gläser und Besteck auf den Tisch, füllt den Inhalt der beiden Aluschalen um und holt eine Flasche Cola aus dem Kühlschrank. Sie stellt sogar meine leere Schale mit dem benutzten Löffel in die Spülmaschine. Mit wenigen Handgriffen macht sie aus der Küche einen Ort der Gemütlichkeit.

Ich erzähle ihr von Matheas Nachricht.

Und dann erzähle ich ihr auch von Sebastian. Sie ist ja nicht auf unserer Schule und kann es niemandem weitersagen, also erzähle ich ihr alles. Liska hört aufmerksam zu.

«Narkolepsie? Wie kriegt man denn so was?», fragt sie.

«Keine Ahnung. Hat er nicht gesagt. Jedenfalls hat er überhaupt keinen normalen Schlafrhythmus. Er schläft nachts nie richtig durch, und tagsüber ist er ständig müde. Aber so *richtig* müde. Im Unterricht ist er schon ein paarmal eingeschlafen.»

«Wie furchtbar!» Liska sieht mich mit großen Augen an.

«Ja, und manchmal hat er so Kata… Katadingsdas, ich hab das Wort vergessen, jedenfalls kippt er dann einfach um oder fällt vom Stuhl oder so. Weil dann plötzlich alle Muskeln erschlaffen. Übel, oder?»

«Kann man da denn nichts gegen machen?»

Diese Frage habe ich Sebastian natürlich auch gestellt. Seine Antwort war nicht allzu ermutigend. «Nur Tabletten nehmen. Und die helfen auch bloß gegen die Müdigkeit, nicht gegen die Krankheit selbst.»

«O Mann.» Liska spießt eine Bambussprosse auf ihre Gabel. «Der arme Kerl.»

«Und weißt du, was total scheiße ist?» Ich lege eine Pause ein, obwohl sich eine Antwort auf diese Frage ja nun wirklich erübrigt, und es kommt auch keine, also fahre ich fort: «Seine Mutter meint, er soll die Tabletten nicht nehmen. Am liebsten gar keine. Aber er hat sie jetzt immerhin schon so weit, dass er zwei am Tag nehmen darf, obwohl er eigentlich drei oder vier bräuchte, meint er.»

«Was? Das ist doch total bescheuert!», ruft Liska empört. «Wieso soll er denn keine Tabletten nehmen, wenn die das Einzige sind, was hilft?»

«Keine Ahnung.»

Eine Weile stochern wir beide schweigend in unserem Reis herum.

34

Bei unserer zweiten Nachhilfestunde kommen wir, was Mathe angeht, ein bisschen besser voran. An das dynamische Stampfen der Technobeats habe ich mich allmählich gewöhnt, zwei Dosen Monster machen mich zu einem vibrierenden Energiebündel, und da die Umgebung nicht mehr neu für mich ist, bin ich weniger abgelenkt.

Sebastian dagegen hat keinen guten Tag. Er gähnt bereits bei der Begrüßung, sieht noch durchsichtiger aus als am Montag, und als ich ihn eine längere Aufgabe allein rechnen lasse, sackt sein Kopf runter und sinkt auf die Tischplatte.

Ich weiß nicht recht, was ich tun soll, aber schon nach zwei oder drei Minuten kommt er wieder zu sich, orientiert sich kurz und strafft dann gequält den Rücken. «Tut mir leid», murmelt er.

«Hey, das ist echt kein Problem», sage ich. Nach einigen Sekunden füge ich hinzu: «Also, ist es schon, aber … nicht für mich.»

Er lächelt flüchtig und nickt, dann beugt er sich wieder über das Heft, den Kopf in die Hand gestützt.

«Hast du heute schon Tabletten genommen?» Es ist pädagogisch bestimmt daneben, ihn beim Lösen der Aufgabe zu unterbrechen, aber das Thema beschäftigt mich einfach.

«Ja, eine.» Er zieht die Mundwinkel herab. «Gleich morgens. Wenn ich die nicht nehme, finde ich nicht mal den Weg ins Badezimmer. Geschweige denn eine frische Unterhose.»

«Das geht ja vielen so», platze ich heraus. Ich sollte vielleicht keine Witze damit machen, aber den konnte ich mir einfach nicht verkneifen. Zum Glück nimmt er mir meine Bemerkung nicht übel.

«Nur liegt es bei den meisten nicht unbedingt daran, dass sie auf dem Weg zum Klo einschlafen», gibt er grinsend zurück.

Ich versuche, mir das vorzustellen. Morgens aufzustehen und dann immer noch müde zu sein. Richtig hundemüde. So müde, dass einem Aufstehen, Duschen, Zähneputzen und Anziehen wie unüberwindliche Hürden vorkommen, für die einem jegliche Energie fehlt.

Sicher quäle ich mich – jedenfalls während der Schulzeit – auch oft aus dem Bett. Aufstehen ist nicht gerade mein Hobby. Aber das sind nur ein paar Minuten, und wenn ich es erst mal in die Senkrechte geschafft habe, bin ich doch meistens einigermaßen klar im Kopf und fühle mich auch genügend ausgeruht, um den neuen Tag in Angriff zu nehmen. Selbst wenn ich mal ein, zwei Stunden weniger gepennt habe. Ich kenne natürlich Müdigkeit, aber ich bin noch nie in der Schule, beim Mathelernen oder im Kino eingeschlafen, egal wie müde ich war.

Und Sebastian passiert das mehrmals täglich.

Was für ein beschissenes Schicksal.

35

Ich habe mich über die Herkunft des Begriffes «lesbisch» informiert und mich durch die Biographien einiger berühmter Frauenpaare geklickt. Es ist wirklich nicht einfach, über so ein Thema zu recherchieren, ohne alle paar Zeilen über Sexualpraktiken zu stolpern, die meine Phantasie ungebeten in Gang setzen. Wie soll das erst sein, wenn wir das Thema in der Klasse besprechen?

Dieses Toleranz-Projekt ist wirklich die dämlichste Idee, seit es Schule gibt. Und das ausgerechnet in einer neunten Klasse! Sollen sie es doch mit den Kleinen machen, die noch voller Unschuld an Blumen und Bienen glauben, oder meinetwegen mit dem Abi-Jahrgang, der vermutlich schon so abgeklärt ist, dass er bei solchen Themen nicht mehr kichert. Aber ich fühle mich der Sache einfach nicht gewachsen, und ich weiß, dass Boris, Steven und Jan mit genauso roten Ohren vor ihren Computern sitzen werden.

Wobei die Ohren nicht die einzigen Körperteile sind, die durch meine Recherchen in Mitleidenschaft gezogen werden.

Das Einzige, was mich ganz schnell wieder runterbringt, ist der Gedanke daran, dass wir uns eine ganze Woche lang auch mit dem Thema Transsexualität beschäftigen werden. Ich stehe auf und prüfe es auf dem Wandkalender nach: Ende November müsste es so weit sein. Vielleicht kann ich eine schwere Erkältung simulieren oder so, damit ich nicht zur Schule gehen muss.

Andererseits ist meine mündliche Note in Deutsch nicht besonders gut, und auch meine Klausur über Dürrenmatt war keine Glanzleistung. Liska meinte ja, ich hätte die Chance, mit ganz viel Insiderwissen zu punkten, und dass vermutlich kein anderer aus meiner Klasse direkte Erfahrungen mit Transsexuellen hätte.

Gut möglich. Ich kenne jetzt jedenfalls schon zwei.

36

Ich stelle zu meiner Verblüffung fest, dass ich mich auf unsere dritte Nachhilfesitzung regelrecht freue. Seit Mittwoch habe ich immer wieder an Sebastian gedacht – so Sachen wie: «Das muss ich ihm unbedingt erzählen», oder: «Wenn ich ihn das nächste Mal sehe, frage ich ihn, ob …» Ganz komisch. Als wären wir Freunde.

Wie immer öffnet seine Mutter die Tür, wie immer ist sie ganz in Weiß und barfuß. Anstelle eines bunten Schals trägt sie heute eine mehrreihige silberne Halskette mit Türkisen und ein dazu passendes Armband. All ihre Sachen sind hippiemäßig und sehen trotzdem teuer aus. «Du kennst dich ja aus», sagt sie, während ich mir die Jacke ausziehe.

Die Tür zu Sebastians Zimmer steht einen Spaltbreit offen. Wie immer dröhnt schneller Techno aus seinen Edelboxen. Sebastian ist nirgends zu sehen. Ich rufe seinen Namen.

«Komme!», höre ich seine Stimme aus dem Bad schräg gegenüber. «Moment noch!»

Ich betrete sein Zimmer, das mir mittlerweile schon ganz vertraut ist. Auf dem Couchtisch liegt ein aufgeschlagenes

Buch von einem amerikanischen Autor, den ich nur dem Namen nach kenne, daneben steht ein Teller mit NicNacs. Ich nehme mir eins, und dabei fällt mein Blick auf den leeren Blister, der unter den Tellerrand geschoben ist. Es ist kein kompletter Streifen, sondern nur ein Stück davon, säuberlich mit der Schere zurechtgeschnitten.

Aus irgendeinem Grund macht mich der Anblick wütend. Ich weiß ja inzwischen, wie sehr Sebastian mit seiner Krankheit zu kämpfen hat und dass eine höhere Medikamentendosis ihm den Alltag möglicherweise spürbar erleichtern würde. Dass seine Mutter ihm die Tabletten rationiert, hat etwas Grausames. Als würde sie ihn hungern lassen oder seine Flüssigkeitszufuhr begrenzen.

Sebastian ist aus dem Bad zurückgekehrt, ohne dass ich ihn gehört hätte, und hat sofort erkannt, worauf mein Blick ruht. «Keine Sorge, ich hab eben erst eine genommen», sagt er. «Ich schlaf nicht wieder ein.»

Aber das ist es nicht, was mir durch den Kopf geht. «Haben die eigentlich starke Nebenwirkungen?», frage ich und deute auf den kastrierten Blister.

Er zuckt die Achseln. «Klar, wenn man den Beipackzettel liest, wäre man lieber tot.»

Ich versuche, nicht geschockt auszusehen. «Zum Beispiel?»

«Schwindel, Herzrasen, Mundtrockenheit, Übelkeit, Sehstörungen, Leberschaden, Migräne, Sprachstörungen ...»

Ich mache eine abwehrende Handbewegung, damit er aufhört.

«Ich hab aber nichts davon», beruhigt er mich. «Außer vielleicht ab und zu mal ein bisschen Herzklopfen. Ich vertrag die wirklich gut.»

Mir ist klar, was er mir damit sagen will: dass es keinen Grund gibt, ihn mit der Dosis so kurzzuhalten. Aber *mich* muss er nicht überzeugen, ich bin auf seiner Seite.

37

«Was hältst du denn von einem kleinen Überraschungsausflug ins Umland?», fragt Frederik am Telefon.

«Okay», sage ich gedehnt. «Und was machen wir da?»

«Hey, sag bloß, du weißt nicht, was eine Überraschung ist!»

Zwei Stunden später sitzen wir im Auto und hören eine alte CD mit Chart-Hits von 2008, die Liska und ich damals von einem Mädchen aus unserer Schule zum Geburtstag geschenkt bekommen haben. Sie hieß Britney, hatte aschblonde lange Haare mit Wellen und magere Beine.

Auf dieser Geburtstagsparty hat meine Mutter ein Würstchen-Wettessen veranstaltet, bei dem natürlich jeder irgendwas gewonnen hat, und Britney bekam den Tyrannosaurus, auf den ich scharf war. Ich wollte ihn tauschen und habe ihr dafür meinen *Fluch der Karibik*-Bleistift angeboten, aber sie wollte nicht, selbst dann nicht, als ich noch den Radiergummi und den Anspitzer draufgelegt habe. Bitch.

Ich habe natürlich gleich als Erstes gefragt, wo Liska ist. Frederik meinte, dass sie heute mit Ricarda und ein paar Mädchen aus ihrer Klasse ins SeaLife geht. Erst war ich beleidigt, weil sie mich nicht gefragt hatte, ob ich mitwill. Dann habe ich mich gewundert, dass sie so ein Touristenzeug macht. Jetzt bin ich eigentlich ganz froh, Frederik für mich allein zu haben. Kommt ja selten genug vor. Und das Schöne ist: Wir entfernen uns immer weiter von Berlin; hier kennt uns keiner.

Ich räkele mich auf dem Beifahrersitz, lasse die Landschaft an mir vorbeiziehen und fühle mich zum ersten Mal seit langem wieder fast wie früher. Als wären die letzten Jahre gar nicht passiert. Vielleicht liegt es an der CD, die wir damals so oft gehört haben, oder an dem Wunderbaum-Duft in Frederiks Auto; vielleicht ist es auch sein ganz eigener Geruch, den ich nicht bewusst wahrnehme, der mich aber trotzdem unweigerlich wieder zum Kind macht.

Oder verändert sich dieser Geruch, wenn aus einer Frau ein Mann wird?

Nein. Ich beschließe, dass er gleich bleibt, ein Leben lang, denn irgendwas ist es ja, das mich gerade so entspannt und zufrieden macht und warum ich Frederiks Gegenwart trotz allem so sehr genieße.

Übrigens ist es außerdem auch noch ein herrlicher Tag: so strahlend sonnig, dass das Herbstlaub regelrecht zu glühen scheint, und der Himmel von einem Blau, das aussieht wie mit Photoshop nachbearbeitet.

An der Ausfahrt Neuruppin verlassen wir die Autobahn, fahren auf einer Landstraße an Feldern vorbei, erreichen den Ortseingang, passieren ein McDonald's und eine Tankstelle und umrunden einen bunt bepflanzten Kreisel. Dahinter gelangen wir auf eine Art Schnellstraße, die schon wieder aus der Stadt hinauszuführen scheint.

«Hier muss das irgendwo sein», murmelt Frederik.

Ich setze mich aufrecht hin. Für mich sieht das hier eher so aus wie Nirgendwo. Ein paar versprengte Kleingärten, ein einzelnes Firmengebäude, ansonsten hauptsächlich Landschaft, flach und ungenutzt.

Frederik fährt jetzt ganz langsam. Ein aufgebrachter Autofahrer überholt uns und lässt dabei den Motor aufheulen, um seinen Ärger zu unterstreichen.

«Ah, das muss es sein!» Wir biegen nach links in ein schmales, asphaltiertes Sträßchen ein. Es macht eine Kurve, und an seinem Ende befindet sich eine halb verrostete Schranke. Direkt davor parkt Frederik den Wagen auf dem unbefestigten Randstreifen, um die Zufahrt nicht zu blockieren.

Aber hier ist sowieso niemand.

Vor uns erstreckt sich eine breite, unendlich lange und ziemlich ramponierte Betonfläche bis zum Horizont. Links davon nichts als Wiese und Wald, rechts erheben sich wie zufällig hingestreut ein paar sonderbare symmetrisch geformte Hügel aus dem Feld.

Das ist ein alter Flugplatz. Wir stehen auf den verwitterten Überresten einer Landebahn, und unter den grasbewachsenen Hügeln verbergen sich die früheren Hangars. Wow!

Ich lasse das Bild auf mich wirken. Das ist wie die Filmkulisse für einen Endzeit-Thriller, so einen, in dem die ganze Menschheit von einem tödlichen Virus befallen wird und nur eine Handvoll Leute überlebt – die würden sich genau an so einen Ort zurückziehen, um den Zombies, Außerirdischen oder was auch immer sie bedroht, zu entkommen.

Wir steigen beide aus dem Auto. Vor uns breitet sich die ungezügelte Natur aus, es riecht nach feuchter Erde und herbstlich welkenden Pflanzen, und es ist stiller, als es in Berlin jemals werden kann. Kein fernes Rauschen einer Autobahn, kein Martinshorn, keine Baumaschine, kein Flugzeug, keine lachende Touristengruppe mit Rollkoffern, keine quietschende Tram.

Nichts.

Dann klimpert Frederik mit dem Autoschlüssel und hält ihn mir hin.

Ich sehe ihn verständnislos an.

«Nimm mal», sagt er bloß. Dann packt er die verwitterte Schranke und drückt sie hoch, bis sie senkrecht in die Höhe zeigt.

Kuppeln, schalten, Gas geben, Kupplung langsam kommen lassen … nach anderthalb Stunden klappt das ziemlich gut. Ich kann saubere Achten fahren, am Ende der Piste zum Wenden runterschalten und ruckelfrei bremsen. Es ist ein Wahnsinnsgefühl, besonders bei höherer Geschwindigkeit. Am liebsten würde ich ewig weitermachen, aber es wird schon dunkel, und ich muss spätestens um acht zu Hause sein, um mit meinem Vater zu seinem Bandauftritt gehen zu können.

Also bugsiere ich den Wagen sauber vom Gelände herunter, an der Schranke vorbei und parke ihn souverän am Straßenrand. Aber als ich aussteige, sind meine Knie doch ein bisschen wackelig. Ich glaube, ich habe mich die ganze Zeit verkrampft.

Während Frederik sich wieder hinters Steuer setzt, lasse ich die Schranke runter. Ich habe schon lange nicht mehr so viel Zeit mit ihm alleine verbracht. Erst jetzt spüre ich, wie sehr mir das gefehlt hat. Er hat diese ganz besondere Art, mein Selbstvertrauen zu stärken, indem er mir scheinbar beiläufig Aufgaben stellt, als wäre er sicher, dass ich sie locker bewältigen kann. Womit er dann auch grundsätzlich recht behält.

Mein Vater ist eher so der besorgte Typ, der Liska und mir bis heute nicht allzu viel zutraut. Er geht lieber auf Nummer sicher und achtet genau darauf, dass wir abends pünktlich nach Hause kommen.

Nach meinem Gespräch mit Mathea, die so ohne Scheu über ihre Erfahrungen erzählen konnte, fühle ich mich allmählich auch einer Unterhaltung mit Frederik über dasselbe Thema gewachsen. Mir scheint, es ist mal an der Zeit. Es ist ja nicht so, als hätte ich keine Fragen dazu. Ich habe mich nur nie getraut, sie zu stellen.

«Was machst du eigentlich so?», erkundige ich mich, als wir auf der Autobahn dahinbrummen. «Ich meine, gehst du zu so Selbsthilfegruppen?» Mathea hat mir erzählt, dass sie in München eine Gruppe gefunden hat, die gemeinsam frühstückt und Filme guckt und über Gesetzesänderungen diskutiert, und dass der Austausch ihr gerade am Anfang sehr geholfen hat.

Frederik lacht. «Selbsthilfegruppen? Wieso?»

«Na ja, wo andere Betroffene sind.» Ich drücke mich vermutlich ein bisschen unbeholfen aus. Einfach ist es für mich immer noch nicht.

«Ich wüsste gar nicht, wozu», sagt Frederik. «Selbsthilfe, Betroffene – das klingt alles so nach Krankheit. Ich bin ein Mann, das ist alles.» Lachend fügt er hinzu: «Und das ist ja kein so außergewöhnliches Schicksal.»

«Aber …» Aber vorher warst du eine Frau, will ich sagen, kann mich allerdings rechtzeitig bremsen. Ich weiß, dass diese Bemerkung unpassend und sogar unzutreffend ist. Liska hat es mir ja oft genug gepredigt: «Transpersonen kommen im falschen Körper zur Welt, das ist alles. Sie sind vom ersten Tag an Jungs oder Mädchen, sie sehen bloß nicht so aus.»

Bei unserem letzten Gespräch habe ich darauf erwidert: «Ich bin übrigens ein rosa Einhorn, ich sehe bloß nicht so aus», aber an dem Tag war ich auch irgendwie scheiße drauf.

Ich setze noch mal an. «Aber ich hab neulich Ricardas Cousine kennengelernt. Mathea, du weißt schon. Die geht ganz oft zu so einer Gruppe.»

«Oh. Tatsächlich? Dann sollte ich das wohl auch machen!»

Ich muss lachen, Frederik auch.

«Das muss jeder selbst entscheiden», sagt er schließlich, jetzt wieder ernst. «Wahrscheinlich fällt es vielen schwer, mit der veränderten Situation klarzukommen, und dann suchen sie sich eben Hilfe bei anderen, die dasselbe erleben. Aber – ganz ehrlich, ich würde mich in solchen Gruppen gar nicht wohlfühlen. Ich will nichts Exotisches sein.» Er wirft einen schnellen Blick in den Rückspiegel, betätigt den Blinker und setzt zum Überholen an. «Ich will einfach nur endlich ich selbst sein. Ein ganz normaler Mann mit einem ganz normalen Leben.»

Wenn das irgendjemand verstehen kann, dann ich.

«Ich weiß, dass *dein* Leben dadurch ein bisschen weniger normal geworden ist», sagt Frederik, der schon immer die Fähigkeit hatte, meine Gedanken zu lesen. Wie die meisten Mütter, schätze ich. Offenbar nimmt diese Fähigkeit auch durch Hormone und Operationen keinen Schaden. «Und das tut mir wirklich wahnsinnig leid. Es ist so schrecklich, dem eigenen Kind weh zu tun!»

«Ist schon okay», sage ich, denn mit Selbstvorwürfen lässt sich das Problem ja auch nicht lösen.

38

Mein Vater hat bereits seine Bühnenklamotten an, als ich reinkomme. Wenn er und seine Bandkollegen zusammen auftreten, tragen sie schwarze T-Shirts mit dem Aufdruck «West End Boys» und diese ausgebeulten, schlechtsitzenden Jeans, die Leute in seinem Alter eben tragen. Zum Glück kann ich absolut sicher sein, dass niemand aus meiner Schule oder gar aus meiner Klasse zu einem Live-Gig geht, bei dem vier Herren mit Bauch und Brille die Chartstürmer der letzten fünfzig Jahre covern. Und irgendwie ist es ja auch ganz niedlich.

Heute Abend spielen sie in einer typischen Altberliner Kneipe mit hölzernen Dielen und nikotingebräunten Wänden. Genau genommen ist es eine Raucherkneipe; Zutritt ab achtzehn. Aber für den Sohn des Gitarristen machen sie eine Ausnahme, ich kriege sozusagen den Backstage-Pass. Außerdem helfe ich ja als Roadie beim Aufbau der Mikros und Verstärker. Falls mich wider Erwarten doch ein Bekannter sieht, kann ich immer noch behaupten, ich wäre rein dienstlich hier.

Die Vorbereitungen für einen Auftritt der West End Boys sind jetzt nicht ganz so aufwendig wie die für ein Konzert von Elton John, daher kann ich es mir um kurz vor neun bereits auf einem Barhocker an der Theke bequem machen. Jedes Mal, wenn die Tür sich öffnet und jemand durch den Vorhang tritt, der als halbkreisförmiger Windfang davor aufgehängt ist, blicke ich hoch, denn Liska hat mir geschrieben, dass sie eventuell auch kommen will.

Die Band beginnt wie immer mit dem Pet-Shop-Boys-Klassiker, natürlich mit minimalen Textänderungen, um ihn ihrem Bandnamen anzupassen. Und wie immer erklärt Andreas, der zweite Gitarrist und Leadsänger, anschließend, dies sei ein Song von den Pet Shop Girls gewesen, und damit ist der erste Lacher schon garantiert.

Diesmal beobachte ich meinen Vater dabei ganz genau und überlege, ob er dasselbe denkt wie ich. Ob er auch an Frederik denkt, wenn es um diese ganze Girl-Boy-Verwechslung geht. Und wie es sich für ihn wohl anfühlt, zehn Jahre lang mit einem Mann verheiratet gewesen zu sein, ohne es zu wissen.

Ich habe ihn nie danach gefragt, was hauptsächlich daran liegt, dass ich dieses Thema bisher so weiträumig umfahren habe wie einen Stau auf der A100. Aber manchmal denke ich darüber nach. Ich meine, das kann ja anscheinend jedem passieren, oder?

An diesem Punkt meiner etwas selbstquälerischen Überlegungen – die Band spielt soeben *The Harder They Come* – schlüpft Liska durch den Vorhang und bringt mich glücklicherweise auf andere Gedanken. Sie hängt ihre Jacke an einen der überquellenden Garderobenhaken, quetscht sich neben mich an die Theke und bestellt eine Apfelschorle.

«Wie alt biste denn?», fragt der Wirt ohne Umschweife.

«Das ist meine Schwester», erkläre ich.

Er hebt den Kopf und wirft meinem Vater, der soeben ein Gitarrensolo zum Besten gibt, einen zweifelnden Blick zu. Dann mustert er wieder Liska. «Na, der hattit ja druff. Jibtit noch mehr von eure Art?»

39

«Was machst du jetzt noch so?», fragt Sebastian, als unsere Nachhilfestunde vorbei ist.

Ich blase Luft durch die Lippen. «Keine Ahnung. Und du?»

«Weiß nicht. Nichts.» Er leert seine Monster-Dose. «Ich würde total gerne mal … keine Ahnung. Hier rauskommen. An die Luft.»

Das kann ich gut verstehen. Ich bin heute zum vierten Mal bei ihm und habe auch allmählich genug davon, in seinem Zimmer eingepfercht zu sein, ganz egal wie groß und stylish es ist.

«Fährst du gern Bus?», frage ich. «Heute wollte ich mal die 186 machen. Wenn du Lust hast, kannst du mitkommen.»

Die meisten Leute finden mein Hobby total komisch. Sie fragen mich, wozu ich das denn mache und ob das irgendeinen Nutzen hat, so als müsste alles, was man in seiner Freizeit tut, einem höheren Zweck dienen.

Piggy hat mich mal gefragt, ob ich mir zu jeder Strecke Notizen mache, denn sonst wüsste ich doch hinterher gar nicht mehr, was mir wo aufgefallen wäre. Und Jan meinte, ich sollte doch aus dem Bus heraus Fotos machen, worauf Steven vorschlug, die komplette Strecke mit dem Handy zu filmen und das hinterher bei YouTube hochzuladen.

Tatsächlich war mir die Idee auch schon mal gekommen. Aber ich hab einfach keine Lust dazu. Ich will meine Busfahrten nicht irgendeinem Zweck widmen, sondern mir die Gegend angucken und mir Gedanken machen – sonst nichts.

Sebastian ist ohne weitere Diskussion einverstanden. Er ist mit allem einverstanden und marschiert gut gelaunt neben mir her.

«Was genau macht deine Mutter eigentlich?», erkundige ich mich.

Wenn ich mich nicht sehr täusche, versteift sich Sebastians Haltung ein bisschen. «Ach, alles Mögliche. Prana-Heilung. Energiearbeit. Edelstein-Licht-Therapie. Reiki. MFL.»

«Oh», sage ich ratlos. Nach einer kleinen Pause füge ich hinzu: «Und was ist das?»

«Was, MFL?»

«Ja – das auch. Und das andere.»

Er lacht. «Das sind … na ja, alternative Heilmethoden, größtenteils aus Indien oder aus China. Die meisten Leute halten das für Quatsch. Ist es wahrscheinlich auch. Aber meine Mutter schwört darauf.»

«Ihre Kunden ja anscheinend auch.»

«Allerdings. Und du würdest dich wundern, wie viele das sind. Sie kann gar nicht alle annehmen.»

Es ist nicht zu übersehen, dass Sebastian davon nicht erfreut ist. Es scheint ihm unangenehm zu sein, was seine Mutter da macht.

«Und … muss man dafür eine richtige Ausbildung haben?», erkundige ich mich.

«Ja, klar. Meine Mutter hat Medizin studiert, aber die zweite Prüfung nicht gemacht, weil ich da geboren wurde. Und als ich in der Schule war, hat sie angefangen, diese ganzen Seminare und Fortbildungen zu machen.» Sebastian lässt ein kurzes, trockenes Lachen hören. «Dann hat sie sich die Praxis eingerichtet, und die läuft wie geschmiert. Wahrscheinlich stellt sie im Januar jemanden ein, weil sie es alleine nicht mehr schafft.»

«Ach so, und deshalb ist sie auch so gegen deine Medikamente, oder?» Vielleicht nimmt sie es persönlich, dass ihr eigener Sohn eine Krankheit hat, die sie nicht mit Edelsteinen und Licht in den Griff bekommt. «Hat sie dich auch schon mal – äh – behandelt?»

«Na logisch.» Es klingt nicht gerade begeistert. Ich frage wohl lieber nicht weiter nach. Doch dann lacht Sebastian wieder, diesmal mit echter Fröhlichkeit, und fügt hinzu: «Ich bin dabei leider immer eingeschlafen.»

Beim Laufen lässt sich ganz gut reden. Ich mag es lieber, wenn man sich während eines Gesprächs nicht dauernd gegenseitig ins Gesicht sehen muss. Sebastian stellt Fragen, ohne neugierig zu sein. Er akzeptiert es auch, wenn ich sie nicht so ausführlich beantworte, zum Beispiel die, warum ich bei meinem Vater und nicht bei meiner Mutter wohne. «Klappt im Moment nicht so gut mit ihr» ist alles, was ich darauf erwidere, und er spürt anscheinend, dass ich nicht mehr dazu sagen möchte, denn er hakt nicht nach.

Als wir die Endhaltestelle der 186 erreichen, ist mir warm geworden, und ich fühle mich körperlich angenehm erschöpft, im Kopf allerdings topfit. Wir müssen nur wenige

Minuten auf den Bus warten und klettern sofort hoch zu meinem Stammplatz.

An dieser Stelle überkommen mich plötzlich Zweifel. Diese Busfahrten sind mein ganz eigenes Ding. Ich mache sie normalerweise allein. Liska ist früher ab und zu mitgekommen und einmal auch Boris, aber der hat sich total gelangweilt, und das wiederum hat mir den ganzen Spaß verdorben.

Vielleicht war es eine unheimlich bescheuerte Idee, Sebastian mitzunehmen. Hoffentlich kriegt er nicht irgend so einen Katadingsbumsanfall. Ich wüsste gar nicht, was ich dann machen muss, aber ich will ihn auch jetzt nicht danach fragen, das sieht ja dann so aus, als hätte ich Angst davor.

Hab ich natürlich auch.

Der Bus gleitet auf die Fahrbahn. Allein schon die ersten ein, zwei Kilometer durch Grunewald sind faszinierend. Villen, Gärten und ruhige Straßen, an deren Seiten teure Autos geparkt sind. Es geht durch Schmargendorf und Friedenau und dann die quirlige Schlossstraße entlang mitten durch Steglitz.

Sebastian sitzt mit genauso großen Augen auf seinem Platz wie ich. Oft schauen wir in dieselbe Richtung, und als wir einen uniformierten Wachmann sehen, der ein hellrosa Handtäschchen dabeihat – vermutlich Diebesgut, das er gerade irgendeinem Räuber abgejagt hat –, müssen wir beide lachen.

Erst auf den letzten Kilometern, als wir den Ostpreußendamm verlassen haben und die Thermometersiedlung umrunden, wird die Umgebung ein bisschen trister. Sebastian nickt ein paarmal kurz weg, dabei sinkt sein Kopf gegen die Fensterscheibe. Aber einen Anfall hat er zum Glück nicht, und da sind wir auch schon beinahe an der Endhaltestelle Lichterfelde-Süd, wo wir auf eine verlassene Brache hinausgespuckt werden.

40

Lustlos stopfe ich den Zettel und die Geldscheine in meine Hosentasche und hebe die Tasche hoch, in der die gläsernen Pfandflaschen gesammelt werden. Es sind mindestens zwanzig. Die Tasche ist so schwer, dass sie mir fast das Schultergelenk rausreißt.

Mein Vater hat ein Auto. Petra hat ebenfalls ein Auto. Damit lassen sich Einkäufe schnell, bequem und effizient erledigen. Aber die beiden sind der Meinung, dass ich unbedingt mehr zum familiären Gemeinwohl beitragen soll. Also haben sie mir den Auftrag erteilt, zum Supermarkt zu gehen.

Ich hasse Einkaufen.

Bei jedem Schritt schlägt mir die Tasche mit den Pfandflaschen klirrend gegen das Bein. Bestimmt bekomme ich an der Stelle einen riesigen Bluterguss. Der Weg ist nicht wirklich weit, vielleicht zehn Minuten, aber ich finde ihn so überflüssig und nervtötend, dass er mir dreimal so lang vorkommt.

Ein Hund kommt mir entgegen, schwarz, schäferhundgroß und nicht angeleint, und starrt mich herausfordernd an. Vielleicht schätzt er meine Geschmacksnote ab. Ich meide seinen Blick. Sein Besitzer trödelt so weit hinterher, die Leine locker um den Hals gelegt, dass er schon eine Funkfernbedienung haben müsste, um sein Vieh im Ernstfall unter Kontrolle zu kriegen.

Ich stelle mir das vor: ein kleines Kästchen von der Größe eines Smartphones mit einem dicken roten Stopp-Knopf in der Mitte, den man drücken muss, damit der Hund augenblicklich jegliche Aktivität einstellt. Vielleicht wäre er gerade im Sprung an meine Kehle, wenn der Mann den Knopf betätigt, und würde wenige Zentimeter vor dem Ziel in der Bewegung erstarren und schlaff zu Boden fallen, das Maul mit den gewaltigen spitzen Reißzähnen immer noch geöffnet.

Ich könnte ein Crowdfunding machen, um die Umsetzung dieser genialen Idee finanziell abzusichern. Dann gründe ich ein Start-up in einem hippen Büro am Rosenthaler Platz, und wenn sich die Fernsteuerung für Hunde gut verkauft – und das wird sie, da bin ich sicher –, könnte ich das Produktangebot erweitern, zum Beispiel um eine App zur Steuerung von Kindern.

Inzwischen habe ich den Supermarkt erreicht. Ich wuchte die Tasche mit den Pfandflaschen in den Einkaufswagen, dessen rechtes Vorderrad blockiert, sodass er schlingert und bockt wie ein nicht zugerittenes Wildpferd, während ich ihn durch die Gänge bugsiere.

Petras Handschrift ist furchtbar. Stirnrunzelnd starre ich auf die Liste, die sie mir hingelegt hat. Dass ich sie zusammengeknüllt in meine Hosentasche gestopft habe, hat ihre Lesbarkeit nicht unbedingt verbessert. Heißt das jetzt Reis oder Mais? Und what the fuck ist Eifnalsch?

Ratlos stehe ich vor der Truhe mit dem Tiefkühlgemüse. Spinat soll ich kaufen, so viel hab ich verstanden. Aber welchen? Blattspinat? Rahmspinat? Jungen Spinat? Mit Sahne verfeinert, mit ganzen Blättern, mit Blubb, gehackt oder fein gewürzt?

Während ich grüble und abwäge, werde ich von allen Seiten bedrängt. Eine Mutter mit Kind schiebt energisch meinen Wagen weg, um besser an die Tiefkühltruhe zu kommen, ein Mann mit Jogginghose schubst ihn wieder in die Gegenrichtung, weil er an das Regal mit Knabberzeug will, und dann kommt auch noch eine Mitarbeiterin des Supermarkts mit einem riesigen Palettenwagen voller Konservendosen, der beinahe die ganze Breite des Ganges einnimmt. Ich gewinne mit jeder Sekunde stärker den Eindruck, dass ich hier massiv unerwünscht bin.

Irgendwann habe ich alle Punkte der Liste abgehakt. Na gut, außer Estragon. Estragon hab ich nicht gefunden. Ich weiß nicht mal genau, was das ist – irgendwas mit Drachen, oder? Ob es das im Supermarkt gibt? Hier in diesem jedenfalls nicht.

Hier in diesem gibt es übrigens auch nur zwei Kassen. An beiden warten Kunden mit prall gefüllten Einkaufswagen. Mit einem Seufzer entscheide ich mich für die linke.

Die Kundin ganz vorne ist schon so gut wie fertig und packt ihre Waren ein, wobei sie alles mit dem Kassenzettel vergleicht. Dann fällt ihr auf, dass sie für die Tütensuppe den regulären Preis bezahlt hat, dabei ist die doch im Angebot, und sie reklamiert das bei der Kassiererin, die aber nicht Bescheid weiß und die Kollegin an der anderen Kasse fragt, die es auch nicht weiß. Daraufhin muss die Kassiererin mit dem Kassieren aufhören und stattdessen mit irgendeiner übergeordneten Instanz telefonieren, um rauszukriegen, ob die

Tütensuppe im Moment neunundsiebzig oder neunundachtzig Cent kostet.

Inzwischen stehen in der rechten Schlange bereits komplett andere Leute. Da läuft es wie geölt.

Und dann, als der Mann direkt vor mir endlich seine Waren aufs Band legt, fällt mir ein, dass meine Einkaufstasche immer noch voller Pfandflaschen ist.

41

Niemand freut sich, wenn die Ferien vorbei sind, aber ich gebe zu, es gibt Lichtblicke. Dass ich Boris wiedersehe. Dass Emma ein neues Shirt mit Knopfleiste trägt, deren Knöpfe alle offen stehen. Und dass ich jetzt morgens immer mit Sebastian gemeinsam zur Schule fahre. Das haben wir so verabredet.

Ich habe mir schon ein paar Gedanken darüber gemacht, wie ich mich gegenüber meinen Freunden positionieren soll. Die wissen ja alle noch gar nicht, dass Sebastian und ich überhaupt Kontakt miteinander hatten, geschweige denn dass wir Nachbarn, Lehrer und Schüler sowie mutmaßlich Freunde sind.

Es ist einfacher, es ihnen jetzt zu sagen, weil ich mich inzwischen sicherer fühle. Ich habe Sebastian einigermaßen gut kennengelernt, ich weiß seine Qualitäten zu schätzen und kann auch dazu stehen. Boris, Jan und Steven werden sich wundern und Fragen stellen, aber damit kann ich umgehen.

In der ersten Pause drückt Sebastian sich wie immer irgendwo am Rande des Schulhofs herum und verhält sich wie ein Unsichtbarer, aber ich winke ihn einfach zu uns heran und rufe: «Stimmt doch, die Währung in China heißt Yen, oder?», denn darüber haben wir uns gerade unterhalten.

Er nähert sich zögerlich. Aus dem Augenwinkel nehme ich wahr, dass Boris, Steven und Jan ungläubig von ihm zu mir und wieder zurück glotzen.

«Hm, eigentlich Renminbi», erklärt Sebastian.

«Was?» Jan runzelt die Stirn, Boris ebenfalls.

«Der Yen ist die japanische Währung.»

«Ach ja, stimmt!» Ich hab da irgendwas verwechselt, und dass Sebastian den Irrtum aufklären konnte, ist zwar Zufall, aber ein großartiger.

«Woher weißt du denn so was?», erkundigt sich Steven.

Daraufhin erzählt Sebastian, dass er schon mal sowohl in Tokio als auch in Peking war und dass sein Vater in der Finanzbranche arbeitet, und das setzt ein ganz angeregtes Gespräch in Gang, an dem wir uns alle beteiligen. Als es klingelt, gehen wir gemeinsam wieder rein in den Klassenraum, ohne die Unterhaltung zu unterbrechen.

Während der Ferien habe ich nicht so oft an Emma gedacht. Sie ist ein bisschen verblasst in meiner Erinnerung. Einige Zeit hatte Mathea sich auch ziemlich in den Vordergrund geschoben. Aber jetzt, wo ich sie wieder Tag für Tag rund acht Stunden lang sehe, flammt mein Gefühl erneut auf.

Was ist es bloß, das mich so anzieht? Sie ist nicht bloß einfach hübsch. Objektiv betrachtet ist sie vermutlich sogar weniger hübsch als Mathea. Eigentlich ist Emmas Aussehen eher durchschnittlich, würde ich sagen. Jedenfalls ist sie nicht so ein Mädchen, auf das alle Jungs sofort total abfahren. Die meisten würden wohl lange Haare bevorzugen, getuschte Wimpern, Schuhe mit Absätzen, kurze Röcke, enge Oberteile, tiefe Ausschnitte, so was eben. Das sind natürlich alles Hingucker, auch für mich, keine Frage.

Emma hat praktisch nichts davon. Also, warum gucke ich trotzdem hin?

Ich glaube, was mich an Emma so reizt, ist ihre Einstellung. Dass sie sich aktiv für etwas einsetzt. Dass sie helfen will. Dass sie sich Gedanken macht. Dass sie kritisch ist und sagt, was ihr nicht gefällt.

Und natürlich die Form ihrer Brüste.

Das Seltsame ist, dass ich ja eigentlich gar nicht so der engagierte Typ bin. Ich habe mich noch nie für irgendein höheres Ziel eingesetzt, bin noch nie zu einer Demo gegangen, habe keine Petitionen unterschrieben, keine freiwillige soziale Arbeit geleistet und kein Spendenprojekt ins Leben gerufen. Mein mehr oder weniger einziges Hobby ist es, mit Bussen und Bahnen durch die Gegend zu fahren. Genau genommen nützt das absolut niemandem.

Trotzdem: Sie guckt öfter zu mir rüber als früher. Das bilde ich mir nicht ein. Spätestens seit der Milchreisaktion, auf die ich immer noch ziemlich stolz bin, habe ich eindeutig einen anderen Stellenwert für sie. Sie nimmt mich wahr, sie beobachtet meine Reaktion, wenn sie im Unterricht etwas sagt, und sie horcht auf, wenn ich etwas sage. Und manchmal wechselt sie dann einen schnellen Blick und ein verstohlenes Lächeln mit Michelle. Aus irgendeinem Grund flasht mich das am meisten.

Auf dem Heimweg, als ich in die Eichenallee einbiege, reißt einer alten Frau auf der anderen Straßenseite der Henkel ihrer Einkaufstüte, und der gesamte Inhalt klappert auf den Gehweg. Ich könnte einfach so tun, als hätte ich nichts gemerkt. Schließlich bin ich ja auf der gegenüberliegenden Seite der Straße, und ich laufe viel schneller als sie und bin sowieso praktisch schon an ihr vorbei. Aber aus dem Augenwinkel sehe ich, wie unbeholfen die Frau mit den beiden anderen Taschen rumhantiert, die sie jetzt erst mal abstellen muss, und wie steif ihre Bewegungen sind. Vielleicht kann sie sich nicht mal richtig bücken. Also gehe ich rüber.

Es ist mir peinlich. Ich bin es nicht gewohnt, wildfremde Leute anzuquatschen, nicht mal um ihnen zu helfen. Ich spüre Hitze im Kopf, aber jetzt kann ich nicht mehr zurück. «Warten Sie mal, ich mach das schon», sage ich.

Ich sammle zuerst das ein, was am weitesten weggerollt ist: die beiden Äpfel und den Kohlkopf, der sogar bis in den Rinnstein gekullert ist. Das packe ich zurück in die Tüte, die die Frau mir hinhält. Dann hebe ich auch den Rest auf: eine Tafel Schokolade, ein kleines Toastbrot, ein Glas Marmelade – zum Glück nicht zerbrochen –, eine Flasche Geschirrspülmittel und ein Paket Milch.

«Ach, das ist so lieb, vielen Dank», wiederholt die Frau in einer Art Dauerschleife, mit kleineren Variationen.

So allmählich gefällt mir diese Helferrolle. Ich fühle mich stark und nützlich und genieße es, gebraucht zu werden. Ich genieße auch ihre Dankbarkeit. Mit einem Blick auf die beiden anderen, ebenfalls prall gefüllten Plastiktüten, die sie neben sich auf den Gehweg gestellt hat, frage ich: «Haben Sie es noch weit?»

«Nein, nur bis zur Ebereschenallee.» Ihr Rücken ist ganz krumm, und an der ungeschickten Art, wie sie jetzt die Tüten aufhebt, wird klar, dass sie die Knie kaum beugen kann.

«Aber Sie können die Tüte hier nicht mehr am Henkel tragen», sage ich.

«Ach, das geht schon. Danke, vielen Dank, das ist wirklich lieb.» Sie müht sich ab, ganz offensichtlich ohne jede Aussicht auf Erfolg.

«Ich trag Ihnen die Sachen nach Hause», entscheide ich zu meiner eigenen Überraschung. «Ich muss auch da lang.» Na ja, stimmt nicht ganz, aber auf hundert Meter Umweg kommt es wohl nicht an.

Sie protestiert schwach, ist aber dann doch total dankbar, dass ich die zerrissene Tüte mit dem linken Arm gegen meine Brust klemme und ihr auch noch eine der beiden anderen abnehme. Trotz dieser Entlastung kommt sie nur im Schneckentempo voran. Ich schleiche neben ihr her.

Sie fängt an zu erzählen: dass ihr Sohn ihr immer einmal im Monat den Großeinkauf bei der Metro erledigt, weil er zwei Restaurants hat, da bringt er ihr immer alles mit, aber man muss ja zwischendurch trotzdem noch mal was kaufen, es hält sich ja nicht alles einen Monat frisch, und sie hätte natürlich auch warten können, bis er ihr neue Marmelade mitbringt, aber er kommt erst in zwei Wochen wieder, und sie hat nur noch die Himbeermarmelade, aber da setzen sich immer diese kleinen Stückchen zwischen die Zähne, deshalb mag sie lieber Kirsch, und der Kohl war im Angebot, da konnte sie nicht widerstehen, Kohlrouladen hätte sie schon so lange nicht mehr gemacht, wegen des Geruchs, da riecht ja hinterher immer das ganze Haus danach, und trotzdem, ihre Mutter hat die auch schon immer gemacht, als Kind waren Kohlrouladen ihr Lieblingsessen, Kohlrouladen und Milchreis, den mochte sie auch, aber der schmeckt ihr heute gar nicht mehr, besonders nicht der fertige aus der Tüte, der ist viel zu süß.

Fünfzig Meter können echt lang sein.

Ich trage die Einkäufe bis in ihre Küche, und sie fragt mich mehrmals, ob ich noch eine Tasse Tee mit ihr trinken will, aber das wird mir jetzt echt zu viel, und ich lehne ab. Nach einigem Hin und Her akzeptiert sie das. Dann schenkt sie mir die Tafel Schokolade, die ich vorhin vom Gehweg aufgehoben habe. Zuerst will ich sie nicht annehmen, aber mir wird irgendwann bewusst, dass sie sich besser fühlt, wenn ich sie nehme.

Und dann gehe ich nach Hause.

42

«Wieso seid ihr denn plötzlich so dicke miteinander?», fragt Jan mit skeptischem Blick.

«Ja, möchte ich auch mal wissen», ergänzt Steven. «Ich mein, der Typ ist doch ein Junkie oder so was!»

Ich verdrehe die Augen. «Quatsch. Ist er nicht. Er ist bloß krank.»

«Wie – krank?», hakt Steven nach, und Boris ergänzt: «Ja, klar. Drogensucht ist doch auch eine Krankheit.»

«O Mann, ihr nervt!», stoße ich hervor. «Er hat nichts mit

Drogen zu tun, okay? Er wohnt bei mir um die Ecke, und wir haben uns in den Ferien ein paarmal getroffen.»

«Was habt ihr denn so gemacht? Koks geschnupft? *Ich zieh die Cokeline und bin drauf in wenigen Sekunden*», rappt Boris und macht die passenden Moves dazu.

Jan und Steven grölen vor Lachen und klatschen einander ab. Diesmal kann ich beim besten Willen nicht mitlachen. Es kostet mich eine Menge, jetzt nicht die Nerven zu verlieren. «Nichts Besonderes.»

«Heißt was?», will Boris wissen.

«Gequatscht. Musik gehört. Bus gefahren.»

«Bus gefahren? Der ist echt mit dir Bus gefahren?» Alle drei gackern erneut los, als wäre das megalustig. «Na, dann ist das ja klar, dass ihr jetzt Best Friends seid!»

Ich weiß nicht genau, was Steven damit sagen will, aber es hört sich unterschwellig nach einer Beleidigung an. Und es wird nicht besser, als Jan hinzufügt: «Der muss ja echt verzweifelt sein!», und damit einen weiteren Riesenlacher landet.

«Boah, ihr seid so scheiße», stoße ich hervor. «Ihr seid total selbstgerecht und intolerant, kriegt ihr das eigentlich selbst noch mit? Ihr habt euch irgendeine billige kleine Meinung über Sebastian zusammengebastelt, und da rückt ihr jetzt einfach nicht mehr von ab. Wie so alte Spießer.»

Jan erwidert irgendetwas Pöbelhaftes, aber Boris lacht nicht mehr mit. Er mustert mich ernst und prüfend. «Okay, dann erzähl doch mal. Du scheinst ihn ja ziemlich gut zu kennen.» Schwingt da so ein Hauch von Eifersucht mit?

«Sebastian ist voll in Ordnung», sage ich. «Wir sind jetzt nicht beste Freunde oder so, aber er ist ein echt guter Kumpel. Und er nimmt keine Drogen. Er ist einfach bloß krank, aber er will alleine damit klarkommen und nicht bemitleidet werden, und deshalb hat er das noch nicht jedem erzählt.»

«Nur dir», sagt Steven höhnisch.

«Ja, genau», antworte ich und sehe Steven scharf an. «Weil ich ihn nicht von vornherein abstempele und für einen kaputten Junkie halte, sondern mir die Mühe mache, ihn besser kennenzulernen.»

«Wow, wie edel!» Steven zieht abschätzig die Mundwinkel herab und will noch etwas hinzufügen, aber ein Seitenblick von Boris bringt ihn zum Schweigen.

In diesem Moment fährt meine S-Bahn ein. Ich bin ganz froh darüber. Jetzt noch länger auf dem Thema rumzureiten würde nur zu weiterem Streit führen, aber ich glaube, ich habe etwas erreicht. Wenigstens Boris habe ich ein Stück weit auf meine Seite gebracht, und Steven und Jan machen sowieso das, was er sagt.

Ich wundere mich über die frostigen Blicke von Petra und meinem Vater, als ich reinkomme. Sie sitzen vor dem Fernseher, und auf mein übliches «Hallo!» reagieren sie nur sehr verhalten. Aber Erwachsene haben ja so ihre Launen. Vielleicht haben sie sich auch gerade gestritten. Ich steuere die Küche an, um zu sehen, ob sich da irgendetwas findet, das ich mir auf die Schnelle reinstopfen kann.

«Bemüh dich nicht», sagt Petra schneidend. «Jetzt ist es sowieso zu spät.»

Ich bleibe stehen, runzele die Stirn, mache einen Schritt zurück und drehe mich zu ihr um. Zu spät? Zum Essen oder was? Oder meint sie etwa … «Ach, Scheiße! Ist heute Freitag?»

«Schon den ganzen Tag», entgegnet mein Vater. Beide starren mich mit versteinerter Miene an.

So allmählich verstehe ich auch, warum. Ich hatte versprochen, ab halb sieben auf Leon aufzupassen, ihm Abendbrot zu machen und ihn ins Bett zu bringen, weil sie irgendwo eingeladen sind oder essen gehen wollten, keine Ahnung, ich hab nicht richtig zugehört. Und wie ich gerade merke, hatte ich es sowieso vergessen. «Fuck! Wieso habt ihr denn nicht angerufen?»

«Hältst du das für die angemessene Reaktion?», sagt Petra.

Und mein Vater ergänzt: «Ich *hab* angerufen, mehrmals. Aber du hast es einfach mal ignoriert.»

Ungläubig ziehe ich mein Handy aus der Hosentasche. Verdammt, es stimmt. Vier unbeantwortete Anrufe, drei von ihm und einer von Petra. Ich hatte das Telefon wie immer in der Schule lautlos gestellt und nicht daran gedacht, den Klingelton wieder einzuschalten.

«Fuck», sage ich noch mal.

«Und sonst? Fällt dir sonst noch irgendwas dazu ein?» Petras Ton ist so spitz, dass sie Insekten damit aufspießen könnte.

Mir ist schon klar, dass sie eine Entschuldigung erwartet. Und es tut mir tatsächlich leid. Ich meine, die beiden gehen nicht oft zusammen weg, und mir hätte es nicht allzu viel ausgemacht, mich einen Abend lang um Leon zu kümmern. Es wäre wenig Aufwand für viele Dankbarkeits-Bonuspunkte gewesen, um das mal so zu formulieren.

Stattdessen habe ich jetzt ein fettes Minus auf dem Beziehungskonto. Und das nur für einen total missglückten Nachmittag mit meinen bescheuerten sogenannten Freunden.

Das Problem ist, dass ich keine Lust habe, mich zu entschuldigen, wenn es mir so massiv aufgezwungen wird. Ich hätte es schon noch getan. Muss sie da jetzt unbedingt ein Machtspiel draus machen?

«Ich hatte das Handy lautlos gestellt», sage ich und fummele umständlich an den Einstellungen herum, als würde es noch irgendwas retten, wenn ich den Klingelton jetzt wieder aktiviere. Eigentlich geht es mir nur darum, überhaupt irgendwas zu tun und nicht die giftigen Gesichter der beiden anschauen zu müssen.

«Tja, super», schnaubt mein Vater. «Das ist natürlich ein guter Grund. Da ist so ein schon seit drei Wochen verabredetes Abendessen mit Dieter und Anita wirklich zweitrangig. Schon klar.»

Ja, ja. Sie sind im Recht, ohne Frage. Sie hatten es mir wirklich frühzeitig gesagt und mich sogar gestern Abend noch mal daran erinnert. Ich hab's trotzdem vergessen. Nicht gut, aber ist nun mal passiert, oder?

«Sorry», würge ich endlich hervor. «Ich hab da total nicht mehr dran gedacht.»

Petra stößt ein verächtliches «Ha!» aus. Kopfschüttelnd wendet sie den Blick von mir ab. Mein Vater seufzt, verzieht den Mund und guckt wieder auf den Fernsehbildschirm.

Ich gehe hoch in mein Zimmer und wage mich den ganzen Abend nicht mehr raus. Es kommt auch niemand mehr, um mir gute Nacht zu sagen. Die Atmosphäre im Haus erinnert an eine Tiefkühltruhe.

Ausgerechnet jetzt, wo ich mich zugegebenermaßen ein bisschen im Selbstmitleid suhle und das Gefühl habe, dass *niemand* mich versteht und *alle* gemein zu mir sind und *nichts* wirklich gut läuft in meinem Leben, bekomme ich eine Nachricht von Mathea. Ich habe nicht damit gerechnet, dass sie sich noch mal meldet. Sie schickt mir ein Selfie mit ihrem Hund. Mit Leonardo, dem Berner Sennenhund. Dazu ein lächelnder Smiley und sonst nichts.

Ich sehe mir das Bild lange an. Soll ich darauf etwas antworten? Und wenn ja, was?

Eigentlich glaube ich ja nicht an schicksalhafte Zufälle und so ein Zeug, aber wenn ich bedenke, dass diese Nachricht gerade jetzt bei mir eintrifft, könnte ich meine Meinung ändern. Und nach allem, was ich über Schicksal weiß – viel ist es nicht –, lautet die entscheidende Regel, es zu erkennen und zu nutzen. Weil man sich nämlich sonst hinterher noch jahrelang in den Arsch beißt, dass man nicht reagiert hat.

Also mache ich ohne weitere Verzögerungen ein Selfie von mir, und dann noch eins, weil das erste mir nicht recht gefällt, und weil das zweite auch nicht optimal geworden ist, bearbeite ich es mit einer meiner Foto-Apps noch ein bisschen nach, bis ich *richtig, richtig* cool aussehe. Ich habe die Kontraste so eingestellt, dass meine Haare tintenschwarz aussehen, meine Haut dagegen fast weiß, und weil ich leicht von unten hochgucke, bilden meine Augenbrauen eine schwarze Linie, die mir einen leicht diabolischen Gesichtsausdruck verleiht. Außerdem habe ich meine Augen nachbearbeitet. Die leuchten jetzt elektrisch blau. Das Bild ist so geil geworden, dass ich mich tatsächlich schon viel besser fühle. Ich schicke es Mathea.

Nur eine Minute später kommt ihre Antwort:

Wow! Du Schöner!

Danach schreiben wir noch eine halbe Stunde lang hin und her. Der Tag ist gerettet, wenn auch erst kurz vor Mitternacht.

43

Mein Vater ist gar nicht so sauer, das weiß ich. Erstens ist er nie lange eingeschnappt, und zweitens kann er Anita nicht leiden, sondern nimmt sie nur in Kauf, weil er schon so lange mit Dieter befreundet ist. Er ist vermutlich gar nicht so schrecklich traurig, dass der Pärchenabend meinetwegen gecancelt wurde.

Aber Petra ist nachtragend wie ein Elefant, und wenn sie der Meinung ist, dass ich abgestraft werden muss, dann hat mein Vater sich danach zu richten, ob er will oder nicht, sonst gerät er nämlich ebenfalls in die Schusslinie.

Das ganze Wochenende über werde ich nur angezickt. Am schlimmsten ist es, wenn sie beide zusammen sind, dann schaukeln sie sich in ihrer Feindseligkeit gegenseitig hoch. Lustig ist das nicht gerade. Ich gehe ihnen aus dem Weg, sooft ich kann.

Petra überträgt mir in einem eiskalten Kommandoton obszön viele Aufgaben, je nerviger, desto besser. Ich muss den Kühlschrank auswaschen, Wäsche aufhängen und ihre dämlichen Erziehungsratgeber zurück in die Bibliothek bringen. Gelesen hat sie die offensichtlich nicht. Ich kann mir nicht vorstellen, dass da drinsteht: «Behandeln Sie Ihren Stiefsohn am besten wie Aschenputtel und blasen Sie dafür Ihrem leiblichen Kleinkind große Mengen Puderzucker in den Arsch.»

Aber genau das tut sie. Sie gibt Leon demonstrativ das größere Schnitzel, obwohl wir alle wissen, dass er es nur zur Hälfte essen wird. Sie strickt ihm den fünfhundertsten Pullover mit raffiniertesten Farben und Mustern, während sie für mich noch nie auch nur einen schlichten schwarzen Schal produziert hat. Als Leon das komplette Badezimmer mit Fingermalfarben einsaut, lacht sie über seine künstlerische Begabung, bekommt aber einen Wutanfall, weil mir aus Versehen irgendein blöder alter Kaffeebecher runterfällt.

Am Sonntagnachmittag, als ich der Meinung bin, dass ich längst genug gebüßt habe, holt Petra zum entscheidenden Schlag aus. Wir haben spät zu Mittag gegessen. Mein Vater sitzt im Wohnzimmer und schrammelt auf seiner Gitarre herum. Petra hat irgendeine Illustrierte auf dem Schoß, kommt aber nicht zum Lesen, weil Leon sie immer wieder beansprucht, um das abgefallene Rad seines Spielzeug-LKW zu reparieren, die fehlende Memory-Karte zu suchen oder das Bild zu bewundern, das er mit einem roten Wachsmalstift gezeichnet hat.

Ich sehe meine Chance gekommen, mich für ein paar Stunden abzuseilen. «Ich wollte heute die X33 machen», sage ich. «Bin so gegen sieben wieder da.»

Mein Vater nickt gleichmütig. «Okay, bis später.»

Aber Petra hebt den Kopf wie ein Tier, das Witterung aufnimmt. So viel Aufmerksamkeit schenkt sie mir sonst nie. «Ist das wieder eine Buslinie?»

«Ja», erwidere ich vorsichtig verwundert.

Sie wendet sich Leon zu. «Willst du nicht auch mal mit

Joschka Bus fahren?» Leon springt auf. «Au ja! Bus fahren, Bus fahren, Bus fahren!» Er hüpft auf seinen blau-roten Söckchen vor mir auf und ab.

«Gut, dann seid aber pünktlich um sieben zurück, sonst wird es für Leon zu spät», ordnet Petra an, als wäre alles längst beschlossene Sache.

Ich stehe ein paar Augenblicke wie versteinert da. Bus fahren mit Leon? Das ist doch dann kein Busfahren mehr, das ist Babysitten!

«Es regnet aber total», sage ich lahm.

«Dann zieh ihm die Gummistiefel und die Regenjacke an», antwortet Petra desinteressiert und blättert in ihrer Zeitschrift.

Es dauert fast zwanzig Minuten, bis ich meinen kleinen Bruder ausreichend gegen die Wettereinflüsse verpackt habe und wir an der Haltestelle stehen. Er ist total aufgedreht und erzählt mir unterwegs, dass es mal eine Zeit gegeben hätte, in der keine Menschen lebten und keine Tiere und keine Ameisen und keine Pflanzen, sondern nur Dinosaurier. Dann erklärt er mir ausführlich, dass die Dinosaurier Eier gelegt haben, und deutet mit ausgestreckten Armen deren Größe an.

«Aber die Dinobabys, die waren ganz klein, gaaaanz klitzeklein, so winzig», fügt er hinzu und illustriert auch diese Behauptung durch eine entsprechende Geste von Daumen und Zeigefinger. Ohne erkennbaren Grund wechselt er nahtlos zum Thema Fahrradbeleuchtung und lässt sich dann über Selimas Neigung aus, ihn von der Schaukel zu schubsen.

Als der Bus nach Spandau kommt, habe ich längst entschieden, dass ich heute nicht die Linie X33 erforsche, sondern einfach mit Leon bis zur Endhaltestelle und wieder zurück fahre. Die Strecke kenne ich schon, es ist also egal, wie viel ich davon mitbekomme.

Ich bin sauer auf Petra. Natürlich konnte ich es nicht ablehnen, meinen Bruder mitzunehmen, weil sie mich in seinem Beisein gefragt hat – genau genommen hat sie nicht mal mich, sondern *ihn* gefragt. Wie hätte ich so grausam sein können, ohne ihn zu gehen?

Das wusste Petra natürlich auch, diese Bitch. Und mein Vater hat wie immer ganz unbeteiligt danebengesessen, als würde ihn das alles gar nichts angehen. Vermutlich lachen die beiden sich jetzt halbtot darüber, wie sie mich ausgetrickst haben, und genießen den ruhigen Nachmittag. Vielleicht gehen sie miteinander ins Bett. Hoffentlich machen sie nicht noch ein Kind.

Dieser Bus hat leider kein Obergeschoss, aber auf Leons Wunsch setzen wir uns in die hinterste Reihe, in der fünf Sitzplätze nebeneinander angeordnet sind. Mein kleiner Bruder will natürlich am Fenster sitzen. Er guckt durch die regennasse Scheibe in den trüben Novembernachmittag hinaus und kommentiert jede einzelne Kurve. Zwischendurch singt er auch noch – eins seiner völlig rhythmus-, melodie- und sinnlosen spontan ausgedachten Lieder, in dem zahlreiche Kacka-, Popel- und Pups-Loops vorkommen.

Seine Stimme ist laut genug, dass er den gesamten Bus unterhält. In der Reihe vor uns sitzen zwei Mädchen, die sich zwar nicht zu uns umsehen, aber bei Leons fröhlich herausgekrähten Weisheiten immer wieder prustend loslachen. Eine alte Frau guckt die ganze Zeit zu uns rüber und lächelt wohlwollend.

Petra regt sich oft darüber auf, wie kinderfeindlich alle Leute sind. Als Leon noch kleiner war, ist sie mal beinahe aus einem Café rausgeflogen, weil er anhaltend gebrüllt hat, und oft erzählt sie von Kopfschütteln, Zungenschnalzen oder abfälligen Kommentaren, die anscheinend ihren und Leons Weg pflastern.

Ich persönlich hab solche Erfahrungen noch nie gemacht. Eigentlich stößt Leon überall auf Begeisterung, selbst mit Dingen, die mir ein bisschen peinlich sind. Und ziemlich oft höre ich Kommentare wie: «Das ist ja wirklich rührend, wie du dich um deinen kleinen Bruder kümmerst.» Dabei bekomme ich immer ein schlechtes Gewissen, denn eigentlich kümmere ich mich nicht gerade viel um ihn.

Während wir an einer roten Ampel halten, sagt Leon: «Wenn da jetzt ein Fußgänger rübergeht und der ist nicht schnell genug und die Autos kriegen schon wieder Grün, dann wird der überfahren und stirbt und ist tot.»

«Deshalb ist das ja so wichtig, dass man nur bei Grün rübergeht», sage ich. Ich nehme an, das ist eine pädagogisch angemessene Antwort.

«Ja, *ich* weiß das», erwidert Leon. «Ich bin ja auch ein schlauer Fuchs.»

Die Mädchen vor uns prusten wieder los.

44

Am Freitag jener Woche, in der wir über Lederbars und Darkrooms gesprochen haben, in der wir einen Film über das Coming-out eines Sechzehnjährigen angesehen, einen Mitschüler aus dem Abijahrgang und seinen Freund interviewt, uns über die eingetragene Lebenspartnerschaft schlaugemacht, eine Liste von Jugendbüchern zum Thema Homosexualität erstellt, die Verwendung des Wortes «schwul» als Beschimpfung analysiert und eine wandfüllende Collage zum Thema gebastelt haben – am Freitag der schwulen Woche also kippt Sebastian im Matheunterricht um.

Diesmal fällt er nicht schlafend vom Stuhl, sondern er sackt im Stehen zusammen. Er steht vorne am Smartboard und soll eine Aufgabe fertig lösen, an der Kimberley zuvor gescheitert ist, und ich lächele ihm von meinem Platz aus beruhigend zu, weil ich weiß, dass er es schaffen wird – genau dieselbe Aufgabe haben wir bei unserer letzten Nachhilfestunde besprochen.

Er nimmt den Stift und betrachtet mit dem Rücken zur Klasse grübelnd die Gleichung, und in diesem Moment lässt Luca, dieser kindische Vollidiot, seine aufgepustete Brötchentüte knallen. Sebastian knickt ein wie eine Marionette, der man die Fäden durchgeschnitten hat. Es knallt noch einmal, als er mit dem Kopf gegen das Bein des Lehrerpults schlägt.

Einige haben es gar nicht mitbekommen, weil sie zu Luca rübersehen. Die anderen platzen raus vor Lachen. Selbst der Herr Leppert grinst hilflos auf Sebastian hinab, wie er da direkt vor ihm zu seinen Füßen liegt und sich nicht mehr rührt. Vielleicht hält er das für einen besonders durchtriebenen Schülerstreich.

In mir kocht Zorn hoch. Ich springe hoch, flanke über meinen Tisch (das ist, im Nachhinein betrachtet, echt cool) und renne zu Sebastian rüber – als Einziger, das muss man sich mal vorstellen, als Einziger von fünfundzwanzig Leuten, die allesamt entweder hilflos dasitzen oder dämlich kichern, während da gerade jemand vor ihren Augen zusammengebrochen ist und sich mächtig die Rübe angeschlagen hat.

Sebastian kommt schon wieder zu sich, wirkt aber benommen und desorientiert und fasst sich mit zusammengepressten Lippen an den Hinterkopf, während er versucht, sich aufzurappeln. Ich kauere mich neben ihn und helfe ihm in die Sitzposition.

Das Gegacker hört nicht auf.

Und dann höre ich meine eigene Stimme donnern, in einer Lautstärke, von der ich nicht wusste, dass ich die überhaupt erreichen kann: «Könnt ihr mal die Fresse halten und helfen, ihr Arschlöcher? Hier ist gerade jemand mit dem Kopf aufgeschlagen, findet ihr das lustig?»

Es ist Emma, die nach vorne eilt. «Bleib sitzen», sagt sie zu Sebastian und inspiziert die Stelle an seinem Kopf, die er sich reibt.

«Ruhe!», ruft jetzt auch Herr Leppert. Jetzt, wo sie nach meiner Ansage sowieso schon leiser geworden sind. Es lacht praktisch keiner mehr.

Während Emma Sebastian abstützt, hechte ich zum Waschbecken und befeuchte ein paar Papiertücher aus dem Handtuchspender mit Wasser. Die lege ich Sebastian auf die schmerzende Stelle.

Emma stellt ihm inzwischen Fragen: «Ist dir schwindlig? Ist dir schlecht?»

Noch ein paar andere haben sich von ihren Stühlen erhoben und bilden jetzt einen Kreis um uns, aber es gibt nicht mehr viel zu tun.

«Bist du ausgerutscht?», fragt Herr Leppert, während Emma und ich Sebastian behutsam wieder in den Stand hochhieven.

«Nein», sage ich laut, «Sebastian hat Narkolepsie, und wenn man ihn erschreckt, erschlaffen seine Muskeln.»

Weil Sebastian immer noch ein bisschen benommen wirkt, bieten wir an, ihn ins Krankenhaus zu begleiten, nur um sicherzugehen, dass er sich keine ernsthafte Kopfverletzung zugezogen hat.

Wir.

Emma und ich.

Herr Leppert ist einverstanden und sagt im Sekretariat Bescheid.

In der Notaufnahme sitzen wir im Wartebereich, Emma links, Sebastian in der Mitte und ich rechts.

«Kippst du wirklich um, wenn du dich erschreckst?», fragt Emma.

Sebastian wirft mir einen schnellen Blick zu.

Ich kann ihn nicht deuten. Ob er sauer auf mich ist, dass ich der ganzen Klasse sein Geheimnis verraten habe? Das werden wir später klären müssen, und notfalls werde ich mich eben dafür rechtfertigen. Meiner Ansicht nach habe ich ihm damit einen Gefallen getan, aber ob er das genauso sieht?

«Ja, das kann passieren», sagt er. «Auch wenn ich … na ja, wenn mir irgendwas emotional sehr nahegeht. Wenn ich mich total freue zum Beispiel. Oder wenn ich einen richtig guten Witz höre.» Er grinst.

«Hey, kennst du den schon?», sage ich.

Emma streckt den Arm über Sebastian hinweg und stupst mir gegen die Schulter. «Mann, Joschka!» Aber sie lacht dabei. Sie lacht mich an. Wir lachen uns gegenseitig an.

«Was war das eigentlich, was da so geknallt hat?», erkundigt sich Sebastian.

«Luca, dieser Spast. Mit seiner Brötchentüte», sage ich und ziehe die Augenbrauen zusammen. Ich bin immer noch ziemlich wütend auf Luca.

«Sag nicht Spast», weist Emma mich zurecht.

Ach ja, verdammt. Sie hat recht, sie hat total recht. «Stimmt. Sorry. Dieser … ähm … Was darf ich denn sagen?»

Wieder lacht Emma. «Tja, politisch korrektes Fluchen ist gar nicht so einfach.»

Die anderen Wartenden werfen uns komische Blicke zu. Es kommt bestimmt nicht oft vor, dass Leute in der Notfallambulanz dermaßen gute Laune haben.

Nach anderthalb Stunden Warten auf den Arzt schläft Sebastian ein. Sein Kopf sinkt auf meine Schulter. Ich halte ganz still, um ihn nicht zu stören. Emma und ich sehen uns über seinen blonden Schopf hinweg an, und mein Herz hüpft vor Glück. Wenn ich Narkoleptiker wäre, würde ich jetzt vom Stuhl kippen.

«Und das hast du die ganze Zeit gewusst?», fragt Boris.

Ich zucke die Achseln.

«Wieso hast du uns das denn nicht erzählt?» Steven wirkt angepisst.

«Weil er nicht wollte, dass es alle wissen.»

«Ja, alle – aber *uns* hättest du es ja wenigstens sagen können!», findet Jan.

«Jetzt wissen es doch sowieso alle!», fügt Steven hinzu.

Ich verdrehe die Augen. «Dann regt euch doch nicht auf.»

Der Einzige, der vielleicht einen Grund hätte, beleidigt zu sein, ist Boris. Ich hätte ihm erzählen sollen, dass ich mich mehrmals mit Sebastian getroffen habe, von Anfang an. Ich hätte nicht dieses komische Seitensprung-Ding daraus machen sollen. Zumal ich dadurch gleich zwei Geheimnisse vor ihm hatte, das ist mehr, als eine Freundschaft verkraften kann.

Insofern bin ich wirklich erleichtert, dass sich die Menge meiner Heimlichkeiten jetzt um die Hälfte verringert hat. Und noch erleichterter bin ich, als Jan und Steven endlich gehen, denn nun habe ich Boris für mich und kann ein bisschen wiedergutmachen, indem ich ihm erzähle, wie es mit Emma war. Wo ich schon dabei bin, zeige ich ihm auch das Selfie von Mathea und gebe ein bisschen mit ihr an.

Bisher war immer Boris derjenige von uns beiden, der weiter war. Früher hat er leerstehende Häuser und verlassene Grundstücke ausfindig gemacht, die wir zusammen erkundet haben, und Kontakte zu Klassenkameraden geknüpft, in die ich mich dann nur einzuklinken brauchte. Er hat mir Songs vorgespielt und sich Games gekauft, die ich noch gar nicht kannte. Er wusste, welche Filme wir uns im Kino angucken sollten und wo es die coolsten Klamotten zu kaufen gibt.

Ich will nicht sagen, dass ich sein Schatten war, aber es gab so eine stillschweigende Übereinkunft, dass Boris die Richtung vorgab, in die wir beide marschierten. Das hat sich in letzter Zeit verändert. Keine Ahnung, ob das gut oder schlecht ist. Ich weiß nur, dass ich ihn als Freund gerne behalten würde, auch wenn ich jetzt manchmal eigene Wege gehe.

Am Anfang ist Boris noch etwas zurückhaltend, aber das ist nur zur Wahrung der Form. Je mehr ich rede, desto heller leuchten seine Augen. Besonders das Bild von Mathea löst irgendwas in ihm aus. Es ist nicht sehr schwer zu erraten, was das sein könnte. Und überraschend ist es ebenfalls nicht.

Könnte natürlich sein, dass er ein heimliches Faible für Berner Sennenhunde hat, aber ich glaube nicht.

«Und kommt die noch mal nach Berlin?», fragt er schließlich.

«Ja, auf jeden Fall. Sie besucht ja hier regelmäßig ihre Tante und ihre Cousine.»

«Echt?» Boris, der sonst immer so cool ist, dass es hinter ihm schneit, wird ganz zappelig. «Und wann?»

«Steht noch nicht fest – aber ich guck mal, was ich rauskriegen kann, okay? Ich halt dich auf dem Laufenden.»

Er grinst und stößt mir den Ellbogen in die Rippen. «Ich interessier mich überhaupt nicht für die.»

«Klar. Weiß ich doch», sage ich und rempele zurück.

45

Ich bin ein bisschen nervös am Montagmorgen, während ich an der Bushaltestelle stehe. Als Sebastian um die Ecke biegt, sehe ich woandershin, damit er nicht merkt, mit welcher Spannung ich ihn erwartet habe. Ich wende den Kopf erst zu ihm, als er bis auf ein paar Meter herangekommen ist. «Hey, alles wieder gut?» Ich schaffe es, die Frage ganz unbekümmert klingen zu lassen.

«Ja, kein Problem. Hatte gestern noch leichte Kopfschmerzen, aber die sind weg.» Sebastian lässt den schweren Rucksack über die Schultern gleiten und stellt ihn zwischen seine Füße. «Das war übrigens das erste Mal, dass ich mir dabei die Birne angeschlagen hab.»

«Mach mal keine Gewohnheit draus», rate ich ihm.

«Wieso? War doch cool, unser Ausflug in die Charité», grinst er. «Und anscheinend kommst du ziemlich gut mit Emma klar.»

Ich kann nicht verhindern, dass sich meine Mundwinkel ebenfalls nach oben verziehen. Dafür genügt schon die Erwähnung ihres Namens, der plötzlich mit lauter glücklich machenden Erinnerungen verknüpft ist. Mein Strahlen ist vermutlich Antwort genug.

Die M45 hält und senkt sich zum Bordstein hin ab. Wir drängen uns in den bereits überfüllten Bus. Die vorübergehende Betäubung meines mulmigen Gefühls durch die Erwähnung von Emma lässt nach. Er wird es bestimmt ansprechen. Ich bin ihm ja praktisch in den Rücken gefallen.

Sebastian lässt mich zappeln. Erst als unsere Schule in Sicht kommt und ich nicht mehr damit rechne, sagt er: «Tja, jetzt wissen natürlich alle Bescheid.»

Ich zucke zusammen und werfe ihm einen schnellen Seitenblick zu. Seinem Gesichtsausdruck kann ich nicht ablesen, ob er wütend ist. Ich weiß nicht recht, ob er eine Antwort erwartet. Mir fällt auch keine ein. Soll ich mich entschuldigen? Eine Weile gehen wir schweigend nebeneinander die Drakestraße entlang.

«Ist wahrscheinlich besser so», fährt Sebastian schließlich fort. «Ich meine, ich wollte das zwar nicht, aber … wenn ich andauernd einschlafe oder umkippe, halten die mich ja sonst wirklich für total bekloppt.»

«Meine Freunde haben mich auch ganz schön gegrillt, weil ich das die ganze Zeit gewusst hab, ohne ihnen was zu sagen.»

«Echt?» Sebastian sieht mich überrascht an. «Du hast es nicht mal deinen Freunden erzählt?»

Jetzt bin ich überrascht. «Natürlich nicht! Du hast doch gesagt, es soll keiner wissen!»

Wir gucken uns gegenseitig mit großen Augen an. Dann fangen wir gleichzeitig an zu lachen.

Die Englisch-Klausur ist ganz gut gelaufen. Ich bin zwanzig Minuten vor Unterrichtsende fertig und darf gehen. Unten auf dem stillen Schulhof setze ich mich auf eine Mauer. Es ist so ein verrückter warmer Novembertag, fast 20 Grad, knallblauer Himmel, als würden noch vor Weihnachten die Tulpen blühen. Ich halte das Gesicht in die Sonne und schließe die Augen.

Als ich Schritte höre, schaue ich auf.

Emma.

Sie kommt lächelnd auf mich zu und setzt sich neben mich. «War total einfach, oder?»

«Ja. Das war doch genau die Aufgabe, die wir letzte Woche in der Schule gemacht haben.»

Sie nickt. «Nett vom Herrn Rogelmann.» Auch sie hält ihr Gesicht in die Sonne. Ich kann den Weichspüler-Duft riechen, der sie umgibt. «Geht's Sebastian wieder gut?»

«Er meint, er hätte nur noch ein bisschen Kopfschmerzen gehabt, und das war's.»

Wir schweigen einen Moment. Von mir aus könnten wir den ganzen Tag schweigen. Hauptsache, wir sitzen hier zusammen in der Sonne. Ich hab bloß ein bisschen Angst, dass es ein Traum ist.

Dann sagt Emma: «Fand ich total super von dir, dass du ihm sofort geholfen hast. Du warst ja wirklich der Einzige.»

«Stimmt nicht. Du warst doch auch dabei.»

Sie lächelt mir zu. «Aber du warst wohl der Einzige, der das mit der Narkolepsie wusste, oder?»

Ich verziehe den Mund. «Mhm. Sebastian wollte nicht, dass jemand das rauskriegt. Auf der letzten Schule haben sie ihn deshalb wohl ziemlich gemobbt.»

«Aber das ist doch Quatsch», sagt Emma energisch. «Wenn man nichts von dieser Krankheit weiß, kann man sein Verhalten doch gar nicht einschätzen. Das war total richtig, dass du es gesagt hast!»

«Meinst du?»

«Na klar!»

«Obwohl er mir extra gesagt hat, ich soll es für mich behalten?»

«Es war mutig von dir, Joschka.»

Ich würde am liebsten noch tausendal hören, wie sie meinen Namen ausspricht. Es prickelt in der Brust und zieht sich runter bis zwischen die Beine. In meinem Gehirn blitzt ein Bild auf: Emma nackt in meinen Armen, wie sie immer wieder «Joschka» flüstert.

«Du kennst Sebastian ganz gut, oder?»

Mühsam zwinge ich mich in die Realität zurück. «Er wohnt gleich bei mir um die Ecke.»

«Ja? Wo wohnst du denn?»

Ich hab keine Ahnung, warum sie das wissen will, aber es kann ja wohl definitiv nur etwas Gutes bedeuten. Ich meine, warum sollte es sie kümmern, wenn ich ihr komplett gleichgültig bin? Wieder blitzt ein Bild durch meinen Kopf: Emma steht in der Abenddämmerung auf der anderen Straßenseite und guckt zu unserem Haus rüber.

Ich nenne ihr die Straße, die Hausnummer und die nächstgelegene Bushaltestelle. Am liebsten würde ich ihr einen Stadtplan in die Hand drücken, auf dem mein Zuhause durch einen roten Kreis markiert ist, und ihr Telefonnummer und Mailadresse aufschreiben.

46

Diesmal ist die Wohnung wirklich der Hammer. Ganz hell, mit riesigen Fensterfronten und einem genialen Blick über Bäume hinweg in Richtung Gasometer, vier großen Zimmern, überdachtem Balkon, Einbauschränken im Flur und einem frisch sanierten Bad mit ebenerdiger Dusche, alles in Weiß und Schiefergrau.

Allerdings schieben wir uns mit einer Gruppe von mindestens zwölf anderen Interessenten durch die Räume, und inzwischen habe ich kapiert, dass man als alleinerziehende Mutter, äh, Entschuldigung: als alleinerziehender *Vater* von zwei Teenagern nicht die allerbesten Karten auf dem Immobilienmarkt hat.

Trotzdem: Hier würde es mir gefallen. Und Liska auch. Wir haben uns sogar spontan über die Aufteilung der Zimmer geeinigt; ich will das mit dem bodentiefen Fenster und sie das mit der Nische, in die ihr Bett genau reinpassen würde.

Ich mache Fotos und schicke sie an Mathea, so wie ich sie inzwischen an allem teilhaben lasse, was für mich von Bedeutung ist. Sie schreibt sofort zurück.

Wann ist die Einweihungsparty? Ich komme!!! ☺

Zum ersten Mal kann ich mir wieder vorstellen, zu Frederik zurückzugehen. Ich habe das Gefühl, hier würde uns keiner beobachten und niemand über uns tratschen. Keine neugierigen Rentner oder Hauswartinnen in Kittelschürzen, die sich von morgens bis abends mit dem Wischmopp im Treppenhaus rumdrücken.

Es ist kein Makler zwischengeschaltet. Der Eigentümer selbst hat uns reingelassen, ein smarter Geschäftsmann aus Hamburg, der die Namen aller Interessenten mit ihren Telefonnummern in seinem Blackberry notiert hat, auch Frederiks. «Ich melde mich auf jeden Fall, egal wie die Entscheidung ausfällt.»

Wir gehören zu den Letzten, die den Rückzug antreten. Als wir unten auf der Straße stehen, werfen wir alle drei noch mal einen Blick hinauf zu den Fenstern, durch die wir den Ausblick über die Stadt genossen haben.

Schräg gegenüber ist ein kleines Café, das auf einem Tafelaufsteller für Irish Coffee, Pharisäer und Lumumba wirbt. Es ist gemütlich beleuchtet.

«Lasst uns noch was trinken gehen», sagt Frederik entschlossen.

Ich gehe den S-Bahnsteig bis ganz nach hinten durch. Noch eine Minute laut Anzeige. Auf einer der Bänke sitzt eine blonde Frau, so um die dreißig, und mein Blick bleibt an ihr hängen, weil ich glaube, sie heult.

In den wenigen Sekunden, die ich in ihre Richtung laufe, checke ich ihre Klamotten. Sie könnte auf Weltreise sein; zwischen ihren Füßen steht ein großer Rucksack, sie trägt Jeans und ausgelatschte Turnschuhe und eine sportliche Jacke, alles ein bisschen mitgenommen, aber nicht total vergammelt.

Noch mal sehe ich ihr ins Gesicht. Sie heult wirklich. Sie sitzt da mit dem Ausdruck allertiefster Verzweiflung und gibt sich auch gar keine Mühe, das zu verbergen. Ich habe selten so viel Traurigkeit gesehen.

Scheint so, als käme ich in letzter Zeit dauernd in solche Situationen. Erst die alte Frau mit der zerrissenen Plastiktüte, dann Sebastians Kopfverletzung und jetzt die weinende Touristin. Ich sollte mir ein S aufs T-Shirt malen und einen roten Umhang darüber tragen. Kurz entschlossen steuere ich auf sie zu und frage: «Alles okay?»

Sie starrt mich an, steht auf, hebt beide Hände zu ihrem

Gesicht wie dieses eine WhatsApp-Emoji und fängt an zu schreien. Sie schreit, als würde sie abgeschlachtet. Alle Leute drehen die Köpfe in unsere Richtung.

«Hey, schon gut», murmele ich irritiert. Meine Worte gehen im Lärm der einfahrenden S-Bahn unter. Ich bin ziemlich froh, dass ich da einfach reinspringen und diese verstörend peinliche Angelegenheit schnellstmöglich hinter mir lassen kann. Immer noch steht die Frau schreiend auf dem Bahnsteig.

Ich dachte, ich könnte was für sie tun, dabei ist sie nur eine ganz normale Berliner Irre.

Egal eigentlich. Ich meine, schlimm für sie, aber für mich ist es zu verschmerzen. Ich bin trotzdem ein bisschen stolz auf mich, weil ich jetzt mit so was umgehen und spontan meine Hilfe anbieten kann, was mir früher vor lauter Hemmungen und Schüchternheit immer total schwergefallen ist.

47

«Wir könnten doch eine Rednerin oder einen Redner einladen», schlägt Emma vor. «Persönlich Betroffene, die aus ihrer eigenen Erfahrung berichten. Entweder reden sie frei, oder wir machen mit ihnen ein vorbereitetes Interview.»

«Und wo kriegen wir die her?», fragt Charlene mit skeptischem Stirnrunzeln.

«Na, das wird doch wohl nicht so schwer sein!» Kimberley hat sich bereits von Emmas Schwung mitreißen lassen. «Jeder kennt doch wohl einen Schwulen oder eine Lesbe!» Zustimmendes Nicken und Murmeln. Dann sagt Steven: «Ja, aber eine Transe? Also, ich kenn keine!»

«Deine Mudda», sagt Tom und erntet einen allgemeinen Lacher, während sich mir der Hals zusammenschnürt.

«Achtet mal bitte ein bisschen auf eure Wortwahl», ermahnt uns Frau Schramm-Bassermann. «*Eine Transe* ist ganz schön abwertend, Steven. Und es impliziert eine weibliche Person.»

«Wieso, die wollen doch Frauen sein, oder?», verteidigt Steven sich.

Emma verdreht die Augen und schüttelt resigniert den Kopf.

«Es geht überhaupt nicht ums Wollen», erklärt Frau Schramm-Bassermann mit angestrengter Geduld. «Transsexuelle Menschen fühlen sich nicht ihrem biologischen, sondern dem anderen Geschlecht zugehörig. Das kann übrigens ohne weiteres auch das männliche sein.»

Hab ich mir das jetzt eingebildet, oder hat sie mir dabei einen ganz schnellen Seitenblick zugeworfen? Ich merke, wie mir das Blut in den Kopf schießt. Das kann sie doch nicht wissen, oder? Hat sie mich mal mit Frederik zusammen gesehen? Verdammt. Verdammt. Verdammt!

«Ich hab gelesen, dass es auch so was wie ein drittes Geschlecht gibt», wirft Lea ein. «In Dänemark gibt es das sogar ganz offiziell.»

«Schweden», korrigiert Michelle.

«Hä? Und wieso nur da?», fragt Boris.

Ich sehe ihn überrascht an. Dass Boris sich für die flächendeckende Einführung eines dritten Geschlechts einsetzt, ist ja echt eine Überraschung. Oder macht er das mir zuliebe? Weiß er etwa auch was? Mein Kopf wird noch heißer. Ich sehe bestimmt aus wie ein Feuerlöscher.

Aber sein Einwand war gar nicht so von Toleranz geprägt, wie ich angenommen hatte, denn er präzisiert: «Ich meine, Transen gibt's doch überall auf der Welt, oder?» Unter dem strafenden Blick unserer Deutschlehrerin verbessert er sich hastig: «Transsexuelle Menschen», woraufhin Niklas albern kichert.

«In Schweden ist die Gesetzgebung eben fortschrittlicher als anderswo.»

«Wieso Gesetzgebung?» Mesud guckt total verwirrt. «Ist das da Pflicht, oder wie?»

Die Hälfte der Klasse bricht in Gelächter aus, die andere diskutiert lautstark durcheinander, bis Frau Schramm-Bassermann sich durch «Ruhe!»-Schreie Gehör verschafft. «Ich sehe schon, da gibt es noch einigen Klärungsbedarf», sagt sie, als es endlich wieder etwas leiser geworden ist. «Und das ist ein wichtiges Thema, also braucht ihr euch gar nicht lustig zu machen. Danke für den Hinweis, Mesud. Nein, natürlich ist das keine Pflicht. Bis Donnerstag informiert ihr euch mal darüber, was es mit dem dritten Geschlecht auf sich hat, und dann können wir es hier noch mal ausführlich besprechen.»

Stöhnen und Augenverdrehen. Svenja boxt Lea gegen den Oberarm. «Blöde Kuh, Mann!»

«Ey, bist du behindert?», kreischt Lea. «Das hat voll weh getan! Jetzt krieg ich da bestimmt 'nen blauen Fleck!» Sie schiebt den Ärmel ihres Pullovers hoch und untersucht die schmerzende Stelle, als müsste da bereits ein monumentaler Bluterguss zu sehen sein.

«Svenja, du kommst nach der Stunde zu mir!», fordert Frau Schramm-Bassermann in ihrem drohendsten Tonfall. «Deine Anspielung auf Behinderungen ist auch total daneben, Lea.»

«Wir sollten aber noch mal auf Emmas Vorschlag zurückkommen», sagt Sebastian. Das ist erst das dritte oder vierte Mal in diesem Schuljahr, dass er unaufgefordert etwas zum Unterricht beiträgt. Und dafür ist seine Wortmeldung ganz schön forsch, immerhin versucht er gerade, in diesen Haufen von Bekloppten ein bisschen Struktur und Disziplin reinzubringen, was eigentlich Aufgabe des Lehrpersonals wäre, wenn ich das richtig verstehe.

Frau Schramm-Bassermann ist aber nicht sauer, sondern wirft ihm einen dankbaren Blick zu. «Ganz genau. Das ist nämlich eine wirklich gute Idee, Emma. Hat einer von euch die Möglichkeit, jemanden aus dem Bekanntenkreis anzusprechen, ob er bei der Veranstaltung mitmachen möchte?»

Ich wachse über mich selbst hinaus, um unbeteiligt, gelassen und für alle Anregungen offen zu wirken, und lasse meinen Blick über meine Mitschüler wandern, als hätte ich wirklich keinen anderen Gedanken als den an das Gelingen unserer Projektpräsentation. In Wirklichkeit hämmert mir das Herz in der Kehle, und meine Hände sind schweißnass. Wenn mich jetzt irgendwer länger als eine Sekunde anguckt, renne ich raus. Ohne Scheiß.

Außer Gemurmel erfolgt keine Reaktion.

«Ich kann bei Love me Gender nachfragen», übernimmt Emma selbstbewusst wieder das Wort. «Das ist eine Anlaufstelle für LGBT. Die können bestimmt ein paar Kontakte herstellen.»

Wow. Ich *liebe* Emma. Wirklich.

48

«Nächsten Mittwoch nimmst du dir bitte nichts vor», sagt mein Vater in seinem bestimmtesten Ton und spricht jedes einzelne Wort ganz besonders deutlich aus. «Du musst Leon von der Kita abholen und ihn abends auch ins Bett bringen.»

«Wieso, wo seid ihr denn?»

«Wir holen das Abendessen mit Anita und Dieter nach», sagt Petra. Ihr Gesichtsausdruck lässt keinen Zweifel daran aufkommen, wer für diese Planänderung verantwortlich ist – nein, wer daran *schuld* ist. Außerdem macht ihr Ton sehr deutlich, dass sie mich im Falle eines nochmaligen Versäumnisses nicht mehr mit dem Leben davonkommen lässt und das am liebsten auch schon beim letzten Mal nicht getan hätte.

«Ah, okay», sage ich gleichmütig. Sie sollen bloß nicht glauben, dass ich mich einschüchtern lasse.

«Trägst du es dir bitte in deinen Kalender ein?» Petra achtet sorgfältig auf eine höfliche Formulierung, obwohl sie mir wahrscheinlich gern eine abgesägte Schrotflinte an den Kopf halten würde.

Ich verdrehe genervt die Augen, ziehe mein Handy aus der Hosentasche und öffne die Kalender-App.

«Hast du keinen richtigen Kalender?», fragt Petra gereizt.

«Das *ist* ein richtiger Kalender. – Mittwoch? Sechzehnter November?» Ich tippe geschäftsmäßig auf dem Bildschirm herum.

«Ja, Mittwoch, sechzehnter November. Und sei pünktlich an der Kita.» Mein Vater bemüht sich sehr um Autorität. Wenigstens ist es ihm ein bisschen unangenehm. Er sieht zu, wie ich den Termin eintrage, und erkundigt sich: «Guckst du denn da überhaupt ab und zu rein?»

«Ich hab mir eine Erinnerung eingestellt.»

«Ach so. Gut.» Er wirkt beruhigt.

«Dann solltest du vielleicht öfter davon Gebrauch machen», ergänzt Petra schnippisch.

Sie muss einfach immer das letzte Wort haben.

Als ich zur Bushaltestelle komme, sitzt Sebastian schon da. Das ist ungewöhnlich; meistens steht er. Die drei Sitzplätze im Wartehäuschen werden im Grunde nur von klapprigen alten Leuten oder Muttis mit Kinderwagen benutzt. Ich stelle mich vor ihn. «Na? Zu schwach zum Stehen heute?» Noch während ich das sage, fällt mir auf, dass er noch blasser ist als gewöhnlich – falls das überhaupt möglich ist. Und vielleicht ist meine Bemerkung vor dem Hintergrund seiner Krankheit auch irgendwie taktlos. Aber zu spät, ich kann sie nicht mehr zurücknehmen.

Er steht auf, als wäre es ihm peinlich. «Voll stressig zu Hause», murmelt er.

«Wieso? Was ist denn los?»

«Ach. Wegen der Tabletten.» Er späht angestrengt den Spandauer Damm entlang, ob der Bus schon zu sehen ist.

Ich warte einen Moment ab. Es folgt keine nähere Erklärung. «Weil sie die rationieren?», hake ich schließlich nach.

«Mhm.» Er nickt mit zusammengepressten Lippen und schließt verärgert kurz die Augen.

Wieder tritt eine Pause ein. Ich bin unsicher, ob ich nachhaken soll. Macht man das so als guter Freund? Zeigt man damit Interesse? Oder setzt es ihn unter Druck? Klar interessiert es mich, aber muss ich das jetzt echt beweisen? Noch während ich über diese Fragen des Beziehungsmanagements nachgrüble, sagt er: «Sorry, ich bin echt angenervt heute. Meine Mutter meint …» Er verstummt. Ich sehe ihn aufmerksam an, bis er weiterspricht. «… in den Weihnachtsferien soll ich mal ganz ohne Medikamente klarkommen.»

«Wieso das denn?»

«Weil sich ‹Giftstoffe im Körper anreichern›.» Die Anführungszeichen des Zitats sind deutlich zu hören, auch wenn er sie nicht mit den Händen in die Luft malt.

«Aber du brauchst doch die Tabletten! Du hast doch gesagt, du kommst sonst morgens überhaupt nicht in die Gänge!»

Er hebt die Schultern und lässt sie resigniert wieder fallen. «Tja. Dann werde ich Weihnachten und Silvester eben verschlafen.»

49

Frederik hat angerufen: Wir kriegen die Wohnung! Ich hatte während der letzten Tage immer wieder daran gedacht und es insgeheim gehofft, aber gleichzeitig versucht, meine Erwartungen runterzuschrauben, weil ich dachte, wir hätten keine große Chance. Vor Freude hüpfe ich durchs Zimmer.

Dass ich weiter bei Papa und Petra wohnen bleibe, steht gar nicht mehr zur Debatte. Ich glaube, niemand wird mich dazu drängen, nicht mal mein Vater, denn selbst der hat weniger Ärger, wenn er mich nur am Wochenende sieht. Es ist nicht so, dass ich an seiner Zuneigung zweifle, aber solange ich mit in seinem Haushalt lebe, muss er sich ständig mit irgendjemanden solidarisieren – entweder mit Petra oder mit mir –, und das findet er spürbar anstrengend.

Ich schreibe Mathea, die mich sofort beglückwünscht und mir ein Selfie schickt, das mit einer Spaß-App zu einem Raubkatzengesicht verfremdet wurde. Selbst als Tigerin sieht sie noch verdammt gut aus.

Danach rufe ich Sebastian an. Wie erwartet hat er Zeit. Diesmal öffnet er mir die Tür selbst. Wie immer dröhnt harter Techno durchs Treppenhaus, noch lauter als gewöhnlich. Er ist offensichtlich allein. Wir gehen rauf in sein Zimmer, und er stellt die Musik leiser, damit wir uns unterhalten können.

Ich erzähle von der Wohnung und von meinem neuen Zimmer und wie sehr ich mich darauf freue. «Das einzig Blöde ist, dass wir dann keine Nachbarn mehr sind.»

«Dann müssen wir uns wohl ganz normal verabreden, oder?», sagt Sebastian. «Im Bus treffen wir uns ja bald nicht mehr.» Ich erkenne sehr deutlich die unausgesprochene Frage darin: Willst du überhaupt mit mir befreundet bleiben, oder war ich für dich nur ein Schulwegbegleiter?

«Stimmt. Ich glaub, das ist mir zu mühsam», sage ich leichthin und beobachte, wie Sebastian eine Sekunde lang die Augen aufreißt. Dann fangen wir beide an zu lachen.

«Du Arsch», grinst er.

«Mann, du glaubst aber auch jeden Scheiß!», kontere ich.

Sebastian gähnt zwischendurch immer wieder. Das kenne ich bereits, und ich weiß, dass es nicht an meinem langweiligen Gequatsche liegt, aber es kommt mir vor, als wäre es heute schlimmer als sonst. Als hätte er meine Gedanken erraten, sagt er nach dem sechsten oder siebten Gähnen: «Sorry, ich bin heute echt …» Er macht eine vage Handbewegung, die praktisch alles bedeuten kann.

«Kein Problem», sage ich und füge hinzu: «Also, jedenfalls für mich nicht», denn für ihn ist es natürlich schon eins.

«Ich nehm sonntags nur eine. Weil ich ja sonntags nicht lernen muss und so.»

Wie jedes Mal, wenn er mir von der Rationierung seiner Medikamente erzählt, macht mich das tierisch wütend. «Was ist denn eigentlich so schlimm an diesen Tabletten? Ich meine, ja, okay, die haben heftige Nebenwirkungen …»

«*Können* Nebenwirkungen haben», korrigiert Sebastian. «Eigentlich merk ich aber gar keine.»

«Aber dann ist es doch erst recht total bescheuert!»

Er zuckt die Achseln und guckt aus dem Fenster. Das Thema ist ihm nicht angenehm. Mir egal.

«Gib mir mal den Beipackzettel», sage ich energisch.

«Was willst du denn damit?»

«Gib einfach her.»

Zögernd geht er ihn holen. Ich falte das Blatt auseinander und überfliege die Warnhinweise – nicht einnehmen bei Allergien, unregelmäßigem Herzschlag, Bluthochdruck und so weiter –, bis mein Blick an der Zeile «Kinder und Jugendliche unter 18 Jahren sollten dieses Arzneimittel nicht einnehmen» hängenbleibt. Kurz bin ich etwas verunsichert, aber dann sage ich mir, dass Sebastians Arzt ihm das Zeug schließlich verschrieben hat. Ganz unten finde ich dann endlich, wonach ich suche. «Die übliche Dosierung beträgt zweihundert Milligramm pro Tag. Das wären zwei Tabletten, richtig?»

«Ja.»

«Siehst du! Und hier steht: Ihr Arzt kann Ihre Tagesdosis auf bis zu vierhundert Milligramm erhöhen. Also vier Tabletten! Das wäre völlig okay, wenn du dich damit besser fühlst!»

Wieder zuckt Sebastian nur die Achseln. Vielleicht ist er einfach zu müde, um sich gegen seine Mutter durchzusetzen.

«Was sagt denn dein Arzt dazu? Hast du ihm erzählt, dass deine Mutter dich so kurzhält?»

«Nein. Er hat damals bloß gesagt, dass man vorsichtig sein muss und dass man nicht überdosieren darf und so. Jetzt müssen wir bloß alle paar Wochen in der Praxis das Rezept abholen.»

Ich presse die Lippen aufeinander und blase geräuschvoll Luft durch die Nase. Die labern alle irgendeinen theoretischen Scheiß, aber sie kriegen gar nicht mit, wie Sebastian jeden Tag zu kämpfen hat, um überhaupt die Augen offen zu halten. «Wann kommt denn deine Mutter wieder?»

Sebastian guckt mich erschrocken an. «Wieso?»

«Ich könnte doch mal mit ihr reden.»

«Echt jetzt?»

«Warum nicht?»

Aber als sich gegen fünf seine Zimmertür öffnet und Sebastians Mutter den Kopf reinstreckt, rutscht mir das Herz ziemlich tief in die Hose. Fast bis runter in die Socken.

«Bin wieder da, Schatz. – Joschka! Wie schön, dich zu sehen! Das ist ja eine Überraschung.»

Ich stehe auf, um ihr zur Begrüßung die Hand zu schütteln. Vielleicht ist das übertrieben, keine Ahnung. Aber kann ja nicht schaden, wenn ich bei ihr was erreichen will.

«Möchtest du mit uns zu Abend essen?»

Ich wechsle einen ganz schnellen Blick mit Sebastian und sage dann: «Oh, das ist echt nett von Ihnen. Gerne!»

Sie lächelt. Es sieht aufrichtig aus. «Dann koch ich uns mal was. Ihr könnt so in zwanzig Minuten runterkommen.»

Es sind die längsten zwanzig Minuten meines Lebens. Ich gehe immer wieder alle Optionen durch. Wie fange ich an? Wie vermeide ich es, sie in die Enge zu treiben? Welche Argumente kann ich vorbringen? Sebastian gegenüber lasse ich mir nichts anmerken, denn ich will ihn da nicht mit reinziehen. Aber ich bin mindestens genauso unkonzentriert wie er, wenn die Wirkung seiner Tablette nachlässt.

Wir setzen uns an einen minimalistisch, aber schön gedeckten Tisch. In der Mitte brennt eine Kerze, die wie eine Lotosblüte geformt ist. Unter den Tellern liegen Tischsets aus Reisstroh oder so was. Fast erwarte ich Stäbchen anstelle von Messer und Gabel, aber zum Glück darf ich mit richtigem Besteck essen, und auch das Essen ist nicht gerade exotisch: Ofenkartoffeln mit Kräuterquark und Salat.

Ich kriege kaum was runter, weil ich so aufgeregt bin. Wie soll ich denn bloß loslegen? Der erste Satz ist der schwierigste. Schließlich bietet Sebastian mir eine Steilvorlage, weil er in einem seiner Sekundenschlafanfälle die Gabel fallen lässt. Sie landet klirrend auf seinem Teller und rutscht dann zu Boden. Ich hebe sie auf, bringe sie zur Spüle und frage, wo ich frisches Besteck finde; seine Mutter sagt es mir. Sebastian entschuldigt sich mehrfach.

«Ist doch nicht schlimm, Schatz», sagt seine Mutter, und an mich gewandt: «Das ist sehr lieb, vielen Dank.»

«Ich finde es auch nicht schlimm», sage ich und setze mich

wieder an den Tisch, «aber für Sebastian ist es das schon, glaub ich.» Ich rücke meinen Stuhl näher an den Tisch heran. «Ich meine, in der Schule … Den anderen fällt ja auch auf, wenn er zwischendurch immer wieder einschläft, und die machen sich dann darüber lustig.»

«Wirklich? Wie unreif!»

«Ich weiß nicht», sage ich. «Ist doch eigentlich normal. Alles, was anders ist, bietet erst mal eine Zielscheibe.» Ich werfe ihr einen schnellen Blick zu. Das hat gesessen. Sie wirkt ein bisschen erstarrt. «Außerdem muss er ja auch immer total kämpfen, um überhaupt mitzukommen im Unterricht. Obwohl er nun wirklich nicht blöd ist. Eigentlich steht ihm nur die Müdigkeit im Weg, sonst könnte er einer der Besten in der Klasse sein.» Das ist vermutlich übertrieben, zumindest kann ich das überhaupt nicht beurteilen, aber Eltern kriegt man doch über die Leistungsschiene immer am besten, oder? Meine würden da jedenfalls bestimmt drauf abgehen.

Jetzt geh ich aufs Ganze. «Ich hab mir mal den Beipackzettel von seinem Medikament durchgelesen. Da steht, dass man bis zu vierhundert Milligramm pro Tag nehmen kann. Vielleicht würde das Sebastian echt helfen, wenn er die Dosis ein bisschen erhöht.»

«Dann hast du bestimmt auch die Liste mit den Nebenwirkungen gelesen», erwidert seine Mutter steif.

Mit diesem Einwand habe ich natürlich gerechnet. «Ja, klar. Hört sich gruselig an. Zum Glück hat Sebastian ja nicht eine einzige davon. Er verträgt die Tabletten offenbar total gut.» Es kommt mir zunehmend albern vor, dass wir uns hier über ihn unterhalten, als wäre er gar nicht da.

Offensichtlich empfindet Sebastian das genauso. «Das stimmt.» Nicht viel, aber besser als nichts.

«Man könnte es ja mal ausprobieren», schlage ich vor. «Zwei, drei Wochen lang auf vierhundert Milligramm hochgehen. Und wenn er dann irgendwelche unangenehmen Nebenwirkungen hat, probiert er es eben mit dreihundert. Aber ich bin sicher, er würde seine Leistungen dadurch total steigern.» Was mir natürlich relativ egal ist – ich will vor allem, dass mein Freund sich besser fühlt.

Seine Mutter fängt jetzt an, mit der raffgierigen und korrupten Pharmaindustrie zu argumentieren, und ich höre mir das höflich an und nicke sogar bestätigend. Am Ende sage ich: «Das kann natürlich alles sein. Schrecklich! So genau habe ich mich ja mit dem Thema gar nicht befasst. Ich finde es nur immer so schlimm, mit ansehen zu müssen, wie Sebastian sich rumquält.» Und genau das wäre eigentlich *dein* Job, füge ich in Gedanken hinzu.

50

Um fünf vor acht springt Emma mit leicht geröteten Wangen und verwuschelten Haaren direkt vor mir und Sebastian vom Fahrrad und kettet es an einem der Metallbügel an. «Hey, ihr zwei!» Sie richtet sich auf, schwingt den Riemen ihrer Tasche über die Schulter und öffnet den Reißverschluss ihrer Jacke. Ich inhaliere den Weichspüler-Duft. «Wir sind spät dran, oder?»

Sebastian guckt auf sein Smartphone. «Noch vier Minuten. Das schaffen wir noch.»

Zu dritt laufen wir die Treppe hoch in den Klassenraum. Emma lächelt mir zu, als sie zu ihrem Sitzplatz abbiegt. Ich bin sehr stolz darauf, wie vielsagend ich zurücklächle.

«Da geht doch noch was», murmelt Boris grinsend, während ich mich neben ihn setze, und noch ehe ich darauf antworten kann, kommt auch schon der Herr Korsch rein, und der Unterricht beginnt.

Es geht um Verantwortung und Mitgestaltung, das passt ganz gut zu dem, was Sebastian mir heute Morgen im Bus erzählt hat. Meine Intervention hat tatsächlich etwas in Gang gesetzt: Seine Mutter hat sich bereit erklärt, einen Arzttermin für ihn zu machen, damit das Thema der Dosierung seines Medikaments noch mal besprochen werden kann.

Vielleicht bringt es ja was. Wenn er sich ein bisschen einsetzt und es schafft, den Arzt auf seine Seite zu ziehen, hat er eine Chance, aus seinem Dauerhalbschlaf zu erwachen. Es ist nicht unbedingt die große Wende, die ich mir erhofft hatte, aber es ist ein Anfang, und ich bin ziemlich zufrieden mit mir. Plötzlich hab ich sogar Lust, mich am Unterricht zu beteiligen. Drei Beiträge in einer einzigen Doppelstunde. Nach dem dritten Mal lächelt Emma mir noch mal zu, und ich gehe fast durch die Decke vor Glück.

In der Hofpause kreuzt sie meinen Weg. «Ach, übrigens, ich gehe übermorgen zu Love me Gender», sagt sie. «Hab einen Termin um halb sechs. Die sitzen ganz bei dir in der Nähe, am Kaiserdamm. Willst du mitkommen?»

«Ja, klar, kann ich gerne machen», antworte ich, noch ehe mir überhaupt eingefallen ist, was Love me Gender ist.

«Okay, super!» Sie wirkt aufrichtig erfreut. «Dann muss ich nicht alleine gehen.»

Erst jetzt kommt mein Gedächtnis hinterhergehumpelt: Love me Gender, ist das nicht diese LGBT-Beratungsstelle? Fuck. Warum kann sie mich nicht fragen, ob ich mit ihr ins Kino oder zu McDonald's gehe?

Egal. Ich hab ein Date mit Emma! Alles andere ist Nebensache.

51

Als ich am Mittwoch nach der Schule in die S-Bahn steige, zittern meine Hände vor Aufregung. Das erste Mal, dass ich Emma außerhalb der Schule sehen werde. Von diesem Treffen hängt *alles* ab. Wenn ich das verkacke, wird sie mich nie wieder fragen. Ich muss cool sein und souverän und intelligent und liebenswert und sexy und … ach, keine Ahnung, einfach perfekt. Zu Hause hab ich noch eine halbe Stunde Zeit, ich kann mir die Zähne putzen und mir vielleicht ein bisschen von Papas Paco Rabanne auf den Hals sprühen, oder wäre das zu krass?

Mein Plan ist, Emma nach dem Gespräch in der Beratungsstelle noch zu einer Cola einzuladen. Oder sogar zum Essen. Ich hab ja Geld für die Nachhilfestunden bekommen. Für alle Fälle werde ich mal einen Fünfziger einstecken.

Kommt das übertrieben rüber, wenn ich sie zum Essen einlade? Oder angeberisch? Oder fände sie es toll?

Ich kann das überhaupt nicht einschätzen. Meine Gedanken rotieren.

Während ich am Heidelberger Platz umsteige, vibriert das Handy in meiner Hosentasche. Nachricht von Emma? Sagt sie ab? Meine Hände zittern noch stärker.

Aber es ist gar keine Nachricht, sondern eine Erinnerung.

Leon abholen

Einen Moment lang fühlt es sich an, als würde jemand eine Druckluftpistole von oben auf meine Schädeldecke setzen und abfeuern. Alles in meinem Körper sackt nach unten, mein Kopf wird völlig leer und hohl, während es sich in der Magengegend schmerzhaft zusammenballt.

Leon abholen.

Daran hab ich überhaupt nicht mehr gedacht.

Ich muss meinen kleinen Bruder von der Kita nach Hause bringen und mich den ganzen Nachmittag und Abend um ihn kümmern, und wenn ich das nicht tue, bekomme ich so einen Höllenärger, dass ich mir wünschen werde, nie geboren worden zu sein. Aus dieser Nummer komm ich nicht raus. No way.

Was wiederum heißt: Mein erstes und garantiert einziges Date mit der Frau, die ich seit über einem Jahr liebe, wird nicht stattfinden. Sie hat mir eine großzügige Chance gegeben, und ich werde sie nicht wahrnehmen. Vielleicht ist sie enttäuscht, vielleicht ist es ihr egal, vielleicht ist sie sogar erleichtert, weil sie mich eigentlich sowieso eher langweilig findet, aber etwas sagt mir mit absoluter Gewissheit, dass sie mich *nie, nie, nie* wieder fragen wird, ob wir uns außerhalb der Schule treffen wollen. Emma ist so. Sie sagt, was sie will, und wenn sie es nicht kriegt, wendet sie sich ohne Bedauern und ohne zurückzuschauen etwas anderem zu.

Jemand anderem, in diesem Fall.

Ich schließe die Augen und versuche, ganz tief durchzuatmen, aber es wird nur ein zittriger Seufzer.

Es ist vier Minuten nach fünf, als Leon neben mir den Gehweg entlangwackelt. Er hat ein Spielzeugauto in der Hand, das er am ausgestreckten Arm durch die Luft fahren lässt, und imitiert dabei mit vorgeschobenen Lippen Motorengeräusche. Emma müsste inzwischen aus ihrer Schülerratssitzung raus sein. Ich wähle ihre Nummer. Die Nummer, die sie erst Montag eigenhändig in meinen Telefonspeicher getippt hat. «Nur falls irgendwas dazwischenkommt.» In dem Moment habe ich mich gefühlt, als würde ich schweben. Jetzt scheine ich Beton auf den Schultern zu haben.

«Joschka! Hi! Alles okay bei dir? Ich bin schon in der U-Bahn.»

«Hi, Emma. Ja, also, äh, nein. Ich meine, ich kann nicht … ich schaff das gleich nicht.»

«Oh!» Sie klingt enttäuscht.

«Ich hab total vergessen, dass ich heute auf meinen kleinen Bruder aufpassen muss. Meine … Eltern sind nicht da. Ich hab ihn gerade vom Kindergarten abgeholt, und … tja. Tut mir echt leid.»

«Du hast einen kleinen Bruder? Wie alt ist der denn?»

«Fünf.»

«Aww, süß! Dann bring ihn doch einfach mit! Ist doch kein Problem.»

Auf diese Idee wäre ich nicht gekommen. Leon mitnehmen zu meinem ersten Date mit Emma? Zu einer Beratungsstelle für Schwule, Lesben und Transgender? Wie abgefahren ist das denn?

Andererseits ... Was soll schon passieren? Ich meine, es ist ja nur eine Beratungsstelle und nicht der Christopher Street Day. Und selbst wenn.

Emma hat recht.

«Hm, könnte ich eigentlich machen. Wenn es dich nicht stört?»

«Quatsch, warum sollte mich das stören?» Sie lacht. «Ich liebe Kinder!»

Emma steht bereits vor dem Eingang von Love me Gender, als ich mit Leon den Kaiserdamm herunterkomme. Bei ihrem Anblick wird mein Herz zum Luftballon. Das ist der Moment, den ich monatelang herbeigesehnt habe!

Als sie uns entdeckt, winkt sie uns zu. Ich winke zurück. «Da ist sie», sage ich überflüssigerweise. Leon schweigt und macht ein misstrauisches Gesicht.

Offensichtlich hat Emma nicht nur ein Herz, sondern auch ein Händchen für Kinder, denn innerhalb weniger Sekunden schafft sie es bereits, Leon ein Lächeln zu entlocken, und noch ehe wir in die Räumlichkeiten der Beratungsstelle hineingehen, reden die beiden bereits miteinander wie alte Freunde. Meine Anwesenheit wird dadurch weitgehend überflüssig. Trotzdem bin ich nicht beleidigt, denn ich kann mich gar nicht satt daran sehen, wie Emma sich zu meinem kleinen Bruder hinunterbeugt und wie sie ihn anlächelt. So mütterlich irgendwie. Total geil.

Das Büro ist mit bescheidenen Mitteln eingerichtet. Wahrscheinlich ist die ganze Ausstattung aus Spenden zusammengestellt, jedenfalls passen die Stühle nicht zum Schreibtisch und die Grünpflanzen nicht zu den Übertöpfen, aber es hat einen gewissen improvisierten Charme.

Wir werden von einer riesigen Frau begrüßt, die sich als Diana vorstellt und definitiv nicht als Frau geboren wurde. Sie hat Hände wie Baggerschaufeln, ein kantiges Kinn und eine rauchige Stimme. Aber was immer man tun kann, um sich als Frau zu präsentieren, hat sie getan: Sie trägt ein Kleid, hat lange Haare, ist mit Goldschmuck behängt, und ihre großen Fingernägel sind dunkelrot lackiert.

Ähnlich wie Emma fährt auch sie total auf Leon ab, der sich allerdings ängstlich an mich drückt und sich weigert, mit ihr zu sprechen.

Diana deutet auf eine Sitzecke mit nicht zueinander passenden Sofas und Sesseln. «Wollen wir es uns da gemütlich machen?»

Ich wähle einen sehr breiten Sessel, auf dem Leon auch noch Platz findet. Das Reden überlasse ich Emma, die routiniert und ohne jedes Anzeichen von Verunsicherung unser Schulprojekt vorstellt und dann unser eigentliches Anliegen präsentiert, nämlich einen Transsexuellen einzuladen, der bei der Abschlussveranstaltung aus seiner Erfahrung berichtet.

Diana belehrt uns, dass wir doch lieber den Begriff «Transmensch» oder «Transperson» verwenden sollten, da es sich nicht um eine sexuelle Orientierung handele. Mir ist das peinlich – obwohl ich bisher kein Wort gesagt habe –, aber Emma nimmt es ganz locker und bedankt sich sogar für den Rat.

Dann erkundigt Diana sich, wann diese Veranstaltung denn stattfinden soll.

«Das hat noch ein bisschen Zeit, erst nach den Weihnachtsferien. Am vierzehnten Januar.»

Diana zieht einen kleinen gelben Taschenkalender aus ihrer Handtasche und schlägt ihn auf. «Der Vierzehnte? Das ist ein Samstag. Wunderbar! Wenn es euch recht ist, komme ich höchstpersönlich!»

Das ist bestimmt nett und so, aber ich fühle mich dabei unwohl. Diana ist so … so *klischeehaft* trans. Ich meine, jeder sieht sofort, dass sie … ach, verdammt.

Egal wie ich das formuliere, es ist wahrscheinlich politisch unkorrekt. Darf ich sagen: im falschen Körper geboren wurde? Egal, jedenfalls sieht man es, und das bestätigt die ganzen Vorurteile, die in unserer Klasse umgehen. Und ich hätte mir gewünscht, dass es anders läuft. Aber ich habe natürlich überhaupt kein Recht, mich zu beschweren, und werde es auch nicht tun.

Mir wird gerade klar, dass Frederik *kein* klischeehafter Transmensch ist. Vielleicht ist es einfacher für jemanden, der als Frau geboren wurde. Es gibt mehr zierliche Männer als riesige Frauen mit Baggerhänden.

Dann denke ich an Mathea, die nicht im Entferntesten irgendetwas Männliches hat.

Und ich erkenne, dass es sinnlos ist, immer neue Kategorien aufmachen zu wollen. Es gibt offenbar *alles*. Punkt.

Aus Emmas Sicht war unsere Mission ein hundertprozentiger Erfolg. Sie lässt sich noch einen Stapel Flyer mitgeben, die aus jeder nur erdenklichen Perspektive über Transpersonen und ihre Anliegen informieren, dann schütteln wir Dianas gewaltige Hand, und dann stehen wir wieder draußen auf dem lärmigen, nach Abgasen riechenden Kaiserdamm.

Ich hatte mir den weiteren Verlauf des Abends in den leuchtendsten Farben ausgemalt, aber solange Leon mir an der Backe klebt, kann ich das mit dem romantischen Essengehen vergessen. Außerdem würde es viel zu spät, er muss ja spätestens um acht ins Bett.

Heißt das, dass ich Emma jetzt wirklich wieder gehen lassen muss? War das alles? Wir haben doch überhaupt nicht miteinander gesprochen!

Während ich noch unschlüssig auf dem Gehweg stehe, sagt sie: «Und du hast heute Abend also sturmfrei?»

Ich starre sie ungläubig an. Sie lächelt mit leicht schräggelegtem Kopf.

Gute zwei Stunden später sitzen wir im Wohnzimmer und trinken Wodka-Orange. Nur ganz wenig Wodka mit viel Orangensaft. Ich will mich ja nicht abschießen und Emma erst recht nicht. Aber irgendwie wäre es uncool, den Abend bei Limonade ausklingen zu lassen, denn immerhin haben wir gerade wie ein supererwachsenes Elternpaar einem Fünfjährigen Abendbrot gemacht, ihn beim Zähneputzen und Händewaschen beaufsichtigt und ihm drei Gutenachtgeschichten vorgelesen. Emma hat sogar ein Schlaflied gesungen.

Leon war ziemlich aufgedreht und wollte seine neue Freundin beeindrucken, aber sie hat das ganz entspannt in den Griff bekommen, und ich glaube, jetzt schläft er tatsächlich. Die ganze Zeit hat es sich so angefühlt, als wäre Leon *unser* Kind. Es hat irgendwie eine ganz besondere Verbindung zwischen uns hergestellt.

Ich bin auch gar nicht mehr unsicher oder nervös, als ich jetzt endlich mit Emma alleine bin. Wir gehen so vertraut miteinander um, als wären wir seit Jahren ein Paar, einschließlich Neckereien und liebevoller kleiner Seitenhiebe. Also, ich kann nur jedem raten, sich irgendwo einen kleinen Bruder auszuleihen, wenn er an ein Mädchen rankommen will.

Ich schließe mein Handy an die Anlage meines Vaters an und lasse leise Musik von meiner Playlist laufen. Die große Deckenleuchte mache ich aus, sodass der Raum nur noch von zwei kleinen Tischlampen erhellt wird. Ich zünde sogar Kerzen an.

«Jetzt machst du aber echt Stimmung», sagt Emma. Sie klingt oft ein bisschen spöttisch, aber ich habe inzwischen erkannt, dass es nicht verletzend gemeint ist, sondern nur scherzhaft.

«Willst du lieber fernsehen?», frage ich.

Sie lacht. «Bloß nicht! Es sei denn, Diana Kalz läuft gerade!»

So, wie sie es sagt, müsste ich offensichtlich wissen, wer das ist. Tue ich aber nicht. Ich überlege, was ich antworten soll.

Emma bemerkt mein Zögern. «Sag bloß, du hast sie nicht erkannt!»

«Was?» Erkannt? Wen denn?

«Na, Diana! Das war doch Diana Kalz!» Emma fuchtelt ungeduldig mit den Händen herum.

«Wie … du meinst … *die* Diana? Die aus der Beratungsstelle?»

«Ja, klar!»

«Und … die kommt im Fernsehen?»

«O Mann, Joschka! Logisch! Die hat doch diese Talkshow auf Berlin Vision!» Sie schüttelt ungläubig den Kopf. «Hast du denn überhaupt nicht zum Thema recherchiert? Die kennt doch jeder, der sich mit queeren Fragen beschäftigt! Hier in Berlin ist Diana echt Kult!»

Ich beweise gerade offenbar eine furchtbare Bildungslücke. Erst ganz allmählich wird mir klar, was das bedeutet. «Und dann kommt sie persönlich zu uns an die Schule?»

«Ja, das ist es doch!» Sie muss so lachen, dass sie beinahe den Orangensaft verschüttet. «Das ist doch gerade das Tolle! Hast du das noch gar nicht geschnallt? *Diana Kalz!* Und die steht bei uns auf der Bühne!» Emma erzählt mir, welche Gäste Diana Kalz schon in der Sendung hatte und wie sie immer die intimsten Geheimnisse aus denen rauskitzelt.

Je mehr sie schwärmt, desto deutlicher wird mir, dass ich einiges verpasst habe. Emma verspricht, mir Links zu schicken. Dann schaut sie sich um.

«Was suchst du?»

«Hast du vielleicht eine Wolldecke? Mir ist irgendwie kalt.»

Ich hole eine aus meinem Zimmer und breite sie über Emma aus.

«Wow, die ist total kuschelig. Willst du mit drunter?»

Mir ist nicht kalt, aber ich wäre ja schön bescheuert, dieses Angebot abzulehnen.

Als Emma um kurz vor zehn nach Hause muss, fühlt es sich an wie ein Abschied für immer. Wir schaffen es einfach nicht, einander loszulassen oder uns zum endgültig letzten Mal für heute zu küssen. Sie ist schon bis zur Straßenecke gegangen und rennt dann wieder zu mir zurück. Wir fallen uns ein weiteres Mal in die Arme.

Trotzdem ist sie irgendwann unwiderruflich weg.

Ich setze mich in das leere Wohnzimmer und wickle mich in die Decke, die nach ihr riecht. Ist das gerade wirklich passiert? Haben wir uns geküsst? Einfach so? Wieso hab ich denn mindestens sieben Jahre lang Angst vor diesem ersten Kuss gehabt und mich gefragt, was genau ich da machen soll, wenn ich im entscheidenden Moment überhaupt nicht nachdenken musste?

Ob es auch ihr erster Kuss war? Vermutlich nicht. Jedenfalls hat sie genauso wenig gezögert wie ich. Und es war auch kein bisschen peinlich. Unsere Nasen waren nicht im Weg, das Atmen klappte problemlos, ich hatte nicht das Gefühl, eklig zu schmecken oder Mundgeruch zu haben, ich habe genau im richtigen Moment automatisch die Augen geschlossen, und unsere Ausgangsposition war perfekt und so bequem, dass wir im Grunde kaum Kusspausen einzulegen brauchten.

Der ganze Stress war also völlig umsonst.

Stattdessen habe ich jetzt ein Problem, mit dem ich überhaupt nicht gerechnet hatte: *Ich will mehr!*

Noch während ich dort sitze und mein Gehirn allmählich wieder in Betrieb nehme, geht bereits Emmas erste Nachricht ein.

Vermiss dich jetzt schon

Ich strahle mit meinem Handybildschirm um die Wette und gewinne um Längen.

ich dich auch ich halt das nicht aus bis morgen

Damit beginnt ein WhatsApp-Marathon, der bis halb drei andauert und bloß deshalb ein Ende findet, weil ich mit dem Telefon in der Hand einschlafe.

Obwohl wir einander gleich morgens nach dem Weckerklingeln schon wieder Liebesbotschaften schicken, bin ich auf dem Weg zur Schule ziemlich nervös. Das liegt nicht am Schlafmangel – ehrlich gesagt steht Schlaf im Moment ganz weit unten auf meiner Prioritätenliste –, sondern eher daran, dass ich nicht so richtig weiß, wie ich mich Emma gegenüber verhalten soll.

Ist das okay, wenn ich sie vor aller Augen in den Arm nehme? Kann ich sie zur Begrüßung küssen? Was sagen die anderen dann? Und wie findet sie das? Ist es ihr peinlich? Oder ist sie umgekehrt sauer, wenn ich mich in der Öffentlichkeit eher zurückhalte, weil sie denkt, dass ich mich für sie schäme?

Aber vielleicht schämt sie sich ja ihrerseits für mich? Oder sie will es noch nicht gleich der ganzen Klasse auf die Nase binden, dass wir jetzt zusammen sind? Sind wir das überhaupt? Ist das, was wir gestern miteinander hatten, ein verbindlicher Hinweis darauf? Oder bewerte ich das total über, und es war bloß ein bisschen Rummachen ohne Verpflichtungen?

Das macht mich alles so unsicher, dass ich nicht mal Sebastian von den neuen Entwicklungen erzähle. Obwohl er mich mindestens drei Mal fragt, was denn mit mir los ist und wieso ich so zappelig bin und ob ich ihm überhaupt zugehört habe.

Zugehört? Wieso? Hat er was gesagt?

52

Fast einen Monat später, als Emma und ich auf dem Weihnachtsmarkt an einer Würstchenbude stehen und aus einer großen Plastikflasche Senf auf unsere Pappteller drücken, müssen wir beide darüber lachen. «Ich hab echt gedacht, du kennst mich vielleicht am nächsten Tag gar nicht mehr», gestehe ich ihr. Denn wir erzählen uns alles. Wirklich komplett alles. Jeden Gedanken, der uns durch den Kopf geht, jedes Wort, das wir in Abwesenheit des anderen gesprochen haben, jedes noch so unbedeutende Detail.

«Ich auch!», beichtet sie. «Oder dass du dich vor deinen Freunden darüber lustig machst.»

«Echt? Das hast du mir zugetraut?»

Sie zuckt die Schultern. «Na ja, ich kannte dich doch noch nicht so gut!»

Uns beiden kommt es vor, als sei das Jahre her. Jahrzehnte. Inzwischen kennen wir einander besser, als wir uns jemals selbst gekannt haben.

Emma ist so offen und ehrlich, dass es mich fast ein bisschen erschreckt. Oder sagen wir mal, bei jedem anderen würde es mich erschrecken, während ich es bei ihr wahnsinnig aufregend, süß und sexy finde. Denn wenn sie mir in allen Details von der Untersuchung bei der Frauenärztin berichtet oder mir gesteht, dass sie ohne ihr handgestricktes Kuschelschaf nicht schlafen kann, zeigt das ja, wie sehr sie mir vertraut. Und das gibt mir das Gefühl, vertrauenswürdig und stark zu sein und dass es etwas Ernstes ist mit uns.

Ich weiß bald auch alles über ihre Familie und gehöre schon

fast mit dazu. Mindestens drei Mal in der Woche fahre ich nach der Schule noch mit zu Emma. Ihr Vater ist Redakteur bei einem Nachrichtenmagazin und arbeitet häufig im Home Office, und ihre Mutter ist wissenschaftliche Referentin bei einem Familienforschungsinstitut.

Bei Hanischs ist es üblich, am Esstisch stundenlange Debatten zu führen. Es gibt buchstäblich nichts, worüber sie nicht diskutieren. Dabei haben sie noch nicht mal sonderlich gegensätzliche Standpunkte, aber trotzdem können sie sich an einem Thema endlos abarbeiten, notfalls an Detailfragen. Wenn man das einmal erlebt hat, wundert man sich nicht mehr, dass Emmas mündliche Mitarbeit in der Schule alle Lehrerträume übertrifft.

Ich finde das bewundernswert, aber es macht mir ein bisschen Angst. So viel Engagement und Meinungsbildung bin ich nicht gewohnt. Es ist nicht so, als wäre meine Familie ein Haufen dumpfer Flachzangen, aber, ich weiß nicht, beim Essen reden wir doch eher über ganz normale Sachen. Wer das Altglas wegbringen soll und so.

Ich sitze also meistens ziemlich still daneben, wenn die Familie sich die Köpfe heißredet, außer einmal, da geht es um Verkehrspolitik, und ich kann mein gesamtes ansonsten nutzloses Faktenwissen zum Thema öffentlicher Nahverkehr in Berlin anbringen.

Inzwischen weiß jeder, dass Emma und ich zusammen sind. Am Anfang war es mir ein bisschen unangenehm, weil ich befürchtet hatte, dass andere sich darüber lustig machen würden – und das tun sie tatsächlich, jedenfalls manche. Bloß dass es mir überhaupt nichts ausmacht. Im Gegenteil. Je blöder ihre Sprüche, desto deutlicher wird, dass sie einfach nur neidisch sind. Und beneidet zu werden ist echt eine ziemlich coole Angelegenheit.

Boris will immer Einzelheiten von mir hören, hauptsächlich ob wir schon miteinander geschlafen haben. Ich verrate ihm nicht, dass Emma damit warten will, bis sie mindestens siebzehn ist. Stattdessen deute ich an, es würde nicht mehr lange dauern, ich hätte sie bald so weit. Alles andere wäre rufschädigend für mich. Aber ansonsten lasse ich ihn, Jan und Steven gern an meinen Erfahrungen teilhaben.

Noch mehr interessiert Boris sich allerdings für Mathea. Sie und ich schreiben einander inzwischen mindestens alle zwei Tage. Wir schicken uns Bilder oder kurze Lageberichte, und vielleicht könnte man unseren Austausch als Flirt bezeichnen, aber uns beiden ist klar, dass wir nie mehr als Freunde sein werden. Sie weiß natürlich auch von Emma und ist anhand der Fotos, die ich ihr geschickt habe, davon überzeugt, dass wir perfekt zueinander passen. Mathea war eine Zeitlang in einen Finn verliebt, aber der hat sich dann für eine andere entschieden, dieser Spacko.

Ich habe Emma schon sehr früh von Mathea erzählt, damit da gar nicht erst Missverständnisse aufkommen. Trotzdem ist sie ein bisschen eifersüchtig. Solange sich das im Rahmen hält, finde ich das okay. Nein, ich korrigiere: Ich finde es schmeichelhaft. Aber ich sage Emma trotzdem immer wieder, dass niemand gegen sie auch nur die geringste Chance hat.

Mein Vater und Petra haben Emma auch schon kennengelernt. Und natürlich Liska. Eigentlich ist es toll, wie gut Emma und meine Schwester miteinander klarkommen – nur stört es mich, dass sie dabei äußerst persönliche Informationen über mich austauschen, und zwar unbeeindruckt von meiner Anwesenheit.

«So ist der immer, wenn er Hunger hat», sagt Liska zu meiner Freundin. «Beachte ihn einfach gar nicht. Oder gib ihm einen Keks.»

Emmas Offenheit – sosehr ich sie auch bewundere – ist der Anlass für unseren ersten Streit. Oder eigentlich die Tatsache, dass ich in dieser Hinsicht nicht mithalten kann.

Ja, wir erzählen uns alles, aber ein Tabu gibt es für mich natürlich doch, und das ist Frederik. Was meine familiäre Situation angeht, habe ich Emma so viel verraten, wie ich konnte, ohne dieses Thema anschneiden zu müssen. Ich hatte ein Problem mit meiner Mutter, bin deshalb im Sommer zu meinem Vater und seiner neuen Frau gezogen, blablabla.

Dummerweise steht ja jetzt Weihnachten unmittelbar bevor. Geplant ist, dass ich Heiligabend mit Frederik und Liska feiere, so wie ich das mein Leben lang getan habe, und dann am zweiten Feiertag wieder zu Papa und Petra zurückkehre. Aber ich habe bei dieser Planung nicht berücksichtigt, dass unsere Familie sich durch Emma sozusagen vergrößert hat.

«Ich hab mit meinen Eltern gesprochen», verkündet sie strahlend. «Sie haben nichts dagegen, wenn ich Heiligabend so gegen neun zu euch fahre. Und sie würden mich dann auch später wieder abholen.»

«Hey, cool!» Ich freue mich sogar ein paar Sekundenbruchteile lang, ehe mir klarwird, was das bedeutet. Mein freudiges Lächeln wird zur Grimasse.

«Dann lerne ich auch endlich mal deine Mutter kennen», fährt Emma fort. «Wird ja langsam Zeit, oder? Man könnte fast meinen, du willst mich vor ihr verstecken!» Sie streicht mir zärtlich über den Rücken.

«Was? Äh, nee, Quatsch», stammele ich, während ich fieberhaft darüber nachdenke, wie ich mich aus der Affäre ziehen kann. «Ich weiß bloß noch nicht so genau, was jetzt Weihnachten bei uns geplant ist, also, keine Ahnung, ob wir zu Hause feiern oder wie.» Zugegeben ein äußerst schwaches Argument, weil Emma und ich uns erst vor ein paar Tagen gegenseitig von den Weihnachtsritualen unserer Familien erzählt haben.

«Wo könntet ihr denn sonst feiern?», fragt Emma erstaunt.

«Ähm, ich weiß nicht – vielleicht will meine Mutter verreisen oder so?»

«Hat sie das gesagt?»

«Nee. Also, mehr so eine Andeutung. Vielleicht hab ich das falsch verstanden. Aber das soll ja dann bestimmt eine Überraschung sein.»

«Hm. Was hat sie denn genau gesagt?»

Es war klar, dass ich mit meinen Ausflüchten nicht durchkomme. Nicht bei Emma. Ihre glasklare Logik – also genau das, wofür ich sie so liebe – kann mir in einer solchen Situation nur zum Verhängnis werden.

Trotzdem sitze ich jetzt schon so tief in der Falle, dass ich keine Fluchtmöglichkeit mehr sehe, und indem ich mich immer mehr in Widersprüche verwickle, mache ich es kein bisschen besser. Zuerst ist Emma verletzt, weil sie denkt, ich würde mich meiner Mutter gegenüber für sie schämen, dann wird sie sauer. Am Ende streiten wir uns so heftig, dass sie mich vor dem Kino stehenlässt und einfach weggeht, und auch wenn sie sich bemüht hat, es zu verbergen, habe ich gesehen, dass sie weint.

Wir sind beide nicht in der Lage, es längere Zeit ohne einander auszuhalten. Noch in derselben Nacht versöhnen wir uns per WhatsApp, am nächsten Tag dann auch persönlich. Ich entschuldige mich immer wieder für mein blödes Verhalten und versichere ihr, dass ich es total super fände, wenn sie Heiligabend zu uns kommt, obwohl es nicht einfach ist, das glaubhaft rüberzubringen.

Bis Weihnachten habe ich noch eine Woche Zeit. Mir wird klar, dass ich es ihr vorher sagen muss. Die Vorstellung, dass sie Frederik zur Begrüßung höflich die Hand schüttelt und mich dann später flüsternd fragt, wer das eigentlich ist und wo meine Mutter hingegangen ist, kann ich nicht ertragen.

Genauso wenig wie die Vorstellung, ihr alles erzählen zu müssen.

Leider gibt es praktisch keine Alternative.

Es sei denn, ich erfinde doch noch irgendeine Ausrede, aber die muss dann so raffiniert und ausgefeilt sein, dass sie keinen Verdacht schöpft. Mit anderen Worten: Ich habe keine Chance. Emma lässt sich nicht verarschen.

Trotz der Ausweglosigkeit meiner Situation schiebe ich die Aussprache immer weiter hinaus. Jeden Tag nehme ich mir aufs Neue vor, es ihr zu sagen, aber dann ergibt es sich irgendwie nicht, oder es passt nicht, oder wir sind nicht allein, oder wir haben es gerade so schön miteinander, oder es ist sonst irgendwas. Und jeden Abend beim Einschlafen fühle ich mich beschissener.

In der Nacht auf den vierundzwanzigsten Dezember schlafe ich nicht mal mehr ein.

Ich liege mit weit aufgerissenen Augen im Dunkeln und hoffe auf irgendein Wunder. Dass die Hanischs kurzfristig beschließen, Weihnachten auf Mallorca zu verbringen. Dass Frederiks Waschmaschine ausläuft und die ganze Wohnung überschwemmt. Meinetwegen auch dass ich einen Unfall habe und Heiligabend im Krankenhaus verbringen muss. Warum kann man sich nicht den verdammten Fuß verstauchen, wenn man es *wirklich* gebrauchen könnte?

Stattdessen läuft alles unerbittlich planmäßig ab, und gegen vier Uhr nachmittags sitze ich im Bus, um zu Liska und Frederik zu fahren. Neben mir steht die Tasche mit den Weihnachtsgeschenken für meine Schwester, für Frederik und für Emma.

Zum ersten Mal seit der Trennung meiner Eltern verschwende ich keinen Gedanken daran, wie toll alles früher war, als wir noch zu viert gefeiert haben und eine heile Familie waren. Während der letzten Jahre haben mir solche Grübeleien regelmäßig die Vorfreude versaut. Was für ein Idiot ich doch war! Heute habe ich zur Abwechslung mal ein *echtes* Problem.

53

«Willst du noch was? Sonst würde ich den jetzt lieber in den Kühlschrank stellen», sagt Frederik und deutet auf die Schüssel mit dem Kartoffelsalat.

«Mhm», mache ich vage.

«Was denn jetzt?»

Mein Kopf ruckt hoch. «Was?»

«Mann, Joschka!», ruft Liska ärgerlich. «Was ist denn los mit dir? Bist du so verknallt, dass du nicht mal mehr ein paar Stunden Zeit mit deiner Familie verbringen kannst?»

«Hä, wieso?», stelle ich mich dumm, obwohl ich genau weiß, dass ich den ganzen Abend abwesend, unkonzentriert und schweigsam war. Mich gegen Liska zu verteidigen ist so eine Art Reflex, den ich mir über die Jahre antrainiert habe. «Das ist doch Bullshit!»

Frederik trägt achselzuckend die Schüssel weg und bemerkt im Rausgehen: «Stimmt aber wirklich, Joschka. Irgendwie ist heute nichts mit dir los.»

Ich lese zum tausendsten Mal die Uhrzeit von meinem Handybildschirm ab. «Hältst du die letzte Stunde ohne sie noch aus, oder soll ich dir einen Arzt rufen?», spottet Liska.

Ich verkneife mir eine angemessen bissige Antwort, aber nur weil Weihnachten ist. «Ich muss mal kurz telefonieren», murmele ich stattdessen und gehe mich im Badezimmer einschließen. Liska ruft mir irgendwas hinterher, das ich nicht verstehe. Wahrscheinlich besser so.

In der gefliesten Abgeschiedenheit verlässt mich der Mut. Ich stecke das Handy wieder in die Tasche und pinkele, obwohl ich gar nicht muss. Ich wasche mir übertrieben lange die Hände. Ich starre mich im Spiegel an. Ich betrachte die Utensilien auf der Ablage: eine überquellende Kollektion von Lippenstiften, Mascara, Kajalstiften, Parfümflakons, Nagellack, Haarspray und Wattepads. Alles von Liska. Ganz am Rand stehen ein Zahnputzbecher, ein Herrendeo und eine Dose Rasierschaum.

Ich atme tief durch und ziehe das Handy hervor. Viertel nach acht. Es lässt sich nicht mehr aufschieben.

Kurz vor Mitternacht stehen Emma und ich draußen auf der stillen Straße und warten auf ihre Eltern. Die Temperatur liegt unter dem Gefrierpunkt, aber der eisige Wind hat nachgelassen.

«Und *deshalb* hast du so ein Riesentheater gemacht?», sagt Emma kopfschüttelnd. Bei jedem Wort steigt ein Dampfwölkchen aus ihrem Mund auf. «Was hast du dir denn vorgestellt? Dass ich mich weigere, Frederik die Hand zu schütteln? Oder dass ich mit dir Schluss mache, weil du zwei Väter hast, die beide total nett sind?»

«Keine Ahnung.» Im Nachhinein weiß ich es selbst nicht mehr genau. Es war jedenfalls anders als erwartet. Emma hat sich regelrecht *gefreut*, als sie mein Gestotter am Telefon endlich verstanden hatte: «Echt? Das ist ja superspannend!»

Wenn ich jetzt darüber nachdenke, überrascht es mich gar nicht mehr besonders. Ausgerechnet Emma! Sie ist die Letzte, die an Minderheiten jeglicher Art Anstoß nehmen oder sich über sie lustig machen würde. Dafür ist sie viel zu neugierig auf alternative Lebensentwürfe.

«Ich weiß auch nicht. Ich hab es eben noch niemandem erzählt. Wenn ich gewusst hätte, wie locker du das nimmst …»

«Joschka.» Sie steht ganz dicht vor mir, die Hände in meinen Jackentaschen, und drückt sich an mich. «Mein armer Schatz. Du musst dich ja ganz schön rumgequält haben.» Obwohl sie sich dabei ein Grinsen nicht verkneifen kann, tun mir ihre verständnisvollen Worte gut. Einen Moment lang halten wir einander fest. Sie legt den Kopf an meine Schulter, ich vergrabe die Nase in ihrem blonden Haar.

Was glitzert denn da so?

«Hey! Guck mal!»

Jetzt schaut auch Emma auf und folgt meinem Blick zur Straßenlaterne. Lauter winzige Sternchen sinken in ihrem Leuchtkegel zu Boden. Auf dem Gehweg bilden sie eine hauchfeine Schicht.

«Der erste Schnee in diesem Jahr! Und das ...», Emma guckt auf die Uhr, «... am ersten Weihnachtstag um eine Minute nach Mitternacht!»

«Das ist schon ein bisschen kitschig, oder?»

Emma stöhnt und versetzt mir einen Stoß mit dem Ellbogen. «Musst du denn immer so unromantisch sein?»

Vielleicht, so überlege ich später, habe ich diese sachliche Art von Frederik geerbt. Der ist nämlich auch kein Typ für Rührseligkeiten, und er redet nicht gern über Gefühle. Ich hatte zwar befürchtet, dass er so was sagt wie: «Endlich hast du mich mal jemandem von deinen Freunden vorgestellt – du ahnst nicht, wie glücklich mich das macht!», aber so ein Spruch kommt nicht.

Ist auch nicht nötig. Ich weiß trotzdem, wie viel es ihm bedeutet. Ich habe es daran gemerkt, wie gerne er sich mit Emma unterhalten hat. Über unsere bevorstehende Projektpräsentation haben die beiden lange geredet.

«Echt, Diana Kalz?» Frederik schob beeindruckt die Unterlippe vor.

«Ach, du kennst die?», habe ich gefragt.

«Na klar», sagten er und Emma wie aus einem Munde. Als wären *sie* hier die Zwillinge.

Später hat er meiner Freundin kleine Tipps gegeben, wie sie mich am besten dazu bekommt, das zu tun, was sie will. Und ich hab an seinen Blicken gesehen, dass er stolz auf mich ist.

Meine Schwester dagegen muss immer über alles Zwischenmenschliche reden, je emotionaler, desto besser. Nachdem Emma von ihren Eltern abgeholt worden ist, fängt sie an, mich auszuquetschen. «Wie hat Emma denn reagiert, als du ihr das gesagt hast? War das nicht eine Riesenüberwindung für dich? Ist sie jetzt echt die Einzige, die Bescheid weiß? Willst du es nicht so langsam auch mal Boris erzählen? Oder Sebastian?»

Ich gebe mir Mühe, ihren bohrenden Fragen auszuweichen und möglichst vage Antworten zu geben, aber sie treibt mich immer mehr in die Enge. Schließlich sagt Frederik: «Liska, nun lass es doch mal gut sein. Vielleicht will er jetzt gerade nicht darüber reden.» Und mit einem Gähnen fügt er hinzu: «Ich bin sowieso platt. Ich geh schlafen.»

Diese Anregung nehme ich dankbar auf. Mit einem ausgiebigen Recken meiner Arme mache ich deutlich, dass ich ebenfalls bettreif bin. Was ich übrigens keineswegs simulieren muss, ich habe letzte Nacht schließlich stundenlang wachgelegen.

Von Emma kommt noch eine Nachricht, die genau die richtige Balance zwischen Kopf und Herz findet:

> War echt toll dass ich Frederik kennenlernen durfte. Du siehst ihm so ähnlich!! und ich bin jetzt totalstolz auf dich. I love you

Während ich mich in meinem vertrauten alten Bett zusammenrolle, fühle ich mich, als hätte ich gerade ganz alleine den Zweiten Weltkrieg gewonnen.

54

«Was macht ihr denn Silvester so?», fragt Sebastian, während wir in die Kirschenallee abbiegen. Wir waren mit Emma und Michelle bei Ikea, um uns Klappsofas anzusehen. Michelle hat das Geld dafür von ihren Großeltern zu Weihnachten bekommen. Keine Ahnung, warum sie noch drei Begleitpersonen mitnehmen musste, um eine Vorauswahl zu treffen – und warum wir am Ende mit Kissen, einem Spiegel, Duftkerzen, Bilderrahmen und knallbunten Trinkhalmen an der Kasse standen. Ist aber auch nicht so wichtig, denn wir hatten einen lustigen Nachmittag, und ich habe Emma auf jedem Sofa geküsst, auf dem wir probesitzen mussten.

Jetzt sitzen die Mädchen im Bus, während Sebastian und ich unser jeweiliges Zuhause schon fast erreicht haben. Der Schnee knirscht unter unseren Schritten.

«Keine Ahnung. Und du?»

Sebastian zuckt die Schultern. «Meine Eltern fahren weg. Skifahren im Engadin.»

«Wie jetzt? Die lassen dich über Silvester alleine?»

«Ich hätte schon mitgekonnt, aber ich wollte nicht. Ich hab Freitag diesen Arzttermin. Den wollte ich nicht noch mal verschieben.»

Das verstehe ich. Für Sebastian ist der Termin so wichtig wie für andere Leute die Einschulung ihres ersten Enkelkindes oder so. «Ich dachte, deine Mutter wollte mit da hingehen.»

«Ja, schon. Aber sie können das Haus umsonst haben, das gehört Freunden von meinen Eltern, die selbst über Silvester nach New York fliegen. Dafür müssen sie auf die Katzen aufpassen.»

Ich rutsche auf einer Gehwegplatte aus, die unter der Schneeschicht vereist ist, schaffe es aber, mich auf den Beinen zu halten. «Soll *ich* dann mitkommen?», biete ich an. Ich gehe nämlich auch nicht gern alleine zu Ärzten; meistens nehme ich Liska mit.

Er lächelt, ohne mich anzusehen. «Das wär schon ziemlich geil, glaub ich.»

Vielleicht denken wir gerade das Gleiche: dass wir nicht mehr viel Zeit miteinander verbracht haben, seit Emma und ich zusammen sind. Dann fällt mir auf, dass ich die Frage nach Silvester gar nicht beantwortet habe, und gleichzeitig wird mir klar, dass hier eine weitere Chance liegt, etwas wiedergutzumachen. Sogar eine, die im allseitigen Interesse sein könnte. «Was hältst du denn davon, wenn wir Silvester was zusammen machen?»

Mein Plan geht zu hundert Prozent auf.

«Ich hatte überlegt, ob ich ein paar Leute einladen soll. Ich meine, unser Haus ist ja groß genug», sagt Sebastian vorsichtig. «Bloß … na ja …»

«Schon klar», sage ich, um ihm weitere Erklärungen zu ersparen. Er hat nun mal kaum Freunde. «Also, ich könnte Boris fragen und Jan und Steven, wenn du willst. Emma kommt todsicher. Michelle auch.» Je länger ich rede, desto besser gefällt mir die Idee. «Und natürlich Liska, Peggy und Ricarda. Ach, und dann kommt bestimmt auch Mathea mit, die ist nämlich über Silvester in Berlin.»

55

«Du hast mir gar nicht gesagt, dass das ein Psychiater ist», flüstere ich Sebastian zu und gebe mir Mühe, den Mann mit der Zahnbürste nicht anzustarren. Er hatte sie bereits neben sich auf dem freien Stuhl, auf dem Boden zwischen seinen Füßen, in der Brusttasche seines Hemdes und auf seinem Bein platziert. Jedes Mal hat er sie ein paar Minuten lang unschlüssig betrachtet, um sie anschließend woanders unterzubringen.

«Na klar, was denn sonst?», entgegnet Sebastian ohne Anzeichen von Verspanntheit. «Sonst könnte der doch die Medikamente nicht verschreiben.»

Die Punkerin mit dem Kaugummi, die schon seit unserem Eintreten wütend aussieht, schlägt mit der rechten Faust in ihre linke Handfläche. «Da braucht ihr gar nicht zu flüstern! Ich hör das trotzdem, jedes Wort hör ich! Ihr Muttersöhnchen! Hat Mutti euch fein gekämmt, was? Ihr Schlappschwänze! Schwuchteln! Ihr seid so richtig abgefuckte Tunten! Immer so tuschel, tuschel, ey, meint ihr, ich wär blöd, oder was?»

Ich traue mich nicht, sie anzusehen. «Meint die uns?», flüstere ich besorgt.

Sebastian guckt ebenfalls woandershin. «Scheint so.»

In diesem Moment kommt die junge Frau von der Anmeldung. «Frau Drewitz, kommen Sie dann bitte?»

Die Punkerin wirft uns noch einen fiesen Blick zu und murmelt im Rausgehen ein paar Flüche. Sebastian und ich sehen uns mit großen Augen an und fangen dann beide an zu lachen, während der Mann gegenüber die Zahnbürste in seine Armbeuge legt wie ein Baby und sich beschützend über sie beugt.

Der Psychiater ist um die fünfzig, trägt eine Pilotenbrille mit Silberrand und hat die Haare nach hinten gekämmt. Falls er sich darüber wundert, dass Sebastian in meiner Begleitung auftaucht, lässt er es sich nicht anmerken. Er begrüßt uns mit derselben Höflichkeit, die er vermutlich auch volljährigen Patienten entgegenbringt. In einem etwas abgetrennten Teil seines riesigen Sprechzimmers steht die klassische Ledercouch, aber wir nehmen vor seinem Schreibtisch Platz und er dahinter.

Sebastian bringt sein Anliegen mit bewundernswerter Selbstsicherheit und Ruhe auf den Punkt. Vielleicht liegt es daran, dass er schon öfter hier war. Meine Unterstützung braucht er eigentlich gar nicht, aber trotzdem gebe ich irgendwann meinen Senf dazu: «Er ist schon mehrmals im Unterricht eingeschlafen. Einmal ist er sogar gestürzt und hat sich am Kopf verletzt.»

«Geht ihr in dieselbe Klasse?», erkundigt sich der Psychiater.

«Ja. Seit den Sommerferien.»

Der Arzt nickt nachdenklich, prüft Sebastians Krankenakte am Bildschirm seines Computers und klickt mit der Maus. Er stellt einige Fragen, zum Beispiel, ob Sebastian häufig Kopfschmerzen hat, ob er immer zur selben Zeit ins Bett geht und ob er unter Appetitlosigkeit leidet. Er prüft sogar seinen Blutdruck.

Die ganze Zeit bin ich total angespannt, als ginge es um meine Zulassung zum Abitur oder so was. Eigentlich wollte ich mich zurückhalten, aber dann halte ich es nicht mehr aus und platze heraus: «Auf dem Beipackzettel steht, man kann bis zu vier Tabletten täglich nehmen.»

Aus dem Augenwinkel bemerke ich, dass Sebastians Kopf zu mir herumruckt, aber ich konzentriere mich ganz auf den Psychiater, der mich mit einem undurchschaubaren Gesichtsausdruck angrinst. «Na ja, und was man nicht selbst braucht, dafür findet man dann schon Abnehmer, stimmt's?»

Es dauert ein paar Sekundenbruchteile, bis ich verstehe. Ich starre ihn entgeistert an. «Das ist doch nicht Ihr Ernst!»

Er fixiert mich noch eine Weile, aber vermutlich kommt er zu der Einschätzung, dass meine Empörung nicht gespielt ist. Sein Blick wandert wieder zum Bildschirm. «Tut mir leid», sagt er. «Aber leider kommt es gar nicht so selten vor, dass dieses Medikament auf dem Schwarzmarkt gehandelt wird. Vor ein paar Jahren fiel es sogar noch unter das Betäubungsmittelgesetz. Es löst natürlich nicht denselben Kick aus wie Kokain, aber es macht wach und konzentriert, besonders, wenn man es nur gelegentlich anwendet. Studenten nehmen das gerne vor Prüfungen.»

«Echt? Das wusste ich gar nicht!»

«Probier es besser nicht aus.» Er befragt Sebastian weiter, diesmal speziell zu seiner Aufmerksamkeit in der Schule und zu seinen Noten. Endlich lehnt er sich in seinem Drehsessel zurück und legt die Hände auf die Armlehnen. «Gut. Wir erhöhen zuerst mal auf dreihundert Milligramm. Nimm eine morgens, eine mittags gegen zwölf und die dritte spätestens um sechzehn Uhr. Achte darauf, dass du immer zwischen zehn und elf ins Bett gehst. Iss regelmäßig, vor allem morgens. Nicht ohne Frühstück aus dem Haus!» Er hebt den Finger wie ein strenger Lehrer.

«Können Sie das … irgendwie aufschreiben oder so? Weil, meine Mutter … die meint ja immer, zweihundert Milligramm wären eigentlich schon zu viel», sagt Sebastian schüchtern.

«Kein Problem.» Der Arzt beugt sich vor und zieht die Tastatur des Computers zu sich heran. «Und in vier Wochen möchte ich dich wieder hier sehen. – Brauchst du noch ein neues Rezept?»

Sebastian nickt.

«Schön. Bekommst du beides draußen am Empfang, und lass dir gleich einen neuen Termin geben.»

Als wir unten auf der Straße sind, hebe ich die rechte Handfläche auf Kopfhöhe, und Sebastian schlägt seine mit einem lauten Klatschen dagegen. Anschließend schielen wir hoch zu den Fenstern der Praxis. «Scheiße. Jetzt *weiß* er, dass wir dealen», sage ich lachend.

56

«Drei … zwei … eins … yeah!» Emma und ich fallen uns in die Arme und beginnen das neue Jahr mit einem Kuss. Meinetwegen könnte der bis Juli dauern, aber wir müssen ja auch die anderen umarmen, Liska und Mathea und Boris und Sebastian, Peggy und Steven, Ricarda, Michelle, Jan sowie die beiden Mädchen, die Liska noch mitgebracht hat und deren Namen ich mir bis jetzt nicht gemerkt habe.

Sebastian hat den ganzen Abend noch kein einziges Mal

gegähnt, geschweige denn einen seiner kleinen Aussetzer gehabt. Ich weiß nicht, ob er sich an den Vorschlag seines Psychiaters gehalten und nur auf drei Tabletten erhöht oder ob er zur Feier des Tages noch eine draufgelegt hat. Jedenfalls ist er so gut drauf wie schon ewig nicht mehr. Habe ich ihn überhaupt je so lebendig erlebt? Ich glaube nicht.

Mathea und Boris lassen einander nach der Neujahrs-Umarmung gar nicht mehr los. Sie haben schon den ganzen Abend miteinander gesprochen, gelacht, getanzt und geflirtet. Zwischen den beiden sprühen so viele Funken, dass man sich Sorgen um den Brandschutz machen muss. Und jetzt bleibt Boris' Arm einfach um Matheas Schultern gelegt und ihrer um seine Taille, als wären das ihre einzig richtigen Verwendungszwecke.

Eine knappe Stunde später stehe ich mit Emma auf der überdachten Veranda hinter Sebastians Haus. Von drinnen dröhnen dumpf die gewohnten Techno-Bässe. Es schneit wieder, dabei biegen die Tannen sich schon jetzt unter der Last.

«Ich glaube, das letzte Jahr war eins der besten in meinem Leben», sage ich. «Jedenfalls die letzten Monate.» Ich gebe Emma einen Kuss. «Weil wir jetzt zusammen sind.»

«Nur deshalb?»

«Nee. Auch weil … keine Ahnung. Weil wir heute Abend hier alle zusammen feiern und Sebastian endlich genügend Medikamente kriegt. Und weil du Frederik kennengelernt hast und trotzdem nicht mit mir Schluss gemacht hast.»

«Bist du blöd?», protestiert Emma sofort. «Als ob!»

«Und weil ich bald umziehe.»

«Aber dein Vater ist auch voll nett», sagt Emma. «Ich meine, der andere.»

Er und Petra haben sich bereit erklärt, heute Abend sozusagen die Aufsicht zu führen. Sie sind zu Hause – knapp dreihundert Meter entfernt – und jederzeit erreichbar, und Petra war schon hier, um sich davon zu überzeugen, dass wir Sebastians Elternhaus nicht verwüsten, dass niemand sich ins Koma gesoffen hat und dass wir unsere Silvesterraketen ordnungsgemäß in leere Flaschen stecken, ehe wir sie anzünden. Ohne dieses Angebot hätten wir vermutlich nicht feiern dürfen.

«Ich freu mich trotzdem, wenn ich wieder mit Frederik und Liska zusammenwohnen kann. Irgendwie hab ich die beiden voll vermisst.» Mit Frederik habe ich kurz nach Mitternacht ein paar Nachrichten ausgetauscht; telefonieren ging nicht, weil das Netz überlastet war. Er feiert bei Tante Juliane, wo es offenbar auch ganz schön hoch hergeht.

«Ich freue mich auf das neue Jahr», sagt Emma und kuschelt sich enger an mich. «Ich hab das Gefühl, es wird *noch* besser.»

57

Kaum hat die Schule wieder angefangen, wird es hektisch. Die Abschlusspräsentation unseres Themenprojekts ist eine richtig große Sache, und Emma ist die oberste Koordinatorin. Sie hat eine Arbeitsgruppe gebildet, die sich mit den Details befasst. Es ist nicht allzu überraschend, dass ich ein Teil davon bin, obwohl ich das eigentlich nie wollte.

Das Entscheidende ist der Wettbewerb. Es nehmen in ganz Berlin über dreißig Schulen daran teil, und der Gewinner bekommt eintausend Euro. Die wollen wir natürlich abgreifen. Frau Schramm-Bassermann hat uns zugesichert, dass sie nicht an die Schule ausgezahlt, sondern in die Klassenkasse wandern würden, denn das Projekt hat ja auch nur unsere Klasse alleine gestemmt. Das heißt, wir könnten nächstes Schuljahr eine superkrasse Reise machen, vielleicht nach Rom oder nach London, anstatt wie die anderen im Bayerischen Wald wandern zu gehen. Der Anreiz ist groß genug, damit jeder seinen Teil dazu beiträgt, sogar Leute wie Charlene oder Mesud.

Schon seit Wochen basteln wir an einer PowerPoint-Präsentation, einer Wandzeitung, einem Blog und am Programm für die Veranstaltung, aber jetzt rückt der Tag immer näher, und jeder hat das Gefühl, seine Aufgaben niemals pünktlich fertig zu kriegen.

Emma und ich haben seit Schulschluss am Layout des Blogs gearbeitet und dann noch ein paar Stichworte für das Interview mit Diana notiert. Das soll sozusagen den Höhepunkt unserer Präsentation darstellen, deshalb ist es wichtig, die Fragen sorgfältig zu formulieren – auch damit Diana uns nicht wieder zurechtweist, weil wir aus Versehen irgendwas Diskriminierendes gesagt haben.

«Wer soll das Interview denn eigentlich machen?», erkundige ich mich. «Am besten du selbst, oder? Du kannst auf jeden Fall am besten vor Publikum auf einer Bühne stehen. Und du fängst bestimmt nicht an zu stottern.» In dem Schultheaterstück letztes Jahr war sie echt toll. Sie hat die anderen total an die Wand gespielt.

«Ich will aber nicht immer überall in der vordersten Reihe stehen. Wie wär's, wenn du das Interview übernimmst?»

Ich reiße entsetzt die Augen auf. «Ich? No way!» Sie scheint das nicht mal als Witz gemeint zu haben. Na gut, ich gebe zu, dass es mir ein kleines bisschen schmeichelt, wie viel sie mir zutraut. Aber trotzdem. «Nee, ich kann so was nicht, echt.»

«Das seh ich anders.» Emmas Gesicht bekommt diesen entschlossenen Ausdruck, der mir Angst einjagt. «Wir können es doch zusammen machen. Wir teilen die Fragen vorher genau auf. Das ist dann auch lockerer, so ein Dreiergespräch, wie eine Talkrunde, weißt du?»

Mir schnürt sich die Kehle zusammen beim Gedanken, vor der gesamten Schule einschließlich Lehrern und vermutlich sogar noch Presse, Eltern und Gästen mit einer Eins-neunzig-Transe – sorry! – auf der Bühne zu stehen. Aber ein Blick in Emmas Augen genügt, um zu wissen: Widerstand zwecklos.

Ich werde mich später damit befassen. Jetzt ist es fast halb zehn, ich muss nach Hause, und morgen schreiben wir eine SoWi-Klausur, für die ich noch so gut wie gar nicht gelernt habe. Vielleicht sollte ich die ganze Nacht durchmachen. Ich überlege sogar kurz, ob ich Sebastian um eine seiner Tabletten bitten soll, wobei mich tatsächlich erst die blöde Bemerkung des Psychiaters auf diese Idee gebracht hat, aber jetzt ist es zu spät, um noch bei ihm vorbeizugehen, und außerdem möchte ich nicht unbedingt Drogen nehmen, nur um meine Schulleistungen zu verbessern. Da gibt's wahrscheinlich bessere Gründe.

Emma und ich ziehen den Abschied wie immer in die Länge. Daran hat sich in den sieben Wochen, seit wir zusammen sind, noch nichts verändert: Wir können uns einfach nicht voneinander trennen. Manchmal reden wir sogar schon darüber, wie es wohl wäre, wenn wir eine gemeinsame Wohnung hätten. Und einmal habe ich im Bus darüber nachgedacht, welchen Nachnamen wir annehmen sollen, wenn wir mal heiraten, aber Emma Feder hört sich irgendwie genauso scheiße an wie Joschka Hanisch, und Doppelnamen finde ich völlig gestört.

Als ich meine SoWi-Sachen wegräume, ist es fast eins. Ich werde nur ein paar Stunden Schlaf kriegen und bin auch nicht sicher, ob ich den Lernstoff für die Klausur ausreichend nachhaltig in meinen Kopf gehämmert habe, aber das macht mir kaum was aus. Das Wichtigste ist eigentlich, dass ich Emma bald wiedersehe.

58

«Nee, nee, die Übergänge müssen noch flüssiger werden!», kritisiert Michelle, die als Regisseurin unsere Generalprobe lenkt. Noch drei Tage bis zur Abschlusspräsentation. Emma und ich sitzen auf der Bühne der Schulaula rechts und links von Tom, der die Rolle von Diana übernommen hat. «Du machst viel zu lange Pausen, wenn Tom ausgeredet hat.»

«Wieso, ich weiß doch nicht, wann er fertig ist! Der hat doch keinen vorgegebenen Text, den ich auswendig lernen kann!»

«Das merkt man intuitiv», sagt Emma.

Jetzt fängt die auch noch an. «Ach, echt? Und an was?»

«Keine Ahnung. Mimik, Gestik, Körpersprache.»

«Und du bist sicher, dass Diana dieselbe Körpersprache spricht wie Tom?»

Aus dem Zuschauerraum, den ich wegen der Scheinwerfer nicht sehen kann, kommt Gekicher. Na, ist ja prima, wenn die sich amüsieren, aber mir hilft das kein bisschen.

«Okay, macht erst mal weiter», kommandiert Michelle, und Emma übernimmt wieder.

«Eine unserer Erkenntnisse bei diesem Klassenprojekt war, dass es noch sehr viel Unsicherheit gibt. Was raten Sie Menschen, die mit queeren Mitmenschen möglichst locker und natürlich umgehen wollen?»

Und wieder bemüht Tom sich, gleichzeitig zu improvisieren und – ha, ha – witzig zu sein. «Also, *nicht* auf die Titten starren ist *ganz* wichtig.» Die betonten Wörter spricht er mit hoher Stimme und langgezogenen Vokalen aus. «Aber natürlich *auch* nicht auf die *Hose.*» Er zieht die rechte Schulter nach oben und legt vorsichtig die fächerförmig gespreizten Fingerspitzen auf seine Brust. Die Karikatur einer Tucke. «Am besten, ihr guckt *einfach* auf die *Ohren*, denn die sind bei uns *allen* irgendwie *gleich.*»

Ich verdrehe genervt die Augen, schnalze mit der Zunge und schüttele angewidert den Kopf. Sofort werde ich wieder von Michelle ermahnt: «Lass das, Joschka!»

«Na super», fauche ich, «kannst du das Tom vielleicht auch mal sagen? Oder bin ich hier der Arsch vom Dienst?»

Meine Nerven liegen blank, und in solchen Situationen zeige ich mich nicht von meiner besten Seite. Wer tut das schon? Ich reiße mich bloß Emma zuliebe zusammen, sonst hätte ich hier längst alles hingeschmissen. Die scheint völlig tiefenentspannt zu sein, lächelt die ganze Zeit und hat sich noch kein einziges Mal verhaspelt.

Es ist nicht nur Lampenfieber. Das ganze Thema setzt mich unter Druck. Schon bei schwul, lesbisch und intersexuell stolpert man mit jedem dritten Wort in irgendein Fettnäpfchen – nicht nur ich, das geht den anderen genauso. Jeder wartet darauf, dass man irgendetwas sagt, das missverstanden werden kann, und dann gibt es immer ein großes Gekicher. Aber dass ich ausgerechnet das Interview mit der Transfrau machen muss, ist der Härtetest. Die ach so witzigen Sprüche meiner Mitschüler bringen mich echt zum Kochen.

Genauso wie Toms übertrieben tuntiges Getue. «Ach, ihr *könnt* euch einfach nicht *vor*stellen, wie *bezaubernd* ich dieses süße kleine Interview finde!», näselt er gerade wie bei einem Dauerschnupfen.

«Scheiße, Tom, hör auf damit!», fahre ich ihn an. «Du bist so was von krank, Mann! Es ist überhaupt kein bisschen lustig, dass du das hier alles in den Dreck ziehst, okay?»

«*Hach*, was ist denn mit *dir* los, Schätzchen?» Tom sieht mich mit hochgezogenen Augenbrauen an. Seine rechte Hand hängt im Gelenk schlaff nach unten, als wäre sie gebrochen. Ich springe von meinem Stuhl auf und versetze ihm einen kräftigen frontalen Stoß mit beiden Händen gegen die Brust.

Er kippt bedenklich nach hinten und kann sich nur knapp davor retten, mit dem ganzen Stuhl umzukippen. Sofort ist auch er auf den Beinen. «Ey, du Arsch! Bist du bescheuert?» Jetzt hört er sich wieder an wie ein ganz normaler Fünfzehnjähriger. Er stößt zurück. Heftig. Seine Finger bohren sich wie stumpfe Nägel in meine Brust. Instinktiv wehre ich ab, indem ich mit dem Fuß auf sein Schienbein ziele. Dass ich tatsächlich treffe, verblüfft mich kurz, verschafft mir aber auch eine gewisse Befriedigung.

Tom brüllt auf, und diesmal macht er Ernst. Seine Hand ist jetzt zur Faust geballt. Er rammt sie mir in den Magen. Ich taumele zusammengekrümmt zwei Schritte rückwärts. Der Schmerz tritt mit Verzögerung ein, dafür dann umso heftiger.

Und noch während ich wieder vorwärtsstürme, um ihm so richtig eins auf die Fresse zu geben, bremst irgendwas mich mitten in der Bewegung ab und drückt mir zugleich von hinten gegen die Kniekehlen. Ich lande wie eine Comicfigur mit ausgestreckten Beinen auf dem Hintern. Sebastian und Mesud halten Tom fest, der eine am Arm, der andere hinten an der Kapuze seines Hoodies.

Obwohl er vor Wut tobt und dabei Speichelspritzer um sich verteilt, kommt er nicht los und kann daher auch nicht noch mal auf mich einschlagen. Ich sehe über die Schulter nach oben. Es war Boris, der mich gestoppt hat. Er hält mir die Hand hin, um mich wieder auf die Beine zu ziehen. «Lass mal gut sein, Alter.»

Boris bringt mich nach draußen. Ich leiste keinen Widerstand. Wahrscheinlich ist die eisige Januarkälte ganz gut geeignet, um meine Wut abzukühlen. Der nächtliche Schulhof ist von frischem Schnee bedeckt und wird nur von dem gelben Licht erhellt, das aus den Fenstern der Aula dringt.

«Dieser Arsch», stoße ich hervor. «Ich find das so zum Kotzen, wie der sich über die ganze Sache lustig macht!»

Ich trete immer wieder mit der Schuhspitze gegen eine Mauer und habe die Fäuste in den Jackentaschen geballt. Boris hört mir schweigend zu, während ich meine Wut über

Tom rauslasse und dabei mein gesamtes Arsenal an Flüchen, Schmähungen und Schimpfworten einsetze.

«Jetzt komm mal runter, Mann», unterbricht er mich nach ein paar Minuten mitten im Satz. «Bringt doch nichts.»

Ich motze weiter.

«Was regst *du* dich überhaupt so auf?», fragt Boris. «Du hast doch gar keinen Grund. Wenn hier einer ausrasten müsste, wäre ich das ja wohl.»

Ich sehe ihn verständnislos an.

«Na – Mathea?», hilft er mir auf die Sprünge.

«Oh.» Einen Moment lang bin ich sprachlos. «Dann hast du also … hat sie dir … Du weißt Bescheid?» Noch während ich das sage, wird mir bewusst, wie dämlich meine Frage ist. Die beiden sind seit Silvester zusammen, sie schreiben sich täglich schmachtende Nachrichten und telefonieren jeden Abend, Boris will in den Winterferien nach München fahren, er ist bis über beide Ohren verknallt und sie ebenso. Wieso habe ich geglaubt, dass sie ihn über ihre Transsexualität im Unklaren lässt?

Vielleicht weil ich so fest davon überzeugt war, dass das für Boris ein absolutes No-go ist.

Offensichtlich habe ich mich getäuscht. Und auch wenn das einerseits eine gute Nachricht ist, wird mir in diesem Augenblick bewusst, dass es nun noch schwieriger für mich wird, ihm jemals die Wahrheit über Frederik zu erzählen, weil es so komplett sinnlos war, sie ihm die ganze Zeit zu verschweigen.

Das Problem ist jetzt nicht mehr, was er wohl zu meiner familiären Situation sagen wird, sondern was er zu meinem *Verhalten* sagen wird. Und dafür bin ich ganz alleine verantwortlich. Das macht es nicht gerade besser.

«Tut mir leid, okay? Es tut mir leid!» Ich höre mich eher wütend an als schuldbewusst.

Emma scheint das genauso zu empfinden. «Ich möchte nicht mit jemandem zusammen sein, der Konflikte mit den Fäusten löst», sagt sie. Irgendwas daran – ich weiß nicht, ob es ihr etwas arroganter Tonfall ist oder die Formulierung – macht mich noch wütender.

«Ah, okay, und was heißt das im Klartext?»

«Ist das nicht klar genug?»

«Nein, ist es nicht. Heißt das, ich bin abserviert? Dann sag das doch!»

«Wenn du das so verstehen willst? Dann siehst du dich also nicht in der Lage, an dir zu arbeiten und deine Gewaltbereitschaft zu kontrollieren?»

O verdammt! Wie redet die denn mit mir? Am liebsten würde ich ihr meine *Gewaltbereitschaft* gleich hier und jetzt noch mal in allen Details vorführen. Das wäre dann allerdings wohl das endgültige Aus. Und zwar nicht nur für unsere Beziehung, sondern … keine Ahnung, für so ziemlich alles, unter anderem für meine Selbstachtung.

Ich atme tief durch. «Ich bin nicht gewaltbereit.» Es ist mir gelungen, meine Stimme so zu senken, dass ich nicht mehr brülle – ein enormer Fortschritt, wenn man bedenkt, wie sauer ich bin. «Er hat mich provoziert, das weißt du ganz genau.»

«Ja. Und du hast dich provozieren lassen. Und als du es nicht mehr ausgehalten hast, hast du ihn geschlagen.»

«Geschlagen!» Schon schreie ich wieder und lege jede Menge Verachtung in dieses Wort. «Ich hab ihn doch nicht geschlagen! Ich hab ihm bloß einen kleinen Schubser verpasst!»

«Er ist fast mit dem Stuhl umgekippt.»

«Ja, aber eben nur fast! *Er* hat *mich* geschlagen – er hat mir volle Möhre in den Magen geboxt!»

«Ich sage nicht, dass Tom alles richtig gemacht hat. Aber seine Fehler machen dein Verhalten nicht weniger problematisch.»

«Hör mal, kannst du dir dieses Sozialarbeitergelaber nicht einfach klemmen?», fauche ich Emma an.

«Und jetzt richtest du deine Aggressionen gegen mich», sagt sie. Sie hat noch nicht ein einziges Mal die Stimme erhoben oder auch nur die Stirn gerunzelt. Stattdessen prügelt sie mit ihren beschissenen Klugscheißersprüchen auf mich ein. *Das* ist gewaltbereit, und zwar so richtig!

Zum ersten Mal seit acht Wochen trennen wir uns ohne Kuss, ohne Umarmung, ohne zärtliche Worte. Ich sehe mich nicht mal um, als ich in den Bus einsteige.

59

Nichts. Keine Nachricht, kein Anruf. Kein küssender Emoji zur Nacht, kein Herz beim Aufwachen. Nur ein Text von Frederik:

> Sonntag 11 Uhr bei mir ok? Jerry kommt helfen und bringt noch zwei Kumpels mit

An den Umzug habe ich schon länger nicht mehr gedacht. Ich war ja die ganze Zeit mit dieser Projektarbeit beschäftigt.

Aber jetzt habe ich ein schlechtes Gewissen. Für mich ist es nicht allzu schwer: Ich muss bloß die paar Sachen zusammenpacken, die ich jetzt bei Papa habe. Liska und Frederik dagegen müssen eine ganze Wohnung leer- und eine andere einräumen.

soll ich packen helfen

Samstag wäre toll. Hab heute frei und
will schon mal Schränke ausräumen
aber Möbel auseinandernehmen geht
besser mit mehreren

klar kein prblm ich komm nach der vernsltung so 16 uhr

Danke ♥

Na prima. Dann muss ich doch nicht ganz ohne Herz zur Schule fahren. Aber eins von Emma wäre mir jetzt echt lieber, denn ich weiß nach der letzten schlaflosen Nacht, dass ich ohne sie nicht leben kann. Wenn es nötig ist, werde ich mich eben noch mal entschuldigen. Ich kann mich ihr meinetwegen auch zu Füßen werfen. Hauptsache, sie hat mich noch nicht endgültig abgeschrieben.

Da bin ich mir allerdings keineswegs sicher. Warum meldet sie sich nicht? Was soll ich machen, wenn sie mich einfach nicht beachtet – so wie früher? Wenn sie mit Michelle lacht, in Bio ein Referat übernimmt, sich in der Cafeteria das vegetarische Mittagessen bestellt und total durch mich hindurchsieht?

Verdammt, warum hab ich sie angeschrien? Ich hab mich wirklich wie der letzte Neandertaler benommen. Bloß weil ich so stinkwütend war und mich nicht mehr unter Kontrolle hatte. Dabei hatte sie doch gar nichts mit der ganzen Sache zu tun! Sie hat mir bloß gesagt, dass sie mein Verhalten scheiße fand, und das war es ja auch.

Ich bin so nervös, dass ich fast zwanzig Minuten früher aus dem Haus gehe als sonst. Frühstücken kann ich sowieso nichts, mein Magen ist völlig zugeschnürt. Im Geist spiele ich alle Möglichkeiten durch und lege mir für jede davon die passende Reaktion zurecht. Ganz egal, was passiert: Ich will Emma!

Sie steht allein auf dem Schulhof und weint. Fassungslos gehe ich auf sie zu. Ich habe Emma noch nie weinen sehen. Es ist ein erschütternder und herzzerreißender Anblick, der sofort alle meine Schutzmauern wegsprengt.

«Emma …» Ich nehme sie ganz fest in den Arm, drücke sie an mich und streiche ihr über den Rücken. «Hey … ist doch gut … ist doch alles gut …»

Zuerst versteift sie sich ein bisschen, aber dann legt sie die Arme um mich und schluchzt mir die Jacke voll.

«Tut mir leid, wirklich», sage ich leise in ihre winterkalten Haare. «Ich wollte nicht … Ich hab mich echt blöd verhalten.»

Ihr Rücken bebt, sie zieht mehrmals laut die Nase hoch. Ich bin ziemlich verblüfft. Dieses Szenario kam in meinen Überlegungen gar nicht vor. Dass Emma so weich ist, hätte ich nicht gedacht. Dass ich sie zum Weinen bringen kann, bloß weil wir uns streiten und ich mich die ganze Nacht nicht bei ihr melde. Es ist furchtbar und irgendwie auch ein bisschen schmeichelhaft. Jedenfalls fühle ich mich, wie ich sie da im Arm halte und tröste, ziemlich stark.

Emma schluchzt irgendwas, das ich nicht verstehe.

«Abgehakt? Was hast du abgehakt?» Doch nicht mich, oder? Nein, dann würde sie mich bestimmt nicht umarmen.

«Diana!», schnieft sie.

Diana? Was hat die denn damit zu tun?

«Diana hat abgesagt!»

Unwillkürlich zucke ich zurück und schiebe Emma ein Stück von mir weg, um ihr ins Gesicht sehen zu können. Es ist rot, verheult und verquollen. Es ist wunderschön. Ich küsse sie auf die Stirn, so ziemlich die einzige Stelle, die nicht nass ist von Tränen. «Was meinst du damit?»

«Dass sie nicht kommt! Was denn sonst!» Wieder presst Emma sich an meine Brust und wird von Heulkrämpfen geschüttelt.

Ich habe immer noch den Eindruck, dass ich irgendwas missverstanden habe. Diana kommt nicht? Weint Emma deshalb? Aber wieso denn? Ich versuche, das Traurige an dieser Tatsache zu erkennen, und so ganz allmählich dämmert mir, dass es für Emma tatsächlich ein Riesending sein muss.

Sie hat sich seit Monaten in dieses Projekt reingehängt, sie hat wahnsinnig viel Energie und Zeit darin investiert, sie hat alles entwickelt, geplant, organisiert und umgesetzt, sie hat die anderen auf ein gemeinsames Ziel eingeschworen, sie hat uns alle mitgerissen und angetrieben, und sie hat schon jetzt eine Menge Lob und Anerkennung dafür erhalten. Das Interview mit Diana war als Programmhöhepunkt geplant. Wir haben sogar eine Pressemitteilung verschickt. Wenn sie wirklich nicht kommt, entsteht an dieser Stelle eine gravierende Lücke, zumal ein Großteil der restlichen Aktivitäten um den Auftritt herum geplant ist.

«Wieso kommt sie denn nicht?», frage ich.

«Weil sie auf dem Weg nach Frankfurt ist. Ihre Mutter ist gestern gestorben.»

«Oh, Mist», sage ich leise. «Hat sie dich angerufen?»

«Ja. Gerade eben.» Emma befreit sich aus meinen Armen und zieht eine Packung Taschentücher aus ihrer Jacke. Sie wischt sich die Tränen ab und putzt sich die Nase. Ihre Augen schimmern immer noch feucht. «Damit ist die Sache wohl gelaufen», sagt sie mit zittriger Stimme.

Ich werfe einen Blick auf mein Handy. In acht Minuten beginnt der Unterricht, aber wir können doch jetzt nicht einfach in die Klasse gehen und allen sagen, dass unsere Hauptattraktion ausfällt! Nicht nur für Emma ist das eine Enttäuschung, auch wenn es sie am härtesten trifft. Fast alle haben sich Mühe gegeben, gerade in den letzten Tagen. «Können wir nicht irgendeinen Ersatz finden?»

Emma zuckt die Achseln. «Bis morgen? Wie soll das denn gehen?»

Wir lassen beide die Köpfe hängen. Emma schnieft.

In mir formt sich ein Gedanke. Ich dränge ihn weg. Er kehrt zurück. Ich verscheuche ihn energischer. Er kehrt erneut zurück.

«Ich könnte ja …»

Emmas Kopf ruckt hoch. In ihren tränennassen Augen schimmert die Bereitschaft, alles zu akzeptieren, was ich als Lösung unseres Dilemmas vorschlage.

«Ach, nee, ich weiß nicht», sage ich leise und gucke woandershin.

«Was denn? Meinst du …» Emma macht einen Schritt auf mich zu und packt mich an beiden Oberarmen, sodass ich praktisch gezwungen bin, ihr wieder ins Gesicht zu sehen. «Meinst du, du könntest … oh, Joschka!»

Es ist die Art, wie sie meinen Namen ausspricht. Wie ihre Stimme sich dabei ein kleines bisschen überschlägt. Die neu erwachte Hoffnung, die ihr den Atem nimmt.

Frederik öffnet die Tür in durchgewetzten Jeans und einem weiten Holzfällerhemd, das er offen über einem fleckigen T-Shirt trägt. Er hat eine Staubfluse in den Haaren. Seine Augen werden groß und rund. «Joschka! Ich dachte, du kommst erst morgen Nachmittag?»

«Äh, ja. Kleine Planänderung.»

«Aber ich hab die Schränke noch gar nicht leergeräumt!»

«Kein Problem. Also, ich meine, mit den Schränken. Es gibt, äh, ein anderes Problem.»

Frederik mustert mich misstrauisch. «Hast du was genommen?»

Ich muss lachen. Weil ich dermaßen angespannt bin, höre ich mich an wie eine aufgespießte Hyäne.

«Was ist los? Mit dir stimmt doch was nicht!» Frederik lacht nicht mit.

Ich bemühe mich, die Kontrolle zurückzugewinnen. «Also, pass auf. Morgen ist doch die Präsentation von unserer Projektarbeit. LGBT, hab ich dir ja schon erzählt. Emma und ich waren doch extra bei dieser Beratungsstelle und haben mit Diana Kalz gesprochen, und die hatte auch fest zugesagt, dass sie kommt und auf der Bühne ein Interview gibt.»

«Ja. Weiß ich.» Frederik nickt ungeduldig. An Weihnachten hat er sich mit Emma ja ausführlich über unser Projekt unterhalten.

«Also, Diana hat heute abgesagt. Ihre Mutter ist gestorben.» Ich verstumme und gucke ihn an. Er zeigt keine Regung.

«Die ganze Klasse ist fix und fertig», sage ich. «Wir haben total hart an dieser Sache gearbeitet, in der letzten Woche sogar bis in die Nächte. Wir wollen diesen blöden Preis gewinnen, verstehst du? Tausend Euro. Weißt du, was wir mit tausend Euro alles machen könnten?»

Frederik schweigt.

«Aber vor allen Dingen ist das eine Prestige-Sache», fahre ich fort. «Da kommen sogar Leute von der Presse!» Im selben Moment wird mir klar, dass dieser Hinweis vielleicht nicht so klug von mir war, und ich rudere schnell zurück: «Also, jedenfalls haben wir die eingeladen, ich weiß natürlich nicht, ob wirklich jemand kommt.»

Frederik schweigt noch immer.

Ich streife mir den Rucksack von den Schultern und öffne den Reißverschluss meiner Jacke. «Können wir uns nicht kurz hinsetzen?»

Frederik geht mir voraus ins Wohnzimmer. Die Hälfte der Bücherregale ist bereits ausgeräumt, überall stehen Kartons herum. Die Bilder sind abgehängt, an den Wänden gibt es nur noch Nägel über hellen, staubumrandeten Rechtecken. Auch die Jalousien sind weg. Das blasse Winterlicht dringt ungefiltert in den Raum und stellt das Umzugschaos gnadenlos zur Schau.

Ich schiebe einen Zeitschriftenstapel beiseite und setze mich auf die Couch. Frederik lässt sich so vorsichtig in den Sessel sinken, als müsse er jederzeit zur Flucht bereit sein.

«Und weißt du, was das Schlimmste ist?», sage ich. Ich lege eine Kunstpause ein.

«Ich nehme an, das wirst du mir jetzt sagen», erwidert Frederik mit tonloser Stimme.

«Ja. Das Schlimmste, das wirklich Allerallerschlimmste ist …» Ich versuche, seinen Blick festzuhalten. «Emma hat geheult deshalb. Und ich hab sie echt noch nie heulen sehen.»

Noch immer ist Frederiks Miene, abgesehen von einer erhöhten Wachsamkeit, völlig ausdruckslos. Ich seufze. Insgeheim hatte ich gehofft, dass er es von sich aus anbieten würde. Es würde mir die Sache so viel leichter machen. Aber er sagt nach wie vor kein Wort und zwingt mich damit, immer weiterzuplappern.

«Ich meine, wir haben alle viel in dieses Projekt investiert, aber Emma am meisten. Und, na ja, du kennst sie ja. Sie ist schon ziemlich ehrgeizig und so. Sie ist echt … keine Ahnung … Dabei haben wir uns gestern noch gestritten, wegen so einem total blöden Mist, und ich dachte schon, es wäre vorbei.»

Frederik bläst die Wangen auf und lehnt sich im Sessel zurück. «Joschka. Was genau willst du?»

Ich senke den Blick. «Kannst du dir doch denken.»

«Ich soll Diana Kalz ersetzen.»

Eigentlich will ich einen bestätigenden Laut von mir geben, aber meine Stimme versagt, deshalb nicke ich nur.

Frederik kommt mit zwei Bechern Tee aus der Küche zurück. Ich nehme an, er wollte Zeit gewinnen und über meine Bitte nachdenken. Bis jetzt hat er jedenfalls nichts dazu gesagt, weder ja noch nein.

Ich nehme einen Becher entgegen – meine Naruto-Tasse, aus der niemand außer mir trinken darf – und halte die

Nase über den heißen Dampf. Es riecht gut. Nach Zimt und Ingwer.

«Du hast seit fünf Jahren keine Freunde mehr mit nach Hause gebracht», sagt Frederik. «Ich durfte nicht zu den Elternabenden gehen. Du wolltest nicht mal auf der Straße mit mir gesehen werden.»

Beschämt starre ich in den Tee, auf dessen Oberfläche ein Belag schillert wie eine Öllache. «Ja. Das stimmt.»

«Und was ist jetzt anders?»

Ich zucke die Achseln. Was ist jetzt anders? Ich habe eine Freundin. Ich trage alten Frauen die Einkaufstaschen und spreche heulende Verrückte an, statt einfach wegzugucken. Ich habe Sebastian zu seinen Medikamenten verholfen und die Vorurteile meiner Freunde gegen ihn bekämpft. Ich habe mit einer wunderschönen Transfrau geflirtet. Ich hätte beinahe Tom verprügelt, weil der sich über etwas lustig gemacht hat, das nicht lustig ist.

Offensichtlich mache ich immer noch ganz schön viel falsch – aber ich gehe dabei zumindest in die richtige Richtung.

«Vielleicht bin ich einfach älter geworden», sage ich unsicher. Ich könnte jetzt sagen: Du hast völlig recht, lassen wir einfach alles so, wie es ist, denn ich möchte nach wie vor nicht, dass meine Mitschüler oder meine Lehrer dich sehen und mir dann blöde Fragen stellen. Und davor hab ich wirklich eine Scheißangst.

Aber ich möchte auch nicht länger mit diesem belastenden Geheimnis rumlaufen. Ich möchte mal wieder ganz unbefangen sein können, ohne immer darüber nachdenken zu müssen, wie viel ich erzählen darf. Ich möchte Frederik, der eine tolle Mama war und den ich liebe und der mich immer so akzeptiert hat, wie ich bin, nicht länger verleugnen müssen.

Und außerdem ist da noch Emma. Wenn ich es schaffe, Frederik zu dem zu bewegen, was sie sich wünscht, dann bin ich ihr Held.

Vielleicht bin ich ja wirklich älter und vernünftiger geworden. Oder total verrückt, wer weiß.

«Wenn du nicht mein Sohn wärst, würde ich dich wahrscheinlich rausschmeißen», sagt Frederik. «Das ist schon ziemlich dreist, dass du jetzt mit so einem Anliegen zu mir kommst. Ich hab das ja alles hingenommen und nie was gesagt, aber hast du mal darüber nachgedacht, wie sich das für mich angefühlt hat die ganzen letzten Jahre?»

«Ich glaub nicht», murmele ich verlegen. «Ich dachte, du merkst das gar nicht.»

Frederik fängt an zu lachen. «Dein Ernst jetzt?»

Ich grinse vorsichtig. «Ja. Weil du ja nie was gesagt hast. Weißt du noch, wie wir Boris mal in der U-Bahn getroffen haben und ich dann so getan hab, als ob ich dich nicht kenne?»

Er lacht nicht mehr. Er lächelt nicht mal. «Du hast dich woanders hingestellt, so weit wie möglich von mir entfernt. Und dann bist du mit ihm zusammen ausgestiegen, und ich musste alleine hinterherlaufen. Wir waren vorher zusammen beim Zahnarzt gewesen, und ich hatte dich zu einem Riesen-Eisbecher eingeladen, weil du so tapfer gewesen warst.»

Etwas zieht sich in meiner Brust unangenehm zusammen. Ich dachte, er hätte es vergessen, es war doch nur ein unbedeutendes Erlebnis vor fast zwei Jahren. Stattdessen erinnert er sich noch an jedes Detail. Es muss ihm weh getan haben. Bis jetzt habe ich mir das nie bewusst gemacht.

«Scheiße. Tut mir leid.» Ich beiße mir auf die Unterlippe.

Eine Zeitlang sagt keiner von uns was.

«Vielleicht war es ja ganz vernünftig, was du gemacht hast», sagt Frederik dann. «Nicht gerade feinfühlig, aber trotzdem clever. Genau dasselbe versuche ich ja auch gerade zu machen: alle alten Kontakte abzubrechen, jedenfalls die nicht so wichtigen. Weil nämlich alle, die mich noch in meinem Frauenkörper kennengelernt haben, das einfach nicht ausblenden können und immer denken: Klar, dass er jetzt dies oder das tut, er war ja schließlich mal eine Frau.» Er schüttelt sich angewidert, als würde ihm jemand ein ekelhaftes Insekt vors Gesicht halten. «Oder sie denken einfach überhaupt nicht und sprechen mich immer noch mit ‹Frau Feder› an, weil das über ihren Horizont hinausgeht. Offenbar ist es normal, dass Frauen auf einmal keine Brüste mehr haben, aber dafür Haare am Kinn. Kommt anscheinend täglich vor.»

Ich hebe überrascht den Kopf. So viel Bitterkeit habe ich von Frederik noch nie gehört.

Er verzieht das Gesicht zu einem nicht sehr überzeugenden Lächeln, als wollte er seine letzten Worte damit abschwächen. «Jedenfalls habe ich absolut keine Lust, mich vor der versammelten Öffentlichkeit als Transmann zu präsentieren, der ‹früher mal eine Frau› war. Denn das ist genau *nicht* der Fall.»

Ich lasse mir das kurz durch den Kopf gehen, einschließlich der unterschwelligen Botschaft, dass er nicht bei unserer Präsentation mitmachen will, und ich kann seinen Standpunkt gut verstehen. Trotzdem fällt mir ein Gegenargument ein. «Du hättest aber die Chance, der versammelten Öffentlichkeit das genau so zu erklären. Ich glaube, da hat wohl keiner je drüber nachgedacht, obwohl es total einleuchtend ist, wenn du das so sagst. Nur allein diese eine Aussage wäre schon ein Grund, warum dein Auftritt an der Schule sinnvoll wäre.»

Frederik schweigt lange. So lange, dass ich schon denke, er hätte mir gar nicht zugehört. Er guckt an mir vorbei aus dem nackten Fenster. Draußen rauscht leise der Straßenverkehr.

Endlich richtet er den Blick wieder auf mich und lächelt. «Nicht schlecht, mein kluger Sohn. Oder hast du das erfolgreiche Argumentieren von Emma gelernt?»

60

Als ich am Samstag um kurz nach zehn bei Frederik ankomme, ist er frisch rasiert und duftet nach einem herben Eau de Cologne. «Ich muss echt bekloppt sein», murmelt er, während er im Flur vor dem Garderobenspiegel steht und sein Hemd zuknöpft.

«Du siehst super aus», sage ich. «Die werden dir alle aus der Hand fressen.»

Er wirft mir im Spiegel einen zweifelnden Seitenblick zu und fummelt mit der Krawatte herum. Eine Weile sehe ich ihm zu. Dann trete ich hinter ihn und lege das breite über das schmale Ende. «Von hinten nach vorne. So. Und dann hier durch die Schlinge schieben und hochziehen.»

Auf der Fahrt zur Schule schweigen wir angespannt. Mein Hals ist ganz trocken, und ich muss dauernd schlucken. Ich kann mich nicht erinnern, wann ich zuletzt solche Zweifel und so viel Angst hatte. War das wirklich die richtige Entscheidung? Was soll ich sagen, wenn jemand mich fragt, warum ich nie etwas erzählt habe? Boris wird sauer sein. Und ich verstehe es sogar.

Mir wird unangenehm bewusst, dass dies eigentlich mein Hauptproblem ist: dass ich zu feige war, um zu Frederik zu stehen. Die ganze Zeit habe ich geglaubt, es wäre *seine* Schuld. Er hätte mir etwas Unverzeihliches angetan und es wäre mir peinlich, mit ihm gesehen zu werden.

Aber jetzt merke ich, dass mir nicht Frederik peinlich ist, sondern eigentlich ich selbst, weil ich nicht den Mut aufgebracht habe, seine Entscheidung zu respektieren und ihn darin zu unterstützen. Das hätte ihm und mir die ganze Sache erleichtert und uns viel Schmerz und Ärger erspart.

Na gut. Ich kann die Zeit nicht zurückdrehen. Aber ich kann versuchen, den Fehler auszubügeln, auch wenn das für mich nicht leicht sein wird.

Als wir auf das Schulgebäude zugehen, nehme ich Frederiks Hand, als wäre ich wieder ein kleiner Junge. Er drückt sie dankbar, ohne mich anzusehen oder etwas zu sagen. Seine Handfläche ist genauso feucht wie meine.

Benommen vom Applaus, von Pfiffen und Jubelrufen und Fü߀trampeln, verbeuge ich mich mit Emma und Frederik noch ein letztes Mal vor dem Publikum, dann gehen wir durch den schwarzen Vorhang hindurch in den Backstagebereich.

Was danach geschieht, erlebe ich wie einen Videoclip mit ultrakurzen Schnitten. Ich nehme nur einzelne Bilder wahr: Sebastian, der mir anerkennend auf die Schulter klopft. Eine junge Frau mit Diktiergerät und Kamera, die Frederik befragt. Emma, die von ihren Eltern umarmt wird.

Ich werde durch die Menge geschoben, die sich jetzt im Foyer des Schulgebäudes versammelt hat. Papa steht in der Nähe des Haupteingangs und unterhält sich mit Frau Schramm-Bassermann. Als er mich sieht, grinst er anerkennend und winkt mich herbei. «Also, das war ja wirklich eine Überraschung!» Er zwinkert mir zu.

«Das war großartig, Joschka», sagt meine Deutschlehrerin. «Du hast uns alle ganz schön überrascht.»

Michelle eilt vorbei, lächelt mir zu und reckt den Daumen nach oben. «Der *Morgenspiegel* ist da!», ruft sie über die Schulter, ehe sie wieder in der Menge verschwindet.

Emma kommt, umarmt und küsst mich, sagt mir, wie phantastisch ich war, und eilt dann ebenfalls wieder davon.

Ich sehe, dass Frederik sich von der Journalistin verabschiedet, und mache mich auf den Weg zu ihm, aber Boris' Mutter kommt mir zuvor. Die beiden stehen einen Sekundenbruchteil unschlüssig voreinander, dann fallen sie sich in die Arme. Das ist nicht nur einfach eine Begrüßung – es ist eher so eine Art Heimkehr. Ich lasse ihnen Zeit und wechsle inzwischen ein paar Worte mit Mesud – «Boah, das war echt 'ne hammergeile Show, Alter» – und mit Herrn Röder – «Respekt, Joschka! Du bist ja ein unentdecktes Bühnentalent!» –, dann trete ich näher heran und höre, wie Boris' Mutter Frederik fragt: «Hast du mal wieder Lust auf eine gemeinsame Geburtstagsparty?»

Schließlich entdecke ich auch Boris. Er kommt vom Stand der Siebtklässler, die mit dem Verkauf von Selbstgebackenem ihre Klassenkasse auffüllen wollen, und balanciert ein Stück

Marmorkuchen auf einem Pappteller. Mit klopfendem Herzen kreuze ich seinen Weg so, dass wir einander gegenüberstehen. «Hey», sage ich unsicher.

Er steht bloß da und guckt mich an. Ich kann seinen Blick nicht deuten.

«Ich wollte dir das eigentlich die ganze Zeit schon sagen», erkläre ich unbeholfen.

Boris bricht ein Stück von seinem Kuchen ab, schiebt es sich in den Mund, kaut und schluckt, ohne den Blick von mir zu wenden. «Und was war daran so schwer?», fragt er schließlich.

«Keine Ahnung.» Ich wende die Augen ab. «Tut mir leid, okay? War scheiße von mir.»

«Bin ich so ein Arsch, dass du mir das nicht hättest sagen können? Hast du gedacht, ich mach Witze darüber, oder was? Glaubst du wirklich, ich wäre mit Mathea zusammen, wenn ich ein Problem damit hätte?»

Ich beiße mir auf die Unterlippe. «Nee, natürlich nicht … Ich hab bloß … Ich wollte nicht …» Mein Gestammel ist kläglich.

Boris sieht mir mit unbewegter Miene dabei zu, wie ich mich vor Verlegenheit winde. Dann sagt er in seiner bisher perfektesten Kollegah-Imitation: *«Ey, chill mal. Wat is denn los mit dir?»*

DANKSAGUNG

Ich bedanke mich bei Anoushka Nemitz für musikalische und unzählige weitere Impulse, bei Christine Korte für ausführliche Plothilfe und eine wunderbare Titelidee, bei Evelyn Furck für Übersetzungen ins Bayrische, bei Inge Beer für die Kinderperspektive, bei Katja Mischke für den Tipp zur Umstrukturierung eines Kapitels und bei Elena Wegberg für Auskünfte über St. Petersburg.

Danke auch an die Berliner Verkehrsgesellschaft, das Narkolepsie-Forum, TransInterQueer e.V., TransSisters Berlin, die Textremisten, Transgender Radio sowie an die vielen Menschen gleich welchen Geschlechts, die mir ihre persönlichen Erfahrungen anvertraut haben.

Und ich danke Christiane Steen vom Rowohlt Verlag für die Initialzündung sowie Anna Mechler von der Agentur Lesen & Hören für ihre Unterstützung und ihre hilfreichen Ratschläge.

Weitere Titel von T. A. Wegberg

Klassenziel

Meine Mutter, sein Exmann und ich

MIX
Papier aus verantwortungsvollen Quellen
FSC® C083411

Das für dieses Buch verwendete Papier ist FSC®-zertifiziert.